ごめん。

加藤　元

集英社文庫

目次

ごめん。

第一話　ひとり道

一

その夜。

吉本佑理《よしもとゆり》は、沈み気味だった。

佑理は学生服専門の洋品店で働いている。三月末から四月はもっとも忙しい時期である。桜の花はすっかり散って、風が一日おきに冬の冷たさに戻ったり初夏の匂いを運んできたりするこの週末は、ちょうど繁忙期の谷間を迎えたところだった。残業に休日出社が続いた三週間ののち、ようやく訪れた定時退社、明日は休める金曜日の夜。なのに、重い気分が押し寄せて来る。

元気を出そう。明日はのんびり寝ていられるじゃないか。

気を取り直そうとしても、うまく行かない。もっとも、のんびりと言っても、佑理がだらだら昼間まで寝ていることは、まずない。天気予報では、明日は晴れ。早めに起き出して洗濯機をまわすだろうし、シーツや蒲団《ふとん》カバーも交換し、掃除機をかける。それから買い物に出かける。ショッピング、と言っても、日用品の補充だけだ。トイレットペーパー、台所用洗剤。ごみ袋も買わねばならない。そうした、こまごました生活の雑事を済ませてからでないと、佑理のくつろげる時間にはならない。

就職し、親もとを出て、1K二十二平米のマンションにひとりで暮らしはじめて九年。三十二歳の佑理は、毎日の「生活」が好きだった。ひとりですべてを決めて、自分の速度とやり方で生きる。給料が多いわけではないから、経済的に余裕があるとはとうてい言えないけれど、食べたいものは我慢しないでいいし、読みたい本も買える「生活」を、とても気に入っている。

職場での仕事は書類作成と電話応対、メーカーや学校とのやりとりが主である。同僚は口の悪い井上《いのうえ》さんとひどい花粉症の大森《おおもり》さん。井上さんは四十代の後半、大森さんはその二、三歳も若いだろうか。二人とも佑理より十歳以上も齢上《としうえ》で、既婚者だ。ついこのあいだまでは同期入社で同じ年齢の岩舘《いわだて》さんがいたが、三月いっぱいで辞めた。彼女たちとは退社後、たまにお茶を飲んだり夕食を共にしたりはするが、仲良しとまでは言いがたい。井上さんは大森さんの仕事ぶりを雑だとけなしているし、大森さんと辞めた岩舘さんは挨拶以外ほとんど口を利かない犬猿の仲だった。井上さんも大森さんも、自分のことだって蔭《かげ》では褒めちゃいないだろうと佑理は思っている。が、耐えられないほど悪い関係ではない。

ただ、ここ一年ほどは、少しばかり憂鬱だ。杉田《すぎた》課長が異動して来たからである。

この夜、佑理をどんよりさせているのも、杉田課長の野郎なのだ。

一年前、佑理たちの直属の上司になった杉田課長は、四十歳。美人の奥さんに、幼稚園児の息子が二人。大学時代はラグビーをやっていた。

「正直、女のひとの気持ちはよくわからないんだ。女子の人間関係って、いろいろ面倒なんでしょうね」

のっけから、そう言いはなった。

「けど、みなさん、なにか不満や言いたいことがあったら、遠慮なくぼくに相談してくださいよ」

あんたはいったいわたしたちにどうして欲しいんだ、というのが、佑理の感想である。

「女子、だってさ。胆《はら》の中の差別意識が見え見えじゃない」

辞めた岩舘さんは露骨に嫌悪感を示した。

「ひさびさに会ったわ、いわゆる体育会系男子脳の持ち主」

差別対差別は不毛だなあ、と佑理は思った。

それまでは定年直前の、「仙人」という渾名《あだな》の鍋島《なべしま》課長だった。いい意味でも悪い意味でも我関せず。口にするのはほぼ「うん」「そうして」「やめてくれ」の三語のみ。あとはただひたすらに決裁の判を押す。井上さんも大森さんも岩舘さんも自分も、互いに不満な点はあるにせよ、「男子」の人間関係だって、相当にどろどろと陰湿なものであることは、会社勤めをしていれば見えて来る。鍋島仙人課長がいい例で、外まわりの営業でばりばり働いていた時代もあったらしいが、社長の息子に嫌われて事務課課長に降格されたのである。

「仙人は仙人で、やる気がなさ過ぎたけどね」

井上さんも渋い顔をしていた。

「杉田さんのやる気も、ちょっと方向性に問題がありそうね。要するに、さわやか馬鹿でしょ」

言い過ぎじゃないかなあ、と佑理は思った。そのときは、だ。

杉田課長はしょっちゅう汗をかいていた。夏場は冷房の設定温度を二十度にしてしまう。井上さんも大森さんも岩舘さんも佑理も、肌を粟立《あわだ》てながら二十五度に設定を上げる。すると杉田課長が二十度に戻す。

「あんまり温度を下げないでくださいよ。風邪《かぜ》をひいちゃう」

大森さんが頼むと、杉田課長は口を尖《とが》らせて言い返した。

「だって男は暑がりなんだよ」

あとで、大森さんはぷりぷり怒っていた。

「不満があれば遠慮なく言え、って言ったくせに、聞く耳もありゃしない。俺は男だ、のひと言で終了じゃないの」

しかし、井上さんや大森さんは、杉田課長より齢上だ。彼女たちに対しては、杉田課長にもまだ遠慮があるように見える。齢下である岩舘さんに対しては、杉田課長はもっと攻撃的だった。

「おはよう、岩舘さん、今日はいつもと髪型が違うね。デート？」

「そういうの、セクシャルハラスメントですよ」

「この程度でそんなことを言うもんじゃないよ。セクシャルハラスメントってのは、どうして結婚しないのかって訊《き》いたり、彼氏はいないのかって訊いたりすることだろう？」

「ハラスメントかどうかは、受けた側が判断することですよ」

杉田課長はやれやれと肩をすくめてみせた。

「女の子ってのは難しいな」

むろん、佑理とて無事では済まない。

「吉本さん、ひとり暮らしなんでしょう。休日はなにをしているの」

薄笑いで訊かれる。

「読書が多いです」

「へえええ、本なんか読んでるの」

眼《め》をまるくして、驚いた顔をしてみせる。それ以上は、口には出さない。しかし、言いたいことはよくわかる。

本なんか読んで、彼氏はいないの？

岩舘さんは杉田課長と合わなくて会社を辞めたのだ。あのさわやか馬鹿には耐えられない、という苦々しいひと言を残して。

「あたしが辞めたら、吉本さんが大変だよ。あいつの無神経な軽口がみんな吉本さんに向かうからね」

岩舘さんの予言はまんまと的中した。

今日も、退勤前、杉田課長に誘われたのである。

「営業の連中と飲むんだけど、きみも来ないか？」

「あいにく先約がありまして、すみません」

佑理は丁重に断った。実のところ用事はない。早く帰ってひとりでのんびりしたいだけなのだ。疲れている。勤務時間外まで気を遣わされるのは勘弁してほしい。

「用があるの。残念だなあ」

杉田課長は大仰に首を振る。

「井上さんや大森さんは家庭があるから仕方がないけど、きみはひとり者でしょう。たまにはつき合いなさいよ」

かちん。

しかし、顔には出さない。岩舘さんほど強気ではないから、口にも出せない。

「すみません。また今度、誘ってください」

無表情で答える。それが精いっぱいの意思表示だ。だが、杉田課長には通じない。かえって食い下がって来る。

「約束って、デート？」

どうしてこういう立ち入ったことをへろへろ言えるんだろうね、このおやじは。だからよけい、一緒に酒なんか飲む気にならないんだよ。わずらわしいから。

「違います」

「営業部には独身の若い男が多いんだよ。出会いのチャンスを逃しちゃいけない。しあわせになれないよ」

うるせえ。出会いのチャンスを求めているなんて、いつわたしがあんたに言った？

「吉本さんのためを思って、言ってあげているんだけどなあ」

適当な言葉で自分《てめえ》の無神経を正当化するな、この野郎。

思いながらも、佑理はぺこりと頭を下げた。

「本当にすみません」

すみません、なの？　わたしが？

思いつつ、下げた。

仕方がない。世の中のルールはそうなっている。

電車が駅に着いて、扉が開く。あふれ出すひとの波。

押されるように、駅の階段を下りて、大通りから脇道へ入る。

いつもは静かな寂しい道が、にぎやかに明るい。一瞬、佑理は戸惑った。そして、気づく。

今日は二十一日、近くの神社の縁日だ。だから、夜店が出ているんだ。

屋台は好きだった。ちょっと救われた気になって、足を踏み出す。親子連れがたくさんいる。杉田課長も、奥さんと子供たちを連れて、お祭りに行ったりするんだろうな。部下に対しては無神経でも、奥さんに対しては違うのかな。子供に対してはやさしいパパなんだろうか。

ソースの匂い。お好み焼きか、たこ焼き？　おなかが空《す》いたな。

佑理は足を止めた。

たこ焼きの屋台ではない。その隣り。ずらりとぬいぐるみが並んでいる。白い犬と、茶虎の猫と、こげ茶の熊、パンダ。みな、つぶらな黒い瞳で、佑理を見上げている。ぬいぐるみに関心があったのは、二十年も昔のことだ。それも、多くは持っていなかった。ぜんぶ、実家に置いてきた。今住んでいるマンションの部屋にはひとつもない。

それなのに、佑理は動けなくなった。

「かわいいでしょう」

屋台の奥から、おじさんがにこにこ顔を出した。

「ただのぬいぐるみじゃないんだよ。喋《しゃべ》るんだ」

おじさんは、白い犬のぬいぐるみを摑《つか》むと、佑理の前に突きつける。

「こんにちは、って言ってみてよ」

佑理は素直に従った。

「こんにちは」

白い犬は黙っている。

「ははあ、角度が悪いんだな」

おじさんはぬいぐるみを顔の前に寄せて、大声を張り上げた。

「こんにちはあ」

「コンニチハア」

ぎいぎいと躰《からだ》を揺すりながら、白い犬が喋った。不気味な声だった。

「どうだね？」

おじさんは得意満面だった。

「ドウダネ」

白い犬も顎を動かす。

「おねえさん、お部屋にひとつ、いかが？」

「イカガ」

要らない。気味が悪い。

「電池もつけるよ」

「デンチモツケルヨ」

普段なら、断っただろう。二十も三十も並んでいる様子は愛嬌《あいきよう》があるが、ひとつだけ取り出されたぬいぐるみはあまり可愛《かわい》らしく見えなかった。しかも手前に置かれた値札を見たら、三千円もするのだ。

高い。そんな無駄遣いはしたくない。

だが、佑理の足は、動かなかった。

喋る白い犬、三千円。

買ってしまった。

二

勢いがついて、たこ焼きと焼きそばも買ってから、佑理は部屋に戻って来た。

暗い部屋の電気をつけながら、言っている。

「ただいま」

いつも、ただいまって言っていたかな。誰もいない、ひとりの部屋に。

小ぶりの四角いテーブルと、丸椅子が二脚。ベッドと大きな本棚が二つある、きちんと片付いた部屋。

佑理はテーブルの上にたこ焼きと焼きそばの入ったビニール袋を置く。それから、白い犬を入れた紙袋も並べる。

たこ焼きに焼きそばか。炭水化物とソース責め。やっちゃったな。いや、やらかしたのは、こっちの方。

佑理は袋から白い犬を取り出す。

明るい蛍光灯の下で見直すと、三千円にしてはきらきらした白い毛が安っぽい。ピンクの鼻も薄汚れて見える。黒い瞳と鼻と口のバランスもどこか崩れていて、やっぱりあんまり可愛くない。

可愛くない、子。

「あんた、可愛くないね」

白い犬はぎいぎいと躰を揺らして、こたえた。

「アンタカワイクナイネ」

おもしろい。

「杉田の馬鹿」

「スギタノバカ」

口を動かして、躰を揺さぶって、こだまのように繰り返す。

「大嫌い」

「ダイキライ」

なにが、本なんか読んでるの、だ。本を読むのが悪いのか。

「罰当たれ」

「バチアタレ」

むかし、昔だ。

物心ついたころから、佑理は読書が好きだった。なによりも好きだった。佑理に、と与えられた絵本『にんぎょひめ』や『あかずきんちゃん』は何度も何度も暗唱できるほど読み返して、二歳齢上の兄の絵本『ジャックとまめの木』『うりこひめとあまのじゃく』も読んだ。どちらかというと、兄向けの絵本の方が気に入った。あとから考えてみると、ジャックは泥棒、あまのじゃくは誘拐魔だ。幼児のころから犯罪サスペンス系に惹《ひ》かれる性質《たち》だったといえなくもない。

幼稚園に通うようになると、もちろん教室の棚に置かれた絵本はぜんぶ読破した。そのうち、挿絵の入った子供向けの本が読めるようになり、漫画も好きになった。いつも自分のぶんだけじゃなく、兄の本も読み尽くした。

「本ばっかり読んでいないで、お外でお友だちと遊びなさい」

「今は本が読みたい」

母親から、よく注意をされた。

「すぐにそうやって口答えをする。あんたは素直じゃない子ね。いいからお友だちと遊びなさい」

友だちだって、いたのだ。おうちに遊びに行くこともあった。でも、そこでも、友だちの本棚に手が伸びてしまう。

「佑理ちゃん、本ばかり読んで、つまんない」

友だちに文句を言われて、はっとする。

「ごめんね」

慌てて謝って、ままごとやゲームに戻る。

ままごとや人形遊び、トランプ。遊びが嫌いだったわけではない。友だちも好きだ。一緒にいるのは嬉《うれ》しい。

「仲良く遊びなさい」

他人と仲良くする。世の中では、必要なことだ。

佑理にも理解できる。逆らう気はない。孤立はできない。

ただ、なによりも本を読むのが好きだった。表紙を開いて、文字を追うと、中の世界に入り込んでしまう。自分のまわりの現実を忘れてしまう。

友だちと楽しい時間を過ごしても、過ごしたからこそ、手を振って別れたあとでは、必ず思う。

おうちに帰りたい。

ひとりになって、ご本が読みたい。

「おかしな子ね」

母親が首を傾《かし》げた。

「おかしくないよ」

「また口答えをした。素直になりなさい」

佑理にはわけがわからない。

素直って、自分の気持ちに正直になるってことじゃないの？

「素直じゃない子ね、あんたは」

だんだん、だんだん、佑理にもわかってきた。

自分の気持ちで、ありのままに生きることは、他人にとっては素直じゃないってことになるのか。

どうやら、自分は他人とは少し違う、らしい。

製薬会社に勤めている父親がいて、専業主婦の母親がいる。小学生のころは優等生で、中学生になってから少し不良っぽくなってしまった兄もいる。町内のお祭りや父親の会社のバーベキュー大会に必ず参加して、五月の連休とお盆休みには観光名所へ旅行に出かけた四人家族。

わかってしまったのは、何歳のときだったのだろう。

みんなが楽しんでいるのに、佑理だけがどこか冷めている。

佑理は、旅行が好きではなかった。お出かけ自体、好きにはなれなかった。できれば家にいたかった。家でゆっくり本を読んでいたかった。

「こいつ、変なんだよ」

兄は憎々しげに言った。

「性格が暗いんだ」

そうか。わたしは、変なのか。暗いのか。

本を読むのが好きで、にんげんは、少し苦手みたい。ひとりになるのが好き。ひとりでいるのがいちばん落ち着ける。くつろぐ。

「うちの姉ちゃんが、ちょうどこんな風だったな」

父親が、困ったように口ごもる。

「子供のころから変人で、家族とも打ち解けない。十九で家を出て、ほとんど音信不通だものな。吉本家のはぐれ者だ」

そうか、わたしはおばさんみたいに、はぐれ者になるのか。

「そのとおり」

佑理は、たこ焼きを頬張りながら、白い犬に話している。

「わたしは、はぐれ者になりました」

「ハグレモノニナリマシタ」

「いつだって、基本はひとりでいたい。ひとりになりたい」

「ヒトリニナリタイ」

「でもね」

佑理は口ごもる。たこ焼きを飲み込む。

「話がしたい。誰かと」

不思議だ。ひとりになりたい。心から思いつつ、誰かを求めている。自分は矛盾している。

いや、もしかしたら、自分が求めているのは、ひとりになることではなく、わかり合える仲間なのかもしれない。

仲間って、友だちのこと？

「友だちはいるよ」

佑理は呟《つぶや》く。


兄に言わせれば、変で暗い。そんな佑理と仲良くなるのは、変わり者ばかりだった。

高校生のとき親しくなった雛子《ひなこ》は、同級の女子の大半がアイドル歌手のグループに熱を上げているさなか、古典落語にどっぷりはまっていた。

「八代目文楽《ぶんらく》がクラシックだとしたら、志《し》ん生《しょう》はパンクロックなわけよ」

「シャーロック・ホームズシリーズも好きだけど、わたしとしてはブラウン神父の方に愛着があるの」

「文楽と志ん生の『寝床』、聴いてみなよ。もとは同じ噺《はなし》だなんて信じられないからね」

「ブラウン神父ものの魅力はけっきょく作者チェスタートンの吐《は》く警句なんだよね」

「志ん生、馬生《ばしょう》、志ん朝《しちょう》。美濃部《みのべ》親子はみんな違ってみんな素晴らしい、奇跡の一家だよ」

「ブラウン神父はトリックの説得力が文章上の表現にかかっていて、映像化不可能なところがまた魅力なんだよなあ」

お互いに話はまったくかみ合わないのだが、雛子と会話するのは楽しかった。好き、という一点に関しては共通だからだ。だから、いつまでもいつまでも熱く語ってやまなかった。

当然、クラスからは、浮いていた。

「あの子たち、異常」

「眼は合わせない方がいいよ。病気が伝染《うつ》る」

聞こえよがしに囁《ささや》かれるのはしょっちゅうだった。「好き」が大多数とずれた雛子や自分は、彼らから見下される存在であるらしい。

むろん、愉快ではない。だが、どうしようもない。

「今度の日曜日、暇？」

雛子に訊かれる。

「暇と言えば暇だし、暇じゃないと言えば暇じゃない」

予定はない。が、読みたい本があるので、こういう返事になる。

「つき合わない？」

「どこへ？」

「美濃部家のお墓詣り」

よく晴れた秋の一日、佑理は知りもしない落語家の墓参につき合った。ひとりで本を読むのもいいが、友だちの「好き」に連れ添いたい気分が勝ったのだ。

そうだ。ひとり好きな佑理にだって、友情はある。


「うん、雛子は仲間だ」

「ヒナコハナカマダ」

「でも、いて欲しいとき、傍《そば》にいられるわけじゃない」


雛子とは、いまだに仲がいい。

二年前、雛子は結婚をした。が、いまだに落語に燃えている。

「最近の噺家もいいよ」

毎週のように寄席に通っている。佑理も何度も同行したが、基本的にはひとりらしい。

夫となったひとは、落語には関心がないようだ。

「趣味なんか、ぜんぜん合わないよ」

雛子は言っていた。

「旦那は戦闘機マニアで、部屋にいっぱい模型を飾っている。休みにはお仲間と集ってじっとりひそひそ楽しくやっているみたい。わたしたち、お互いにお互いの趣味には口を出さない、というのが了解事項だからね。好きなことをしている。八年つき合って、五年も同棲《どうせい》したからさ。上手に見て見ぬふりができるようになったよ。だから入籍したの」

「ふうん」

佑理は恋人を持ったことがない。そのあたりの機微はわからない。

「好きな道は、しょせん孤独な一本道よ」

雛子はうそぶいている。

「佑理だってそう思うでしょう?」

「一本道か」

佑理は溜息《ためいき》をついた。

ありがたいことに、学生のころほど、世間は狭くない。大人になるにつれ、生きやすくはなった。佑理も、昔よりは「好き」を隠すのも、表面的に話を合わせるのも、うまくなった。

だが、人間は、本質的には若いときから変わらない、とも思う。同じような価値観が大勢を占めていて、そこから外れたものは嘲笑を浴び、見下される。

世の中には、勝ち負けの基準値がある。多くのひとたちは、その基準値に自分を合わせようとしている。その基準値自体に疑問を持つことはない。

友だちがいないのは、敗北者。

恋人がいないのは、敗北者。

たぶん、杉田課長が言っているのも、そういうことなんだよね。

「ソウイウコトナンダヨネ」

佑理は白い犬を見つめる。

「こだま野郎」

「コダマヤロウ」

「やまびこ」

「ヤマビコ」

こんなぬいぐるみを買って帰って、たこ焼きと焼きそばという夕食をとって、こんな風に過ごしていると知られたら、杉田課長にさぞかし哀れまれることだろうな。

しあわせになれないよ。吉本さんのためを思って、言ってあげているんだけどなあ。

「うるせえ」

「ウルセエ」

「わたしは一本道を行くだけだ」

「イクダケダ」


その夜。

寝しなに読んだハードボイルド小説『八百万の死にざま』は異常におもしろく、佑理は明け方まで眠れなかった。

三

「きみ、彼女いないの？」

杉田課長の快活な声が、朝の倉庫内に響き渡った。

「はあ」

出入りの配送業者である里村《さとむら》くんは、学生服が入った段ボール箱を台車に積み上げながら答えている。

「彼女がいないんじゃ、休日は暇だろう」

佑理は、舌打ちをこらえつつ、発送する箱の数をチェックしていた。

このさわやか馬鹿、女に対してだけじゃなく、男に対してもこういうよけいなことを言っているんだな。

「どう、吉本さんを誘ってあげたら?」

杉田課長は満面に笑みを浮かべて、佑理を指さした。

「このひともひとりぼっちで、休みの日は寂しくしているんだ」

おい。

佑理は持っていたボールペンを杉田課長の眉間に突き刺してやりたくなった。

いくら何でもいい加減にしろ。

「無礼ですね」

里村くんは、作業の手を止めていた。

「失礼を通りこして、無礼です」

杉田課長の顔を真正面から見返しながら、静かに言った。

「おいおい、むきになるなよ」

杉田課長は面食らったようだった。

「ただの冗談じゃないか」

「冗談にしては、まったくおもしろくないです」

へえ、里村くん、言い返してくれたよ。

佑理も少し驚いていた。驚きながら、胸の内でガッツポーズを作っている。いいぞ、里村くん。

「悪気はなかったんだ」

「悪気がない、で済まされるのは子供のうちだけです」

いいぞ、いいぞ、どんどん言ってやれ。

「そう尖《とんが》るなよ。大人げないな」

「違いますよ。大人だから、大人として当然の反応をしたんです」

ああ。

佑理の手のひらがむずむずする。

力いっぱい、拍手がしたい。

「ただいま」

マンションの部屋に帰って、佑理は白い犬に話しかける。

「今日はいいことがあったんだ」

「………」

白い犬は反応しない。ちょっと斜めからだったせいだろうか。

「気持ちがすっきりしたよ」

顔の前ではっきりと言うと、今度は反応した。

「スッキリシタヨ」

「里村くん、いい子だよね」

「イイコダヨネ」


里村くんは、二年ほど前から、佑理の会社に顔を出すようになった。入荷した注文品を確認したのち台車に載せ、四トントラックに積んで運び去る。年齢は不詳。佑理と同じくらいか、もしかしたらひとつふたつ若いかもしれない。おはようございます。今日は五十箱です。ご苦労さまです。最初のうちはそのくらいの言葉しか交わさなかった。が、慣れて来るにつれ、ぽつりぽつりと無駄口もきき合うようになっていた。

「おはようございます。今日は雨ですね」

佑理が言うと、里村くんはこう返す。

「厭《いや》な雨ですよ。仕事辞めたい」

また別の日は、こう返す。

「いい天気ですね。仕事辞めたい」

つまりは、どんな日でも、仕事を辞めたくなるらしい。その割には真面目にきっちり業務をこなしているので、事務課のみんなからの評判は悪くなかった。

杉田課長との「尖《とんが》った」やりとりがあった次の朝も、佑理は里村くんと顔を合わせた。

「おはようございます」

前日の一件が気まずいせいか、杉田課長は倉庫には姿を見せていない。

「昨日はがっつり言ってくれましたね。ありがとうございます」

佑理としては、お礼を言わずにいられない気分だった。

「おれ、杉田課長に嫌われたでしょう」

里村くんは苦笑していた。

「いいんですよ。わたしもあのひと嫌いですもん」

佑理は力強く断言した。

「言ってくれてよかったですよ。あれで少しは眼が覚めて、よけいなことを言わなくなればいいんだけど」

そう言いながら、無理だろうな、と佑理は思っている。あのあとで、杉田課長はこぼしていたのだ。

里村はひどいよな。あんなにひどく吉本さんを拒むなんて、あいつの方がよっぽど無礼だよ。

まるきりわかっていない。佑理はボールペンを握りしめて耐えるしかなかった。そういうことじゃねえんだよ。刺したい。

「杉田課長と合わなくて、岩舘さんは辞めたんです。わたしもときどき辞めたくなる」

ぶうん。

里村くんと佑理のあいだを、大きな蜂が通っていく。

「でかいな」

里村くんが身をそらす。

「どこから入ったのかな」

「おれについて来たのかもしれない。吉本さん」

「はい？」

「スズメバチハンター、どうですか」

佑理は呆気《あっけ》にとられた。

「へ？」

「防護服を着て、スズメバチの巣を退治する仕事。どう思います？」

「どうって」佑理は言葉に詰まる。「かなり危険ですよね」

「防護服を着れば大丈夫ですよ」

里村くんは真顔だった。

「今の仕事を辞めたら、やってみたいなあ、スズメバチハンター」

ぶうん。

倉庫の中を、蜂が飛びまわっている。音だけがしている。

「ただいま」

白い犬に、佑理は囁く。

「里村くんって、変なひとだ」

「ヘンナヒトダ」

でも、わたしも変だから。

「いいのかも」

「イイノカモ」

その日から、佑理は、里村くんと親しくなっていった。

四

「その男を、部屋に呼んだ？」

電話口の向こうで、雛子が素《す》っ頓狂《とんきょう》な声を上げた。

「あんたもずいぶん手がはやいね」

「はやくない。わたしたち、何にもしていない」

電話番号を交換して、メッセージのやりとりをするようになって、一ヵ月。食事をし、映画を観《み》に行き、軽くお酒も飲んだ。それだけだ。手も握っていない。好きだとも、つき合おうとも口にしていない。

だが、先週の日曜日、別れぎわに言われたのだ。

次の休みには、吉本さんの部屋へ行ってい い？

「そいつ、告白もしないうちに、やることはやる気か」

雛子がいまいましげに言う。

「遊ぶ気まんまんじゃない。そいつ、本当は奥さんがいたりしない？　大丈夫？」

そう言われると、佑理も自信がなくなる。

「独身なのは確か」

だと思う。少なくとも里村くん自身は独身で恋人もいないと言っていた。

「まあ、あんたがそれでもいいと言うなら、わたしは止めやしないけどね。お互いに大人なんだしさ」

「部屋に入れるって、やっぱりそういう意味なわけ？」

雛子は、かかかかか、と高笑いをした。

「おとぼけだねえ、お代官さま」

越後屋《えちごや》か。

「あんた、いっぱい本を読んできたんでしょう。昔からわたしよりよっぽど知識豊富だったじゃないの」

「うう」

佑理はうめく。知識だけはね。

「耳年増《みみどしま》だった。もっとも、今じゃ耳が取れちゃった」

うるさいよ。

「ま、好きなら、しっかりやりなさい」

「そりゃ、好きは好きだけど」

佑理は口ごもる。まだ、そういう関係になるには、時期尚早じゃなかろうか。

「不安なの？　向こうに任せておけばいいよ。たいがい初会はさっさと終わる」

落語のお女郎と一緒にしないでほしい。

「もし、進むのが無理だと思ったら、正直なところを話せばいい。わたしは初物ですよってね。そうすれば、男はすんなり手を引くよ。職場もかぶるんだし、めったな真似《まね》はできないはずだしね」

「そうかな」

佑理は少しほっとした。

「ただ、やばいのに引っかかっちまった、面倒くせえやって、そのまま逃げちゃう可能性も高いけどね」

「おい」

それじゃ駄目じゃないか。

「でも、そんな屑野郎《くずやろう》なら逃げさせて、二人の仲を終わらせた方がいいでしょう」

そうだね、と佑理は頷《うなず》くしかない。

「要は、そいつ次第よ」

ううう、と佑理はふたたびうめいた。

怖い。

いろんな意味で。

蒸し蒸しと暑い、五月の終わりの日曜日。午後三時十五分。外は曇り空。

里村くんの顔が自分の顔に近づいて来たとき、佑理は身をよじって逃れていた。

「ごめんなさい」

里村くんは、眉を寄せて、眼を伏せた。

「ごめん」

テーブルの上には、コーヒーカップが二つ。そして、白い犬。

「おれ、吉本さんとつき合いたいと思っている。先に言うべきだった。ごめん」

「謝らないで。わたしもそうなんだ。だけど」

佑理は、白い犬を見るともなしに見つめてから、思いきって言う。

「里村くんは、これまで女の子とたくさんつき合ってきたんでしょう?」

「たくさんじゃないよ」

里村くんは、眼を瞬《しばたた》かせる。

「何人?」

「いや、まあ」

里村くんはいっそうまぶたをばちばちと動かした。

「そこそこだよ」

「だから、何人?」

「三人か四人かなあ」

なるほど、それをそこそこと言うのか。

「だけど、昔の話だよ。今はいない」

「わかっている。でも、わたしはね」

佑理はごくりと唾を飲んでから、言った。

「経験がないんです」

里村くんが息を止めたのがわかった。

「ひとりも?」

佑理は小さく頷いた。

「おれがはじめて?」

佑理は、深々と頷く。

沈黙。


「ごめん」

里村くんは、いきなり椅子から立ち上がった。

「どうしたの?」

里村くんは、返事をしないまま、玄関に向かっていく。

「帰るの?」

無言。

ばたん、と、ドアが閉まった。

そうか。

これは「やばいのに引っかかっちまった、面倒くせえや」パターンだ。

佑理はテーブルの上の白い犬に視線を向ける。

ふられちゃった。

「わかっていた」

「ワカッテイタ」

わたしに、恋人なんてできるわけがない。

「できるわけがないよね」

「デキルワケガナイヨネ」

わかっていた。昔からずっと、そうだった。

「わたしはひとりで大丈夫」

白い犬は、動かない。

また、角度が悪かったのだろうか。佑理は声を大きくする。

「昔から、ひとりでじゅうぶん」

ちゃんと言え。言ってくれ。

「ひとりでも大丈夫」

ぶるるるる、と電話が揺れ出した。

三時四十分。

里村くんから、だ。

もしもし？

「さっきはごめん」

どうしたの？

「その場にいたたまれなくなったんで、そのへんを歩いていた」

どうして？

「おれ、嘘《うそ》をついた」

嘘？

「三人とか四人とか盛ったけれど、実際につき合ったのは、たったひとり。それも、中学生のときで、ぜんぜん深くない関係だった」

そうだったの。

「拒まれたら厭だから、なかなか好きだと言えなかった。どん退《び》かれると思って、嘘をついた。おれ、女にはまったくもてないし、友だちも多くない」

うん、うすうす、わかっていた。

「昔から変人なんだ」

知っている。だからこそ、惹かれたんだもの。

「マンションの下にいるんだ。戻ってもいいかな?」

下にいるの、今?

「今日はなにもしません。誓います。できるほど自信ないんだ、おれ」

本当に? いろいろ本は読んでいるから、男のひとの心理だって知識はあるんだよ。知識だけはね。

「いや、妄想はしているけど」

わかった。それ以上は言わなくていいから。

戻って来て、すぐに。


はじめての恋人。はじめての「二人」。

佑理には、ちょっとだけ、わかって来た。

お互いの奇妙なところ、普通じゃないところ、ほかのひとからは笑われるようなところを、受け入れたいと思う、覚悟するところから、はじめて先へと進んでいけるんじゃないだろうか。

自分たちは、まだ、お互いにお互いを知らない。

知ったところから、はじまっていく。

無理かどうかは、そのたびに立ち止まって、考えていけばいい。

がちゃり、と音がして、玄関のドアが、ゆっくりと開いていく。

里村くんが、いくらか恥ずかしそうに、言った。

「ごめん」

佑理と里村くんは、そこからはじまる。

第二話　いつも俺から

一

ごめん、を言うのは、いつも俺だった。

いつだって、俺が謝った。理由はどうあろうと、いや、理由なんて関係なく頭を下げて来た。それでうまく行っていた。

俺は努力をした。して来た。

そうじゃないか?

杉田敬之《たかゆき》の胃は重い。昨夜、ひさびさに買って帰った牛丼を大盛りにしたせいかもしれない。

そもそも、夜食に牛丼をどか食いする破目になったのも、妻の初穂《はつみ》のせいなのだ。

「うちの嫁さん、ご機嫌が悪くてね」

朝、午前八時四十五分。駅のホームでばったり顔を合わせた同じ課の大森季実子《きみこ》に、ついつい愚痴をこぼしていた。

「昨日の朝から、家出しちゃったんですよ。息子たちを連れて」

ＪＲ駅の改札を出て歩きはじめる。会社までは五分ほど、なだらかな坂を下りてゆく。歩道に沿ってマロニエの並木が続いている。青く茂った葉のあいだから、薄紅色の穂状の花が突き出している。

「行き先はわかっているんです。たぶん親もとへは帰っていない」

「そうですか」

大森は鼻をぐずぐずいわせていた。花粉症なのだ。鼻づまりのせいで、ぞうでふか、に聞こえる。今日は晴天である。晩春の澄み渡った空の下、杉だか麦だかブタクサだかの花粉が盛大に飛びまくっているのだろう。

「おそらく姉さんのところでしょう。五歳も違う姉妹なんですが、やたらと仲がいいんです」

姉妹仲がいいのは、初穂の育った家庭では、母娘の関係がうまく行っていないせいかもしれない。実家へは戻っていないと考えるのは、そのためである。結婚して間もなく大喧嘩《おおげんか》をした際も、家を飛び出した初穂が駆け込んだのは、母親のもとではなく姉の住まいだった。

「気の強い姉さんでしてね。独身なんです」

敬之は、吐き棄《す》てるように言った。

「嫁さんは、姉さんとしょっちゅうつるんで昼飯を食ったりしています。それだけじゃない。毎日みたいに電話をかけたりメッセージのやりとりをしたり」

初穂の姉の早耶《さや》は、ごく若いときに結婚して、ほどなく別れたのだそうだ。現在は雑貨店を経営している。扱っているのは、猫のぬいぐるみや、猫の絵が描かれたコップや皿やポーチや、猫の形をしたイヤリングや指輪。要するに猫専門の雑貨屋だ。下町にある古い木造一軒家を改装した小さな店なのに、かなり儲《もう》けているらしい。店からほど近い都心の一等地にある高層マンション住まいで、遊びに来るときは小洒落《こじゃれ》た高価そうな菓子をみやげに持ってくる。

「うちの息子たちは、伯母ちゃんが大好きみたいです」

小僧どもうるさい、はしゃぐんじゃない、じっとしてろ、黙ってろ、触るな、動くな。叱られっぱなしなのに不思議である。

ま、俺はあんまり伯母ちゃんが好きじゃないけどな、と敬之は思う。姉妹だけに、顔立ちこそ初穂に似ているが、性格はだいぶきつい。苦手だ、と感じているのは、あちらさんも同様に違いない。顔を合わせても、態度は冷ややか。こちらが冗談を言ってやったのに、大森はほかの男のように愛想笑いで誤魔化したりせず、仏頂面《ぶっちょうづら》で言い返す、感じの悪い女だ。昨夜は二人で俺の悪口をさんざん言い散らしたことだろう。そう思うとよけいに腹立たしい。

「独身で寂しいからでしょうね。犬を飼っているんです。家に遊びに行けば、犬を触れるから、子供たちはよけい伯母ちゃんになついているのかもしれません」

だいたい、猫グッズで金を稼いでいるくせに、ひとり住まいのマンションで飼っているのはダックスフントっておかしくないか？

「お子さんたち、幼稚園はお休みしているんですか」

大森が訊《たず》ねる。

「確かめてはいませんが、おそらく休んでいるでしょうね」

「幼稚園をお休みして、大好きな伯母ちゃんのおうちで犬と遊んでいられる。息子さんたちは喜んでいらっしゃるかもしれませんね」

冗談じゃない。俺は喜んでいらっしゃらないよ。

「ちょっとした口喧嘩。原因はそれだけなんですよ。家出をするほどのことじゃないんです」

胃が重い。畜生。初穂が夕食を作ってさえくれていれば、こんな思いはしなかったのに。

「俺は浮気しませんよ。暴力も振るわないのに、ちょっとした行き違いくらいで、こじれちゃう。女心はわかりませんよ」

上体を大きく揺らして、大森はくしゃみをした。

「ぶわっぐしょい」

通り過ぎるひとびとが、驚いたように足を止める。くしゃみがでかいのだ。大森季実子は、課長である敬之より三つか四つ齢上のはずだ。男も女も、中年になるに従ってくしゃみや咳《せき》が大きくなる。どうしてだろう?

「俺はギャンブルもしないですしね。酒もほどほど。品行方正なんですよ」

敬之はぼやき続ける。競馬とかパチンコとかスロットとか、博奕《ばくち》にもはまらない。酒もつき合い以上には飲まないから、夜の街へ繰り出すことも少ない。

「そりゃ、若いころはいくらか遊びもしたけれど、嫁さんと一緒になってからはおとなしいもんです」

学生時代からの友だちとも、予定を合わせるのが面倒で、結婚後は遊ばなくなった。もっとも、会ったところで、昔の話を繰りかえすばかりだ。その場では笑っているが、胸のどこかで考えている。

「問題なんか」

俺たち、いつも同じ話をしているな。ほかに話すことはないのか。

「なにもないんです」

そう、ないんだ。現在の話なんて、ない。俺もそいつも、話せることといったら、仕事の不満か女房の悪口かのろけか、もしくは子供自慢だ。自分が話すぶんにはいいが、他人からそんな話を持ち出されるのはごめんだ。聞きたくない。

「子供の面倒だって、ちゃんとみてやっていますよ。日曜日には公園やじいちゃんばあちゃんの家に連れ出してやっている」

ずずずず、と、大森が鼻をすする。

「家事の分担だって、してやっていますよ。皿洗いとか、ごみ出しとか、風呂掃除だって、俺の役目です」

風呂掃除に関しては、床や壁がカビでピンクに染まって来たわよ、と初穂にせっつかれるまで手をつけないけどな。それにしたって、やるときはやるんだ。いい夫じゃないか。どこに不満があるんだ。

「大森さんの旦那さんは、どうなんです?」

「うちはいいひとですから、不満はありません」

「それはよかった」

おい、ちょっと待て。俺だっていい人間だよ。

「けど、喧嘩くらいはするでしょう」

大森は少し考えてから、答えた。

「しないですね」

「そんなはずはないでしょう」

「しませんよ。理由がありませんもの」

「我が家はしょっちゅうですよ。嫁さんがいつもふくれる」

「そうでしょうね」

「理由はさっぱりわからない。でも、ひとまず謝っておくんです」

坂道を下りきると、右手に小さな神社がある。駅の改札から流れて来たふとい人波は、ここで左右に分かれていく。

「俺だって気を遣っている」

「ぶわっくしょい」

敬之と大森は右折して、神社の石垣に沿って足を進める。

「嫁さんの誕生日や結婚記念日だって、忘れたことはないんです」

結婚記念日には、いつも花を買って帰る。誕生日には、ディナーを予約した。それなのに、行きたくないと言ったのは、あいつの方だ。

だから、敬之は腹を立てた。言い争いになった。それがことの発端だ。

誕生日くらい、のんびりしたいわと、初穂は言った。

「だからわざわざ店に予約をしたんじゃないか。外で食えばおまえが楽だろう。食事の支度や片づけをしなくて済む」

敬之は不快だった。無理もない話じゃないか。喜ぶと思った。なのに、返ってきたのは不服そうな反応だ。

「のんびりする、というのは、そういうことじゃないの」

「じゃあ、どういうことなんだよ」

敬之はますます苛立《いらだ》った。せっかく気を遣ってやっているのに、何なんだこの言いぐさは。

「あなたの心遣いはありがたいと思う。でも、私の希望だってあるのよ」

「けっきょくは行きたくないってことだろう」

つい、声が大きくなった。

「わかったよ。予約を取り消す。それでいいんだな」

「怒鳴らないでよ。私の気持ちも考えてほしいと言っているだけじゃないの」

「ああ、そうだろうよ。俺の気持ちはどうでもいいんだもんな」

「だって、私の誕生日のため、なんでしょう？」

「ああ、おまえのためだよ。それを、おまえが厭だって言うんだからな」

どうして？

刺々《とげとげ》しい言葉のやりとりののち、初穂は大きく首を横に振った。

「どうしてこういうことになっちゃうの？」

俺が訊きたいよ。


会社のビルに着いた。

「杉田さん」

エレベーターの前で、大森季実子がハンカチで鼻を押さえたまま、訊いた。

「奥さんが病気のとき、ちゃんと気遣ってあげていますか」

もちろんだ。

ひと月ほど前、頭が痛いと言っていたときだって、やさしい言葉を忘れなかった。大丈夫か。休んでいろ。ちゃんと言った。

「休めと言っても、子供たちの着替えがどうとか、食事がどうとか言って、動きまわっているんですよ、うちの嫁さんは」

俺がやる、と言っても聞かないんだ。また、小僧どもも、俺の言うことなんか聞きやしない。けっきょく初穂が動かなきゃならないのは、やむを得ないことだ。母親だものな。でも、俺はちゃんと気を遣っている。落ち度はないはずだ。

ずずずず、大森は鼻をすり上げた。

「喧嘩をしたあと、ちゃんと謝っていますか？」

敬之は胸を張った。

「いつもいつも、俺ばかりが詫《わ》びる側にまわっていますよ」

そうだ。

おとといだって、いろいろ言いはしたが、最後にはちゃんと謝ったんだ。言い合いはもうやめよう。謝るよ、ごめん。

それなのに、次の日の朝、初穂は家を出て行った。

まったく納得できない。

「ごめんごめん、悪かったよ」

ほら、ちゃんと謝っただろう？

「ごめん」

言ったぞ。謝ったんだ。だから、もういいよな。いい加減、機嫌を直してくれ。

「許してくれよ」

謝っているじゃないか。いつまでもいつまでも、大人げない。女ってやつは、これだから困る。いつまでもすねているおまえが悪いんだ。俺は悪くない。

「これ以上、どうしたらいいんだ?」

俺はこういう人間なんだ。わかっていて結婚したんだろう。

受け入れろよ。

二

昼休み。

敬之は、コンビニエンスストアで買って来たとんこつ味のカップラーメンに湯を注いだ。

「今日は奥さんの作ったお弁当じゃないんですか」

声をかけて来たのは、やはり同じ課の井上咲枝《さきえ》である。大森季実子ともうひとりの部下である吉本佑理は外へ食事に出たようだ。

「うちの嫁さん、家出をしていましてね」

井上咲枝は、おや、という風に眉をひそめた。

「すみません」

「いいんですよ」

むしろ、誰かに事情を聞いてほしくてたまらないのだ。誰かに話をして、不安を紛らわせたかった。

こういうとき、男相手に相談など、敬之にはできない。こんなことで、疎遠になっている友だちに連絡を取るわけにもいかないし、同僚に打ち明けるなどもってのほかである。その点、職場の人間とはいっても、女なら気が楽だ。女にとって、子供の話や夫婦のもめごとは得意分野だろうしな。

井上咲枝は、仕事の上では頼りになる。が、話がしやすいとは言いにくかった。いつも眉間に二本の縦皺《たてじわ》がくっきり。常に不機嫌そうなのだ。家庭の愚痴をこぼすなどもってのほかという感じがする。

しかし、現在の敬之に、そんなことは言っていられない。

「ささいな喧嘩をしたんです。そうしたら息子二人を連れて出ていっちゃった。どうなんでしょうねえ、昨日の朝からひと晩経《た》っても帰って来ない」

「大変ですね」

応じながら、井上咲枝はまるで表情を変えなかった。

「奥さんから連絡はないんですか」

「電話をしても、出やがらないんです。まだふてくされているんでしょう」

「ご実家は遠い？」

「埼玉県ですよ。電車で一時間ほどです。でも、行き先は実家じゃない。都内に住む姉さんのところです」

だから、会いに行くのはたやすい。しかし、なるべくなら、こちらから迎えに行くのは避けたい。

「お子さんを連れていらっしゃるなら、そんなに長いことはないんじゃないですか。幼稚園に通わせる都合だってあるでしょう」

敬之はいくらか安堵《あんど》した。そうだ。幼稚園がある。いつまでも休ませておくわけにはいくまい。

近いうちに帰って来る。それは間違いない。

「お子さん、二人とも男の子でしたっけ」

思い出したように井上が訊ねる。

「そうです。今年、四歳と六歳です」

「ご苦労でしょうね、奥さん」

しみじみと言う。

「井上さんは、お子さんは何人です？」

さして興味もなかったが、社交辞令で訊いた。

「息子ひとりです。ひとりでも手がかかりました。歩き出してから小学校に入るまではそりゃあもう」

「大変だったんですね」

「思い出すだけで疲れますよ」

また、奥さんはご苦労でしょうねと言いそうな雰囲気になったので、敬之は慌てて遮った。

「息子さん、今は何歳です？」

奥さんは、ご苦労ですね。その言葉を聞かされるのは、厭な気がしたのだ。

奥さんはご苦労？　ふん、冗談じゃないよ。俺だって苦労をしているんだ。

「中学二年生です」

「息子さんとは、よく話はするんですか」

「しないです。難しい年ごろでしてね」

「旦那さんとは、仲はいいんですか」

しまった。これ、セクシャルハラスメントだ、とか言われるのかな。このあいだ辞めた部下の岩舘みたいに。

言いたいことも言えない、不自由な世の中だよ、まったく。

「いいも悪いもありませんよ。結婚して十七年も経ちますのでね」

「十七年、それはそれは」

だから、どっちなんだよ。仲がいいのか、悪いのか。

「喧嘩とかします？」

「最近はしませんね」

「うまくいっている証拠じゃないですか」

「話自体、あまりしませんから」

「おう」

敬之の咽喉《のど》からアメリカ人のような嘆声が漏れた。触れてはいけない部分に触れたみたいだ。

「当たらず障らずです。ま、あちらもこちらも、うまくやっているといえるんじゃないでしょうか」

井上の言い方は、他人《ひと》ごとのように素っ気なかった。

「おとし義母が亡くなってからは、争議の種もなくなりましたしね」

意外だった。いかにも女々しい成分の少なそうな、この井上にも嫁姑《よめしゅうとめ》関係のいざこざがあったのか。

「女同士の関係は難しいみたいですね。さいわい、うちにはその悩みはまったくないんです」

敬之は朗らかに言い放った。

「おふくろと嫁さんは、実の母娘《おやこ》みたいに仲がいいんです」

井上の眉がぴくりと上がった。

「もっとも、嫁さんは実のおかあさんとはいろいろもつれているみたいですが、うちのおふくろとは気が合ったようですね。おふくろはからっとした性格だし、うちの嫁さんは妹型。齢上の女性には逆らわない性格なんでしょう」

「でも、杉田さんには逆らう」

「そうです。亭主にはばんばん歯向かう」

俺はそのたびごめんごめんとぺこぺこ謝っている。やさしい夫じゃないか。なにが不満なんだ。

「奥さんは、逆らわない性格なのではなくて、普段から辛抱しているだけなんじゃないですか」

「辛抱なんかしていませんよ。俺には文句ばかり言ってくる」

「けれど、義理のおかあさんには、文句は言えませんからね」

「うちはうまくいっていますよ。おふくろは、月に二度はうちに遊びに来て、泊まっていくんです」

今さら離婚することはあるまいが、七十歳に近い両親の仲は良好とはいえない。おとうさんと顔を突き合わせているのはうんざりするのよ、というのが母親の口癖だった。

だから、敬之の家に顔を出す以外にも、友だちと温泉で一泊だの、日帰り京都旅行だの、母親はしょっちゅう遊びまわっている。

「月に、二度？」

敬之の顔を、井上はまじまじと見返していた。

「三度来ることもあります」

父親と険悪になると、いきなり来るのだ。さすがにそこまでは井上には言えなかった。

井上は、大きくかぶりを振って、呟いた。

「気の毒に」

「はい？」


気の毒？

誰が。

俺か？　それともおふくろにつれなくされている親父《おやじ》か？

三

午後二時。

敬之が営業部へ書類を届けて帰ってくると、吉本佑理が声をかけて来た。

「今しがた、川島《かわしま》さんからお電話がありました。かけ直すと伝えましたけど」

敬之は舌打ちをしたくなった。面倒くさいな。

「俺が会社にいるって言っちゃったの？」

吉本佑理は頷いた。

「会社の中にはいるけれど、ちょっと席を外しているとお伝えしました」

「機転が利かないな。急な出張をしている、くらいに言ってくれてもよかったのに」

「え？」

来週の月曜日までには必ずお返事します。

そうメールを送っておいて、返事をしないまま月曜日が過ぎていた。その催促だろう。その前にも、金曜日までには返事をすると言ったんだったな。川島は金曜の午後にも電話をかけて来た。確かに返事をするとは言ったが、川島の会社との次回の取引は秋口。品物の納期はまだまだ先のことなんだ。なぜかりかりと返事を要求するのかわからん。時間に余裕はたっぷりあるんだ。俺だっていろいろ忙しいんだからな。

確かにまだまだ日はあります。けれど、そちらのご指定どおりに書類一式を整えてお送りしているんです。そちらから期日をおっしゃった以上は、ご返事をくださるのが当たり前ではないでしょうか。

川島め、馬鹿丁寧に厭味を言っていやがった。知るか。俺だっていろいろ考えることがあるんだ。文句があるなら社長に言え。弱小業者め。

思いつつも、むろん、口では詫びを言わなければならない。

すみません。ごめんなさい。

あっちでもこっちでも、下げたくもない頭を下げている。大人というのは、つらいもんだな。

「わたし、悪いことを申し上げちゃったでしょうか」

吉本佑理は片付かない顔をしている。

「いいんだ、いいんだ、気にしないでくれ」

敬之は手を振ってみせる。

「俺が耐えれば済むことだ。きみが責任を感じることはない」

そう、吉本佑理に責任はない。

「なにも聞いていませんが、事情があったんですか?」

そう、言っていない。しかし、もうちょっと場の空気というものを読んでくれてもいいじゃないか。きみが正直に答えてしまったせいで、俺は川島に謝るため電話をしなければならないんだ。

ああ、厭だ厭だ。

俺ばかりがこんな思いをさせられて、まったく理不尽だ。

終業十五分前。

川島からたっぷり厭味を浴びせられた電話を終えて、ぐったりしている敬之の耳に、女たちの雑談が入って来る。

「わからない相手にはなにを言っても通じませんよ」

吉本佑理が、つんつん尖った調子で言っている。

「自分が発した言葉にはいちいち意味がある。聞いている他人がいる。それを真面目に考えたことがない人間、たくさんいます。謝ったって口先ばかりなんですから」

何だろう。敬之は疲れた頭でぼんやりと考えた。たった今まで電話口ですみませんすみませんを繰り返していた俺に対する当てつけみたいだな。まあ、まさかそんなつもりはあるまいが。

俺は彼女たちにはずいぶん気を配っている。上司然とふんぞり返るような真似は断じてしていない。気さくに言葉もかけるし、軽い冗談で場を和ませもしている。たまにはケーキを差し入れてやったりもしているからな。嫌われているはずはない。

職場では、さんざん他人を楽しませ、陽気にふるまっている。だからこそ、家に帰ったらくつろぎたい。自由にのびのびしたい。多少のわがままも言いたい。なのに、嫁さんは家出中と来た。

ああ、何たる理不尽。

「ごめんなさい、なんて言葉は、枕詞《まくらことば》みたいなものじゃない?」

井上が冷静に応じている。

「悪いなんて少しも思っていない。だから同じことを何度も何度もやらかす」

「で、そのへんを衝《つ》くと破裂するんですよね」

大森も身を乗り出している。

「謝っているだろう、これ以上どうしたらいいんだ、と逆上してわめき出す」

ふうん、大森さんの旦那もそう言うのかね。朝は喧嘩などしないと言っていたけれど、やはりそんなこともないのかな。敬之の胸がかすかに疼《うず》く。

謝っているだろう、これ以上どうしたらいいんだ。

俺も、同じことを初穂によく言うな。

「これ以上も以下もない。同じことをしないでと言っているだけ。そんな単純な願いが通じないの」

大森は溜息をついてみせた。

「同じ言葉を使っていても、まるで噛《か》み合わない。ときどきつらくなるときがある」

「人間、それぞれが自分の中で、それぞれに違う言葉の意味を持っているのかもしれない、と思うことがあります」

考え考え、吉本が言う。

「同じ日本語を使っていても、同じことを話しているわけじゃない。たとえば、山、と言っても、浮かべるイメージはそれぞれ違いますもんね。イメージが重なる部分が多ければその違いは目立たないけれど、言葉によっては正反対の像を抱いていることもあり得る。そういう人間同士がいくら共通の言葉で話したって、通じようがないんです」

そうね、と井上が頷いた。

「お互いに理解できている。同じことを話している。そんなの、勝手な思い込みなのかもね」

大森が、ああ、と声を上げた。

「このひと、どうして私の言うことをわかってくれないんだろう。叫びたくなるときがあるけど、それなのね。あれは山でしょう。うん、山だよ。そう口に出しながら、それぞれがぜんぜん別の山の話をしているってことなんだ」

「相手の側に立つなんて、簡単な話じゃないわね」

「よっぽど相手の気持ちを汲《く》み取って、想像できなければ無理ですね。仲良しや身内だって難しい」

「想像したって、追いつかないことはたくさんあると思う。相容《あいい》れないって、そういうことよね」
敬之はいまいましい気分になる。

どいつもこいつも、こざかしい小理屈をこねまわしていやがる。だから女は面倒くさいんだよ。

耳の奥に、初穂の声が蘇《よみがえ》る。

ごめん。

「以前も言ったよね。あなたが疲れているのはわかっている。でも、それを理由に私の言うことを無視したり、子供に荒っぽい態度を取るのはやめてほしい。何度も言った。あなたの不機嫌は私のせいじゃないのよ。ましてや子供たちのせいじゃない」

悪かったよ。

「あなたは悪いと思っていない。思っていたらやめるはずでしょう」

だから、謝っているじゃないか。

「口先だけでね」

どうしろというんだ。俺はこういう人間なんだから、仕方ないだろう。

「すぐに居直る。やっぱり少しも反省する気がないのよ」

やめてくれよ。うんざりだ。俺が、俺の家の中で、したいようにしたらいけないのか。

言いたいことは言えないのか。

「俺の家だけど、私の家でもある。子供たちの家でもあるのよ。私たちにはちゃんと耳があるの。心もある」

俺だって、心はある。俺の心を思いやる気はないのか。

受け入れろ、俺を。

「けっきょく、わかり合えないものは、わかり合えないんだよ」

敬之は、思わず声を上げていた。

「男と女は、特にそうだ。しょせんわかり合えっこない」

井上も大森も吉本も、口をつぐんで敬之を見返している。

「みなさんの言っているような、言葉がどうこうの問題じゃないんですよ。生物的に、宿命的にそうなっているんだ。種族が違う。仕方がないんだよ」

「男女の種族は違う。言い古された、紋切り型の結論ですよね」

井上が、ゆっくりと言い返してきた。

「まず結論ありき。相手の言いぶんを聞く前から、答えを決めてしまう。けっきょくは思考停止なんですよ。相手がなにを訴えても、耳に入れない、入れようとしない。そういう態度は種族うんぬんじゃない。けっきょくは個人の資質の問題でしょう」

ああ、このおばさんには敵《かな》わねえ。

敬之は、大森に向かって訊ねてみる。

「俺は悪い夫ですかね？」

大森はなにか言いかけた。が、敬之は返事を待たなかった。

「家事に協力もしている。子育てだって協力している」

そもそも、外で金を稼いでやっているだけでじゅうぶんじゃないか。

「甘やかされすぎなんですよ、女のひとは」

吉本が眼尻を吊《つ》り上げている。が、なにも言わない。

「奥さんの気持ちはわかりますよ」

大森が静かに言った。

「え？」

「杉田課長は、悪い夫です」


いつからだろう。

会話の果てに、初穂が取り残されたような表情をするようになったのは。

いつからだろう。

自分の言葉が初穂を沈黙させるようになったのは。

「わからないの？」

敬之の胸の中で、初穂は絶望的な表情をしている。

「通じないの？」

四

同じ夜。七時二十五分。

敬之は、重い足取りで街を歩いている。

初穂からようやく連絡があった。それはいい。しかし、家に帰るとは言わない。会って話しましょう。それだけだ。場所は喫茶店である。しかも、早耶のマンションに近い、繁華街にある店だ。

なぜ、こんな風に思わせぶりな真似をするんだ。なぜ、素直に帰って来ないんだ。

歩道に面したガラス張りの店。入口の扉を肩で押すようにして中に入る。店内の照明は暗めだった。

小さく流れるオルゴールの音楽。聞いたことがある曲だが、題名は思い出せない。

「いらっしゃいませ」

ショートボブ、というよりはおかっぱ頭と言った方がいい髪型をした、年齢不詳の女が低い声で敬之を迎えた。

「おひとりですか」

「待ち合わせをしているんです」

シャツもエプロンもカプリパンツも黒い。おかっぱの髪も黒い。そして、顔だけが白い。誰かに似ているな、と敬之は思う。

そうだ、子供のころに観たTVの怪奇番組に出て来た、呪いの日本人形だ。死んだ持ち主の霊が乗りうつって髪がのびるという人形。

厭だな、何となく不吉な感じ。

「お連れさまは後からいらっしゃるんですか」

「いや」

不吉な連想を振りはらって、敬之は店内を見まわした。四十平米ほどの空間に、どっしりした木の丸テーブルが五つ、それぞれに背もたれの高い椅子が四つ。手前のテーブルに二人連れ、中ほどのテーブルには三人連れの客が座を占めている。みな、女だ。

「ああ、いました」

奥のテーブルに、初穂がいる。敬之はほっとした。ひとりだ。姉の早耶伯母ちゃんがついて来ていたらどうしようかとひそかに危惧していたのである。

敬之は、店の奥へ向かって歩いていく。言いたいことはいろいろある。こんなすかした場所を選んだのは、俺の怒りを予測したためか。お上品な雰囲気、お上品な他人の眼があれば怒鳴れないだろうと考えたのか。いかにも早耶伯母ちゃんがつけそうな知恵だ。考えただけで胆《はら》がさざ波立つ。

「お疲れさま」

敬之に向かって、初穂が低く言った。

「疲れたよな」

敬之は、初穂の正面の椅子に腰を落とし、ふとい溜息をつく。

「本当に疲れた」

「ご注文は」

呪いの人形店員が耳もとで囁いた。敬之は、わ、と声を上げそうになる。足音もなく背後からついて来ていたものらしい。

「メニューはここよ」

初穂が差し出すのを、敬之はあえて黙殺した。

「アイスコーヒーでいい」

「かしこまりました」

店員はするすると厨房《ちゅうぼう》へ消えていく。敬之は初穂の顔を見ないようにしていた。

なにか言うことはないのか。家を出たりしてごめんなさい。経緯はどうあれ、まずはそう詫びるのが筋じゃないのか。

「航太《こうた》が熱を出したの。溶連菌《ようれんきん》だって」

初穂がいつもと変わらぬ調子で言う。

「園でもらって来たのね。怜士《れいじ》は今のところ熱はないけど、咽喉が痛いと言っているから、うつっているかもしれない」

つまり、幼稚園を休ませて好都合だったというわけだな。うまいタイミングで家を出たもんだ。

思いついた皮肉は飲み込んで、またしても深い溜息をついてみせた。

わかっているんだ。いつもどおり、いつもと同じことだ。どんなに肚に据えかねても、俺が頭を下げるしかないんだ。そうすればまるく収まる。

「おまえを怒らせたのは、俺が悪かった」

初穂は眼を伏せた。

「やめて」

「え?」

「そういう風に言うのはやめて。本心じゃないでしょう?」

敬之はうんざりした。

勘弁してくれ。また蒸し返す気なのか。同じことをねちねちとしつこく繰り返す。そしてその都度、俺が折れる。ごめんごめんと言わされる。まったく面倒な儀式、面倒な女だよな。

「あなたは謝っているんじゃない。ことを終わらせようとしているだけ。私の話が聞きたくないだけなのよ。面倒くさいから。そうでしょう？」

「そんなことはない」

いいや、ある。こんなごたごたはさっさとおしまいにしたい。確かに俺はそう考えている。

「すまないなんて思っていない。あなたの『ごめん』はただの枕詞よ。意味のある言葉じゃない。自分が悪いなんて考えたことはないでしょう？」

当たり前だ。どうして俺が悪いんだ？

「お待たせいたしました」

店員が、盆に載せて来たアイスコーヒーを敬之の眼の前にしずしずと置いた。

「ごゆっくりどうぞ」

冗談じゃない。こんな不毛な会話「ごゆっくり」なんかしたくないよ。

枕詞？　そうかもしれない。喧嘩はもう終わりにしよう。そういう意味の「ごめん」だ。俺が悪いの、おまえが悪いの、いつまでも角《つの》を突き合わせているわけにはいかないからな。夫婦なんだし、子供たちのおとうさんおかあさんでいなければならない。毎日毎日、にこにこ笑って暮らしていくための「ごめん」だ。

そのへんは、口に出さずとも、お互いにわかっていたはずじゃなかったのか。なにが気に入らないんだ。

「あなたは自分が悪いとは決して思わないひとよ」

「そうじゃない、と言っても、おまえは納得しないんだろう？」

初穂は頷いた。

「俺が悪いと認めれば、それで済むのか。この話は終わりか？」

「ほらね。そうやって、すぐに居直るのよね」

一瞬、初穂は言葉を切ってから、続けた。

「本心を言うわ。私、誕生日くらいは家でのんびりしたかった」

「その話は済んだはずだ。おまえの希望どおりにすると言ったじゃないか」

「そうやって恩を着せてね。だいたい、私の誕生日のお祝いって、誰のためにするものなの？　あなたのため？」

「俺は、おまえのためを思ったからこそ、レストランを予約したんだ」

「でも、子供たちの世話をするのは私でしょう？　外食のとき、あの子たちがどんなにはしゃぎまわるか、わかるでしょう。声を嗄《か》らすほど叱って、いっときも眼が離せない。たった数時間でも神経がへとへとになる。あなただって知っているじゃない」

「俺があいつらを見ているよ。それでいいんだろう」

「あなたはお酒を飲みだして、子供たちを放置するだけよ。そしてあとになって言うの。酔ったから仕方なかった、ごめん」

「ふだんはそうかもしれないが、おまえの誕生日くらいは面倒をみる」

「今まではどうだった？」

敬之はぐっと詰まった。

「……今年からは、ちゃんとみるつもりだった」

初穂は唇を歪《ゆが》めた。「そう？」

「信じないのはおまえの勝手だが、俺はあくまでおまえのためを思っていた。善意を悪くとられちゃたまらない」

「つまり、悪いのは私ということね」

「そうは言っていない」

「言っているんでしょう？　私が悪いなら悪いでけっこうよ。悪いついでに言うわ。お義母《かあ》さんがちょくちょく家に来るのも、私としてはつらかった」

敬之は啞然《あぜん》とした。

「おふくろとは仲良くやっていたじゃないか」

「うまくやろう、気に入られようと必死になって、努力をして、気を遣って、それでようやく仲良くやっていたのよ」

「おふくろは意地悪か」

初穂は小さく首を横に振った。

「いいえ。意地悪ではない。いいひとだと思うわ」

「だったら不満はないはずだろう」

「不満はなくても、気を遣うのは疲れるの」

「つまり、我慢をしていた。不満だということじゃないか」

敬之の声がつい荒くなった。

「おふくろが気に入らないなら、もっとはやく言えばよかったんだ。わかったよ。これから先、おふくろは家に来させない。おまえが厭がっているときっちり伝えるよ。それでいいんだろう？　文句はないな」

店内に、沈黙が落ちた。

初穂は敬之を見返していた。

「わかってはくれないのね」

ぽつん、と言った。

「やっぱり、わかってはもらえないんだ」

いったん、激した感情が、急速に冷めていく。敬之はいささか不安になって来た。

おかしい。いつもと違う。なにか様子がおかしい。そうだ、ここは謝っておけ。謝るしかない。

「怒鳴ってごめん。ついかっとなった。悪かった」

「ごめん、は無駄よ」

「え？」

初穂は息を吸い込んで、思いきったように言った。

「私たち、しばらく離れて暮らしましょう」

「なに？」

「あなたとこのまま一緒に暮らしていくことはできない。一緒にいたくないの」

何だって？

この女は、今、何て言ったんだ？

「意味はわかったでしょう？」

わからない。

ぜんぜん、わからない。

同じ日本語を使っていても、通じない。そんなことを言っていたのは、誰だっけ。そうだ、吉本佑理だ。この会話が、まさにそうなんだろう。

オルゴールの音楽が、敬之の耳に流れ込む。この曲は覚えている。敬之が若いころに流行《はや》ったアメリカのポップスだ。恋人と仲良くべったり、という意味の歌詞だった。こんな際に、皮肉すぎる。眼の端にぼんやり見える店員の黒い立ち姿。呪いの人形、やはり不吉だったんだ。

「……俺がなにをしたっていうんだ」

おまえはわがままだ。
自分の声が、遠く聞こえる。
考えてみろ。子供たちだっているんだ。

「あの子たちがいるからこそ、よ。このままでは、あなたをいいおとうさんだとは言えない。おとうさんみたいにはならないで、と言い続ける、そんな母親になってしまうわ。だいぶ前にも話したと思うけれど、私の母がそんな感じだったの。だから私はいまだに心のどこかで父を尊敬できないし、母も信じられない。あの子たちに私と同じ思いはさせられない。母と同じことを、私はしたくない」

どうせ姉さんにそそのかされたんだろう。俺の悪口をだいぶ吹き込まれたんじゃないのか。

「いいえ。姉からは、そんな不満は離婚の理由にはならない。子供のために辛抱しろって言われたわ。姉さんは、身内に甘いわけじゃない。誰に対してだって厳しいし、辛辣よ。姉さんの言うとおりかもしれない」

そうだ、姉さんは正しいよ。

「わかってはいるけど、今の私は、あなたと一緒に暮らしていく気には、どうしてもなれない」

わがままだ。それはわがままだよ。

「私はもう、あなたがぜんぜん好きじゃないのよ」

時間が、止まった。

そんな気がした。

今、何て言った？

言葉の意味が摑めない。いいや、摑みたくない。理解したくない。

「わがままはわかっている。けれど、これが本心なの。ごめんなさい」

茫然《ぼうぜん》としている敬之の眼の前で、初穂は、妻であるはずの女は、深々と頭を下げた。

「本当に、本当にごめんなさい」

第三話　甘いママ

一

六月の最後の週の、月曜日。

夜どおし、夢の中で、ずっと雨音を聴いていた気がする。が、その雨は、夜が明ける前にはすっかりやんでいた。

井上咲枝は、目覚ましが鳴る五分前に眼を開けていた。午前一時から五時間半、眠っていたのは確かだが、浅かった。掃除に買い物に追われた前日、いいや、職場で残業が続いた先週から持ち越した疲れが、首筋や肩のあたりをどんよりと重くしている。

外はすっかり明るい。カーテンを開けると、日差しはじかに差し込まないのに、朝の光がまぶしい。窓を全開にして、空気を吸い込む。見上げる空が青い。そろそろ梅雨明けが近いのだろう。

今日は暑くなりそうだ、と溜息をつく。

いつもと変わらぬ朝。

身支度を整え、キッチンに立って湯を沸かし、コーヒーを淹《い》れる。息子の部屋のドアをにぎったこぶしで軽くノックして、声をかける。

「朝よ」

返事はない。いつものことだ。こぶしの向きを変え、ノックを強くする。

「起きなさい」

まだ返事がない。舌打ちをして、ドアノブに手をかける。鍵がかかっている。咲枝はドアをだんだんだんと乱打した。

「恭介《きょうすけ》、起きなさい」

「騒がしいなあ」

和室から、夫の晟一《せいいち》がよれよれと姿を現した。

「あいつ、まだ起きないのか」

咲枝が口を開くより前に、ドアの向こうから声が上がった。

「起きているよ」

いかにもたった今、口を開けたばかり。まぶたはまだ開いていない。息子のその顔を、咲枝ははっきりと思い浮かべることができた。

起きている、じゃない。起きたんでしょう?

「朝ごはん、用意するからね」

咲枝が声を張り上げる。今度は返事がない。

「ちゃんと食べていきなさいよ」

恭介は答えない。これも、いつものことだ。頭ではわかっても、やはり腹は立つ。パパには返事をするくせに、ママ《わたし》には反抗的なんだ。

「食べないと躰がもたないわよ。もう七月なんだから」

「………」

ごにょごにょ、と恭介がなにかを言った。咲枝が訊き返しかけるのを、晟一が止めた。

「まだ七月じゃないだろう、って言ったんだよ」

そうでしょう、そうでしょうとも。いちいちママの言うことに突っかかる。揚げ足を取る。逆らう。ちょっと前まではこうじゃなかった。口答えしても、なにかが、違った。

咲枝は床を踏み鳴らすようにしながら、キッチンに戻る。結婚してすぐに購入した、駅から十五分の3LDKのマンション。キッチンとカウンターで仕切られた南向きのリビングルームは十二畳。北向きの四畳半が恭介の部屋で、通路を挟んだ向かいの八畳が夫婦の寝室である。シングルベッドが二つ、ぴったりと寄せて並んでいる。しかし、その部屋が夫婦のものであった期間は短かった。恭介が生まれてからは、親子三人の寝室になった。恭介が大きくなるにつれて、ベッドは窮屈になって、はじき出されたのは、晟一だった。恭介が小学校一年生のとき、和室で蒲団を敷いてひとり寝るようになった。

俺がのけ者かよ。

晟一は不満げだったが、恭介はぜったいにママと寝たいと頑張ったし、咲枝も息子の肩を持ったのだ。

その方がいいじゃない。仕事で帰りが遅いことが多いんだしね。

中学生になって、恭介がひとり自室で寝るようになっても、晟一は恭介の部屋の隣りの和室でひとり寝ている。息子がいなくなったからといって、改めて同じ部屋で寝る気にはならない。それは、夫婦ともに共通の思いであったようだ。かくて、広くなった寝床で咲枝は手足を伸ばして眠っている。なのに、毎晩、眠りは浅い。

咲枝は六枚切りの食パンを二枚、トースターで軽く焼く。顆粒のコンソメスープを湯で溶いて、バナナとヨーグルトをダイニングテーブルに並べる。恭介が中学生になってから、朝食はめっきり手抜きになった。最近では登校時間ぎりぎりにならないとリビングルームに顔を見せない恭介は、朝食をろくに食べないのだ。

晟一がリビングルームにあるＴＶをつけて、ダイニングチェアに腰を下ろした。

「パンが焼けたよ」

「うん」

生返事をして、TVの画面を見ている。視線の先に、朝のニュース番組が流れている。心が時事問題にあるわけではあるまい、と咲枝は見抜いている。番組のはじめと終わりに顔を出す、天気予報の若い女性キャスターが好みなだけなのだ。

「今日未明、神奈川県S市の民家で、住人である八十二歳の女性の遺体が発見されました。首を絞められて殺害されたものとみられます」

アナウンサーが硬い表情でニュースを読み上げる。

「四十歳の息子が逮捕されました」

咲枝は眉をひそめた。このごろはこんなニュースばっかりだ。

「近隣住民の話によると、容疑者は無職で、家に引きこもりがちだったということです」

四十歳で無職で、母親と同居。息子に尽くしておさんどんして、挙句の果てが殺されちゃうなんて、まったく浮かばれない話だ。

恭介がそんな風になったら、どうしよう？

「安田《やすだ》なあ」

晟一が、不意に言った。

「会ったことがあるだろう。うちの会社の安田。三十五歳でまだ独身なんだ」

咲枝は首を傾げた。覚えていない。

「あいつもはやいうちに結婚しないといけないよな。いつまでもひとり身っていうのはよくない。先行き悲惨なことになるぞ」

「安田さん、まだ親がかりなの？」

「いいや、ひとり暮らしのはずだ」

「だったら問題はないでしょう」

「家族を持たなければ、一人前とは言えないじゃないか」

家族を持ったって、一人前じゃない男や女は、いくらでもいるんじゃないの？　が、口には出さない。出したところで、どうせ平行線だ。

「このニュースの親子だって、別々に暮らす道を選んでさえいれば、こんな結果にはならなかったんじゃないか」

「そうかもね」

「だからさ、この犯人は結婚していればよかったんだよ」

へえ、そういう風に思うわけ？

この国では、殺人事件の半数以上が夫婦間や親子間、家族のあいだで起きているという。さっきのニュースがいい例だ。なごやかにうまくいく関係などない。家族を持ってはいけない性格の人間だって、世間にはいるだろう。

それなのになぜ、家庭を持つことを正義のように他人に押しつけるのだろう。

「自立が先じゃないの？　そんな考えじゃ、結婚する相手がいい迷惑だわ」

「女房子供を持てば、自然に男はしっかりするもんだ」

よく言うわ。咲枝は冷笑した。

テーブルの上、皿のまわりにはパン屑が散っている。晟一は片づけない。片づけるのは咲枝だ。だからこの男はなにも気にしないのだ。そりゃ、あんたにとって結婚は正義だろうよ。一人前なんて、そのぽろぽろ食べかすを落とす口でよく言えたもんだ。なにも見えていない、四十歳を超えたおぼっちゃんめが。

「女房がいたら、もっと深刻なもめごとが起きていたかもよ」

咲枝が言うと、晟一はうっと詰まった。晟一の亡くなった母親と咲枝は折り合いが悪かったのである。

「ほら、天気予報がはじまったよ」

咲枝はＴＶを指さした。

「お」

晟一は身を乗り出す。その拍子に、パン屑がまたぱらぱらと散る。暗いニュースを断ち切るような明るいＢＧＭ。午後からは大気が不安定だと、晟一好みのキャスターが笑顔で説明をしている。

「折り畳み傘は持っているでしょう」

晟一は画面を見つめたまま、うん、と生返事をした。

「ビニール傘は買わないでよ。もう五本も溜《た》まって、邪魔でしょうがないんだからね」

「うん」

そういう視線、会社で若い部下に向けていないでしょうね。咲枝は皮肉に思う。エロぼけ上司だって、いっぺんで嫌われるわよ。

苛立ちはしても、深刻に腹は立たない。期待がないぶん、失望もない。その方が楽だと悟ってから、ずいぶん長い時間が経つ。

夫とのあいだにずれを感じるのには、咲枝はすっかり慣れきっていた。

「ううう」

恭介がのっそりと姿を現した。制服に着替えてはいるが、髪はぼさぼさだ。

「おはよう」

恭介の返事は、ううういう唸《うな》りである。唸りながら咲枝の脇をすり抜けて、冷蔵庫を開け、麦茶を出した。また背が伸びたな、と気づく。小学校のころはクラスで三番めか四番めに小さかったのに、もう間もなく咲枝の身長を追い越しそうだ。

「パンを焼くよ」

「要らない」

顔立ちも変わった。不機嫌そうなその顔は、晟一に驚くほどよく似ている。

「食べなさい」

「時間がないんだよ」

声も晟一そっくりだ。

「だから、はやく起きなさいって何度も起こしたでしょう」

恭介が、ごにょごにょ、と口の中でなにかを言った。

「そんな口を利くな」

晟一がたしなめる。

咲枝には聞こえなかった。だが、想像はできる。

うるせえな、と言ったのだ。


いつもと変わらぬ朝。

夜になっても、食事が済めば、恭介はさっさと部屋にこもってしまう。南向きの十二畳のリビングルームで、家族が集うことは、最近はほとんどない。

咲枝の家族の、現在の姿。

中学生になったからひとりで寝る、と言い出したのは、恭介だった。それでも今日はTVで怖い話の番組を観たからなどと言って、咲枝の隣りで寝ることも少なくなかったのに、ここ半年ほどはそれもなくなった。咲枝が話しかけても、うるさそうにする。以前は学校で起きたことを残らず話さずには済まなかった薄い唇は、このごろ真一文字に閉ざされたままだ。

寂しい。

けれど、仕方がない。成長するためには必要な過程なのだろう。親が鬱陶しくてならない時期は、咲枝自身にだってあったのだ。

それを思えば、溜息でやり過ごすしかない。

咲枝は、眉間に深い皺を刻む。

二

わああ、という泣き声が起こった。

「言ったじゃないの」

混雑した駅のホームで、母親らしき女が、甲走《かんばし》った声を上げている。

「危ないから急に駆けださないでおとなしく歩きなさいって、ママはちゃんと注意したでしょう?」

三歳くらいの女の子がしゃがみこんでいる。どうやら転んだらしい。

「ママの言うことを聞かなかったあんたが悪いの」

「ごめんなさい」

しゃくり上げる女の子の躰を、母親はいらいらと抱え起こした。

「立ちなさい」

「ごめんなさいいいい」

「どこも怪我《けが》していないじゃない。泣くんじゃない」

気持ちはわかる。わかるけれど、もっとやさしく叱ってあげられないものかしらね。思ってから、咲枝は苦笑した。

やさしくなんて、叱れっこない。毎日毎日、注意のしっ放しで、そんな気持ちの余裕はないのだ。

ほんの何年か前までは、自分だってまったく同じことを、恭介にしていた。

まだ赤ちゃんのころは、電車にもバスにも乗れなかった。いつ泣きわめくかわからないからだ。夜泣きもひどかったから、近所に対して肩身が狭かった。

「元気な坊やねえ」

マンションの上階に住む中年の奥さんには、顔を合わせるたびそう言われた。

「お騒がせしてすみません」

詫びると、奥さんはにこやかに返す。

「気にしなくていいのよ」

いいわけがない。本当にそう思っているなら、わざわざ口には出さないだろう。すみません、すみませんと、咲枝は頭を下げるしかなかった。

子育ては、楽ではなかった。だが、恭介の寝顔を見ている時間は、なによりも好きだった。やがて眼を開ける。咲枝を見つけて、にや、と笑う。咲枝の心にあたたかいものが拡《ひろ》がる。この子はわたしを求めている。こんなにも求めている。

この子のためなら、何だってできる。

心から思うけれど、同時に腹立たしい。子供はまったく自分の思うとおりにならない。もどかしい。

恭介は、泣き虫だった。意気地がないくせに、すぐに興奮する。はしゃぎ過ぎる。あの女の子と同じだ。闇雲に走り出して、転ぶ。乗り物の座席で跳ねまわって、椅子から転げ落ちる。窓から身を乗り出そうとして窓枠におでこを強打する。必ずといっていいほどへまをするのだ。そして火がついたみたいに泣き叫ぶ。

「静かにしなさい」

休みの日などに家族三人で外出すると、咲枝は周囲に頭を下げどおしだった。

「うるさくてごめんなさい」

「恭介、まわりのひとたちに迷惑じゃないの。落ち着きなさい」

「あんたひとりの遊び場じゃないんだからね」

が、頭に血がのぼった恭介には、自分さえ見えていない。走りまわる。女の子にぶつかる。泣かせる。

「ごめんね。痛かったでしょう」

咲枝は恭介の頭を小突く。

「あんたも謝りなさい」

高ぶりが鎮まりさえすれば、恭介は素直に従ったものだった。

「ごめんなさい」

ちゃんと、謝った。

女の子は、まだ泣きわめいている。

「すみません」

母親は、女の子を抱えながら、誰にともなく謝り続けている。

そうだ。あれは、恭介が三歳のときだったろうか。ケーキ屋で、デコレーションされたケーキの飾ってあった小さなガラスケースを倒した。

「ごめんなさい」

　咲枝は真っ青になって謝った。

「弁償します。すみません」

　ぺこぺこする咲枝の横で、恭介は茫然としている。咲枝はかっとなった。

「あんたがぼーっとよそ見しているから悪いのよ」

　咲枝は、恭介を怒鳴りつけていた。一瞬、あっけにとられた恭介は、わああと声を張り上げて泣き出した。

「あんたも謝りなさい」

　金切り声を上げながら、思っていた。泣きたいのはこっちだよ。しかし、母親は泣けない。ごめんなさいすみませんを繰り返すばかりだ。

　親は、子供のために、いったいどのくらい、頭を下げなければならないのだろう。


　ホームに電車が入って来て、母娘の声が聞こえなくなる。咲枝は二人から眼を離して、ふっと首を横に振った。

　謝るのは、常に咲枝の役目だった。恭介を叱るのも、咲枝ばかりだ。晟一は、あとから咲枝に向かってぼそぼそ言うだけである。

「あんまりきつい言い方をするなよ、仕方ないじゃないか、子供なんだからさ」

咲枝は口の端を歪めて笑う。

「あんたはね、そうしてやりなさい。でも、わたしには無理」

わたしは、あんたとは違う。一日じゅう、この子と向き合って過ごしているのよ。そして、他人さまにお詫びのし続け。やさしく言い聞かせる心のゆとりはないの。ぎりぎりなの。

そう、あの時期は、本当にぎりぎりだった。

だからといって、不幸ではなかった。

不幸どころか、あれほど幸福であった時期はなかった。


ごめんなさい。

ほんの二年か三年前までは、恭介はちゃんと謝っていた。涙ぐんで、顔を真っ赤にして、声を震わせながら、ごめんなしゃい、と言っていた。

保育園に通っていたころ、咲枝が迎えに行くと、ママの姿を見つけた恭介は、ぱっと顔を輝かせて走り寄って来た。

ママとけっこんする、というのが、あのころの恭介の口癖だった。

「恭介が大きくなったら、ママはおばあさんだ。それでもいいのか？」

マンションに遊びに来ていた弟の慎次《しんじ》が意地悪く訊ねても、恭介は胸を張ってこたえたものだった。

「いいよ。ママはママだもの」

「愛されているわねえ、ママ」

慎次が女言葉を使ってからかう。

「姉ちゃん、これまでこんなに男から愛されたことはなかったんじゃないの」

「今までもなかったし、これからもないでしょうね」

「そう言いきっちゃ駄目でしょう。旦那さんの立場は？」

「論外」

咲枝は、心底から思っていた。

この愛情があれば、亭主なんて要らない。

「あんまり愛しすぎると、将来が心配じゃないか？　恭介に好きな女ができたら、つらいだろう？」

「まだまだ先の話じゃないの」

「でも、その日はいつか必ず来るんだよ」

「考えたくない。いつまでもこのままがいい」

「親って勝手だな」

慎次はまたしても意地悪い眼つきになる。

「だったらさ、恭介が十四歳で童貞をなくすのと、四十歳で童貞。どっちがいいと思う？」

いくら何でも、たとえが極端すぎるでしょ。

半ばあきれつつ、咲枝は返事ができなかった。

「どっち？」

慎次がにやにやとせっつく。

「十四歳じゃない方」

慎次は眼をまるくした。

「本気かよ」

慎次は口が悪かった。

「恭介はいい子だけど、頭は馬鹿だからね。中学校は私立に通わせた方がいいよ。高校からじゃ厳しくなる」

言われたときは、よけいなお世話だと慎次の横腹を殴って済ませたが、気にはしていた。

確かに、恭介はどこといって取り柄のない子だ。親の欲目で見てもそう思う。

美男子ではない。慎次にはおっさん顔と言われている。躰も大きくない。言葉も遅かったし、ひらがなを覚えさせるのも時間がかかった。徒競走は四人中三位というのが定位置で、サッカーやバスケットボールに加わっても、ボールと遠く離れたところでうろうろしている。運動神経もあまりよくないようだ。お遊戯ではいつも出遅れてきょろきょろしていたから、音感もいいといえないのは間違いない。

なにをやっているの、もう。

咲枝はいらいらした。

自分だって、決して上出来な方ではない。劣等生ではなかったが、ずっと優等生で通していたとはいえない。けれど、英語は得意科目だったし、中学三年生のときにマラソン大会で優勝した経験もある。

ところが、恭介には、得意なものが見当たらないのだ。

「恭介は泳ごうとして手をかくと躰がずんずん水に沈んでいくんだな。俺にも覚えがある」

晟一は、嬉しげにひとり頷いていた。

「俺に似ているんだよ」

へんなところで喜ばないでよ。咲枝の苛立ちは増す。口には出せない言葉をぐっと飲み込む。

恭介をあんたみたいな男にはしたくないの。わからない？

咲枝は恭介を水泳教室へ通わせ、塾へも行かせた。が、どちらもぱっとしなかった。水泳は、同時期に入ったほかの子たちが泳げる距離をぐんぐん伸ばしているのに、恭介だけはいつまでも二十五メートルクラスから進級しなかった。学校の成績もまるで上がらない。漢字の書き取りをさせても覚えない。九九の覚えも悪い。咲枝は家でも勉強をさせるように試みた。

「五×九は」

食事のときも、風呂に入っていても、不意打ちで訊く。

「四十五」

「よし」

答えられたとき、恭介はいかにも誇らしげににたりと笑う。しかし、答えられないことも多いのだ。

「七×八は」

「う」

「いくつ？」

二の段から九の段まで、ついさっき復唱させたばかりなのに、これだ。咲枝は眉をつり上げる。

「いくつ？」

問い詰めると、恭介は考えようとしない。

「ごめんなさい」

あっさり白旗を上げる。咲枝には、そこがまた腹立たしい。

「ごめん、じゃなくて、答えを言いなさい」

「ごめんなさい」

「考えてよ」

だが、こうなると恭介は、お経のように唱えるばかりなのだ。

「ごめんなさい」

「ごめんなさい、は要らない」

咲枝は声を荒らげる。

「あんたのごめんなさいは、ぜんぜん信用できないんだから」

おまえはかりかりし過ぎなんだよ、と晟一によく言われた。

「焦らず、長い眼で見守ってやるのが親だろう」

咲枝は返事をしなかった。

あんたはわかっちゃいない。なにもわかっちゃいない。

長い眼でなんか見られない。それが、親なんじゃないの。

三

「最近、課長がおとなしいですね」

お昼どき、カップラーメンを手に、大森季実子が言った。

「奥さんとうまく行っていないんでしょうか」

吉本佑理が首を傾げつつ、お手製らしきまん丸いおにぎりにかぶりつく。

「どうであれ、こっちが苛つくようなことを言わないだけ、助かるじゃないの」

サンドイッチをもそもそと嚙みながら、咲枝は返す。

「結婚って難しいものですね」

吉本佑理は、ペットボトルのお茶を勢いよく飲んだ。

「さわやか馬鹿の課長が相手じゃ、難しくもなるでしょうよ」

冷ややかに言う。会社での自分は、我ながらしっかり者だと咲枝は思う。息子や夫の話はほとんどしない。大森季実子や吉本佑理の眼からは、まさか毎日毎日息子のことばかり考えているようには、とても見えまい。

「それでも、奥さんは、あのひとを好きになったから結婚したんですよね」

吉本佑理は、二つめのおにぎりを口に運んでいる。

「どうして好きになれたんですかね」

「恋は盲目っていうからねえ」

大森季実子がラーメンの汁をずずずと啜《すす》る。

「あばたもえくぼで恋人の本質が見えないってことですか。そんなことはないと思うんですけどね」

吉本佑理がいくぶん不満げにおにぎりを嚙みしめている。

「むしろ、好きなぶん、好きじゃない部分は厭でも眼に入ってきますよ」

「わかるけど、それでも見て見ぬふりはするでしょう」大森季実子は、なだめるような口調だった。「見えないのと同じことよ」

「本質なんて見えるわけがない。恋愛中は正直じゃないもの」

咲枝はサンドイッチのビニール包装を握りつぶし、ごみ箱に放り込んだ。

「お互いにお互いが好きなぶん、相手にとっていい人間でありたいと思う。だから、自分を抑えて譲歩する。嫌われたくない、別れたくないから、折れることができる。ごめんなさいも自分から言う。物わかりのいいところばかり見せる。ところがつき合いが長くなると、遠慮がどんどんなくなって、お互いわがままになって来る。いざ結婚となれば、もう本性をさらけ出し合うしかない」

「それが正直になるってことなんですかね」

独身の吉本佑理は、寒そうに身をすくめた。

「正直じゃない方が、思いやりを持てる。やさしくなれるってことなんでしょうか。そう考えると、結婚に踏み切るのは怖いですね」

「結婚なんか、しないで済むなら、しなくてもいいのよ」

咲枝は言いきった。思いのほか真情がにじみ出ていることに、自分自身で驚いた。

恭介が熱を出す。水ぼうそうになる。おたふく風邪にかかる。

そんなとき、晟一はあたふたするか、どうする、と咲枝に問い返すばかりで、自分からは決して動かない。つき合っている期間は、もっと積極的にきびきび動く、頼りになる男だと思っていた。

どうしてそんな風に考えていたんだろう。たった今、自分が言った説に従うなら、晟一が自らをそういう風に見せていた、ということになるのだろう。が、咲枝はやにわに自信がなくなる。果たしてそうだったかな。

友だちの友だち、という繋《つな》がりで知り合って、音楽が好きという点で話が合って、つき合うようになった。好きだ、という告白は咲枝からした。結婚したい。結婚をする。最終的に決めたのだって、咲枝ではなかったか。二十代後半のあのころ、咲枝は結婚相手を探していた。三十歳までには結婚をする。しなければならないと思い詰めていた。

女友だちのあいだでは、無言のうちにそういう圧力が強かった。わずか十数年前ではあるが、あのころはまだそんな風潮が圧倒的な時代だったのだ。

晟一が機敏に行動したことなんて、好きなミュージシャンのライヴのチケットを取るときくらいだったじゃないか。けっきょく、咲枝の眼には晟一の本当の姿がまるで見えていなかったということなのだろう。

恋は盲目。何ということだ。大森季実子の方が正しいではないか。

「吉本さん、結婚を考えているお相手がいるの？」

大森季実子がにやにやと訊いている。梅雨の時期に入ってからは、ようやく花粉症が少しおさまったようだ。

「どうなんでしょう」

吉本佑理がはにかんでいる。ふうん、と咲枝は思う。外見は悪くないのに異性への媚《こび》がなく、女らしさをあまり感じない。そんなところがかえって好ましかったこの娘にも、春がめぐって来ちゃったというわけか。

残念。

いや、そう感じるのは、咲枝が他人だからだろう。親や身内からすれば安心に違いない。吉本佑理も三十歳を過ぎている。昔ながらの、結婚を中心とした価値観でいえば、若いとは決していえないのだ。

「娘が欲しかったな」

咲枝は、思わず呟いていた。

「ちょっと大きくなると、息子はつまらないもの。娘だったら違ったかも」

娘だったら、好きなひとができたとか、学校でおもしろいことがあったとか、いろいろ話をして盛り上がれたかもしれない。恭介だって、ほんの少し前までは、そうだったのだ。会社から帰って来て、キッチンで食事の支度をしている咲枝の背後をうろうろしながら、ひっきりなしに話しかけて来た。

ママ、今日の一時間目は何だったか知っている？

知らない。

算数だよ。浩太《こうた》はいきなり居眠りして、先生に怒られたんだ。二時間目は何だったと思う？

覚えていない。

体育だよ。鉄棒をしたんだ。手にまめができたよ。

見せてごらんなさい。本当、硬くなっている。痛い？

痛くない。鉄棒からゆうくんが落ちて前歯を折った。鼻血も出たよ。ゆうくん、大車輪の真似をしようとしたら手が滑ったんだ。

ねえママ、三時間目は何だったか、わかる？

恭介は、一日に起きた出来事を、すべて咲枝に語りつくさずには満足できなかった。咲枝は恭介のほとばしり出る言葉の奔流を、半ばあきれて聞き流しながら、それでも幸福だったのだ。

それなのに、そんな日々は、不意に終わった。

一年前の土曜日のことだ。激しい夕立が通り過ぎた日。傘を持たずに友だちと遊びに行っていた恭介は、ずぶ濡れで家に帰って来た。

ママはちゃんと言ったでしょう。天気予報では夕方から雨が降りそうだって。折り畳み傘を持っていけばよかったのよ。ほら、タオル。そのまま上がっちゃ駄目よ。床が汚れるじゃないの。靴下は脱いで、ちゃんと足を拭いて、それからお風呂場へ行きなさい。着替えを持っていくからね。ついでにお風呂も入ったらどう？

恭介は、差し伸べた手を、荒っぽく振りはらった。

うるさいよ。

今まで見たこともないような、尖った眼で、咲枝を見返していた。

ママ、うるさい。わかっているよ。

あの日から、恭介は少しずつ変わっていったと思う。咲枝も理解はしている。必要な反抗期だ。こうして恭介は大人になる。仕方がないことだ。

ひとりでやれるよ。手助けは要らないよ。ママはうるさいんだよ。

これは恭介の成長なのだ。理解はできる。痛みが走る。

それでも、胸の中を風が吹き抜ける。

「親なんて、つまらないものよね」


午後二時過ぎ。

吉本佑理と倉庫で梱包《こんぽう》作業をしていると、大森季実子が呼びに来た。

「井上さんの電話が、さっきからずっと鳴っています。画面の表示をちらっと見たら、中学校からみたいですよ」

咲枝の心臓が、ずん、と鳴った。

恭介に、なにかあったのだろうか。

急いで机に戻り、電話を見る。着信は確かに恭介の通う中学校からだった。折り返すと、しばらく間があって、担任の岡崎啓子《おかざきけいこ》の声が聞こえた。

「あ、井上くんのおかあさんですか」

岡崎啓子は三十代の後半くらいだろう。間延びした喋り方をする国語教師で、背が低く小ぶとり。おっとりして見えるが、実際はすぐ感情的になるらしく、恭介たち生徒からの人気はあまりないようだ。

「あのう、井上くんが、体育の時間にですね。体育の担当は三橋《みつはし》先生なんですが、三橋先生の話によりますと、今日の体育はリレーの練習だったんです。あ、先週から体育はずっとリレーの練習をしているんだそうです」

で？

咲枝はいらいらする。この先生、国語の教師のくせに、話し方の要領が悪いんだ。要点を話すということができない。

「三橋先生によりますと、バトンの受け渡しの際に、隣りのレーンを走っていたほかの生徒と井上くんがぶつかりまして。ほかの生徒というのは、斎藤《さいとう》くんなんですが、井上くんが焦りすぎて斎藤くんの前に飛び出しちゃったみたいなんです。それでふたりともその場でもつれて転倒したんです」

恭介が悪いのだ。咲枝は眼を閉じていた。

「井上くん、足首を変な風にひねったみたいなんです」

「ひどい怪我なんですか」

「本人はひどく痛がっていました」

違う。そこを訊いているんじゃない。

「今、恭介はどうしているんですか」

「ここにはいません。病院へ運びました。あのう、タクシーを呼んだんです。救急車を呼ぶほどではなかったんですが、歩ける状態じゃなかったんです」

咲枝は天を仰いだ。

救急車を呼ぶほどではなかったのだ。落ち着け、わたし。

「どこの病院ですか」

「A病院です。あのう、学校からいちばん近いので」

咲枝は呼吸を整える。A病院だ。落ち着け。

息を吸い込んでから、大事な点を岡崎啓子に訊ねた。

「斎藤くんの様子はどうなんですか」

「は?」

咲枝は怒鳴りそうになるのをこらえた。は、じゃねえ。

「斎藤くんです。恭介がぶつかったという子ですよ」

「はい、斎藤くんはひざをすりむきました。でも、大丈夫です。元気です。その後も普通に授業を受けています。はい」

咲枝はほっと息をついた。

よかった。恭介は、怪我をさせてはいない。

「すぐにA病院へ向かいます。先生、ご心配をおかけしてすみませんでした」

電話を切る。会話の流れで成り行きを察したのだろう。大森季実子が、心配げにこちらを見ている。

「大丈夫なの？」

課長が間延びした声で訊く。大丈夫じゃない。咲枝は苛立った。なぜ傍で聞いていてそれがわからないんだ。このさわやか野郎、自分以外にはまったく関心がないんだな。

「息子が怪我をしました」

課長は眼をまるくした。

「ひどいの？」

「わかりませんが、病院へ運ばれたそうです」

「早退した方がいいかな」

「申しわけありませんが、そうさせてください」

咲枝は深々と頭を下げた。

そうだ。恭介が幼いころは、何度も、何度もこういうことがあった。

「忙しいときに、本当にごめんなさい」

ご心配をおかけしてすみませんでした。

忙しいときに本当にごめんなさい。

そう。

わたしは、頭を下げねばならない。

親だから。

四

会社のビルを小走りで飛び出て、咲枝はタクシーを捕まえた。

「A病院へ」

言ってから、すぐに晟一に電話をかける。コール音が七回。留守番電話に切り替わる。おかけになった電話には、ただ今出ることができません。ピーッという発信音のあとに、メッセージをお入れください。ピーッ。

「咲枝です。恭介が学校で怪我をしたの。A病院に運ばれたんだって。わたし、そちらへ行きますから」

電話を切って、電話を握りしめたまま、咲枝は唇を噛む。

恭介。

怪我はどのくらい悪いのか。骨を折ったのだろうか。ひどいのだろうか。杖《つえ》をつくようになるのだろうか。後遺症が残ったりはしないだろうか。

痛がっていた。痛いのだ。ずきんと胸の奥が痛む。

赤信号。タクシーが停《と》まる。いらいらとフロントガラスをにらむ。はやく青になれ。はやく走り出せ。一刻もはやく着け。


午後三時二十分。

咲枝のバッグの中で、電話が鳴り出した。晟一からの着信だった。咲枝は座っていたベンチから立ち上がると、廊下の隅に向かいつつ電話に出た。

「もしもし」

「俺だ。恭介は？」

「捻挫だって。しばらくは歩けない。杖をつくことになるね」

「そうか」

「お医者さんの話では、大事ではないみたい。無茶をしなければ、すぐもとどおり歩けるようになるって」

晟一が黙る。咲枝もなにも言わない。言葉にしなくとも、きっと考えていることは同じだ。

よかった。最悪の事態ではなかった。しばらく杖をつくだけだ。大したことはない。すぐに歩けるようになるんだ。

よかった。本当によかった。

「俺も今日ははやめに帰るよ」

「うん。家で待っている」

会話がいくら嚙み合わなくとも、いつも仲のいい夫婦とはいえなくとも、恭介に対しては、同じ思いを抱える。こうしてひとつの思いでつながる。

やはりこの男とは他人ではないのだ。しみじみ思いながら、咲枝は電話を切る。


右足を包帯でぐるぐる巻きにされた恭介は、ベンチにぼんやり腰をかけていた。

「パパから?」

恭介は、朝のようにぶすっとしてはいない。ついさっき、病院の診察室で咲枝と顔を合わせた瞬間の表情。咲枝は胸の芯を摑まれたような気分になった。三歳か四歳のころ、保育園に迎えに行ったときに見せた、あの顔だった。

痛みもあったろうが、なによりも不安だったのだろう。まだまだ子供なんだわ、この子は。

「うん。今日ははやく帰るって」

「別にいいのにな」

声まで幼くなったようだ。

「おれ、バトンを落としそうになって、泡食っちゃったんだ。で、ぜんぜんまわりを見ていなかった」

恭介はしょんぼりと肩を落としていた。

「駄目だなあ、おれ」

「しょうがない。そういうこともあるよ」

「ママ」

「うん？」

「会社、早退したんだろう。おれのせいで、ごめん」

「そんなことは気にしないの。いいのよ」

ごめんなさい、は要らない。恭介、あんたは今までその口で、いったい何回ごめんと言って来たの？　あんたのごめんなさいは、ぜんぜん信用できないんだからね。

落ち込み気味の恭介を元気づけるために、軽く言い返そうとして、咽喉が詰まった。鼻の奥が熱い。涙がこぼれかけている。

本当に、本当に、大ごとじゃなくてよかった。元気でよかった。

「ごめんね、ママ」

恭介が顔を覗《のぞ》き込んでいる。咲枝は慌てて鼻を押さえ、笑顔を作った。

「ごめんなさいは要らないよ、恭介」

いいのよ。あんたが無事ならば。いつもいつも、変わらず元気な顔が見られるならば。

親なんてそんなもの。そんな甘いもの。

ごめんのひと言でわだかまりが解ける。怒りは消える。その程度の、馬鹿がつくほど大甘なもの。

恭介が生まれて、喋れるようになってから、これまで何回言われたろう。ママ、ごめんなさい。ママごめん。何回も、何十回も、何百回も、何千回も。そして、これからも繰り返していくのだろう。

ごめんなさい、ママ。ごめんなさい。

決して許さない、なんてことは、ない。おそらくは許す。ぜったいに許す。親なんて弱いものだ。

いつまでもこのままがいい。たくましく成長しては欲しいけれど、幼い子供のままでもいて欲しい。そう言ったら、慎次からはさぞあきれられることだろう。

親って勝手だな。

そう、親は勝手だ。勝手で、弱い。

そして、咲枝と晟一は、いや、今までを考えれば晟一はどうだかあやしいが、少なくとも咲枝は、恭介のことで誰かに頭を下げ続けなければならない。

申しわけありません。うちの息子がご迷惑をおかけします。本当にすみません。ごめんなさい。

ごめんなさいの繰り返しで、続いていく。繋がっている、親子。夫婦。わたしたち、家族。

わたしの息子。わたしの夫。わたしの家族。どんなに腹が立っても、行き違っても、たったひと言で、もとに戻れる。

「ごめん」

第四話　いけない奥さん

一

夢をみていた。

好きな男と一緒に、ベッドの中にいる夢だ。男は若い。自分も、とても若い。だから、夢なのだと途中で気づいた。

肌の、とても熱い男は、夫ではなかった。

ぐしゅ。

自分の放ったくしゃみで、眼が覚めた。

ぐしゅん、ぐしゅ。連発だ。大森季実子はベッドから起き上がって、鏡台の上に置いてあるティッシュの箱に手を伸ばす。杉花粉の最盛期は過ぎたはずなのに、これだ。鼻の粘膜が弱くなっているんじゃないだろうか。このごろでは埃《ほこり》っぽい会社の倉庫に足を踏み入れただけで鼻水が止まらなくなる。色気もなにもあったものじゃない。

ぢーん。強く鼻をかんでから、ようやく嗅ぎとれた。ごはんが炊ける匂い。視線を横に移す。隣りのベッドはすでに空だった。季実子は、朝のひと息を、深く深く吸い込んだ。

ああ、もうちょっと夢の中にいたかった。あのうっとりするような酩酊《めいてい》感。しばらく味わっていない。

誰だったんだろう、夢の男。たくましい、強い腕。

パジャマのまま、寝室を出て、ダイニングキッチンへ向かう。キッチンカウンターの向こうに、季実子の旦那さんの剛朗《たけお》が立っている。

「おはよう」

炊飯器の内釜やフライパンを洗い終えたところらしい。台所用のタオルで手を拭いている。

「はやいのね」

剛朗は、昨夜は職場の上司に誘われて酒をつき合ったとかで、帰宅は深夜十二時近かった。

「最近、夜は外でめしを食うことが多いからさ。小遣い節約のためにおにぎりを作ったんだ」

シンクのまわりは昨夜よりぴかぴかだった。旦那さんは、季実子より家事が得意でまめなのだ。

「朝食兼用。八個もできた。季実子も食べろよ」

八個って。季実子はあきれた。張り切りすぎだろう。朝っぱらからいったい何合炊いたのだ。小遣いを節約してうちの食料を無駄に減らしてどうする。せいぜい気を利かせたつもりだろうが、いくぶん的を外した感じ。うちの旦那さんはいつもこうなんだ。

「梅干しもおかかも昆布の佃煮《つくだに》も入れた。たまご焼きも作った。冷蔵庫の残り物の整理ができたよ」

旦那さんはにこにこと機嫌がいい。

「これじゃ、どっちが奥さんかわからないな」

そう、うちの旦那さんはこういうひとなのだ。文句を言うのはやめにしよう。季実子もにやにや笑いを返した。

「ごめんなさいね、悪い奥さんで」

そう、うちの旦那さんは、とてもいいやつ。

ずっと昔から、知っている。ピント外れなところもあるけど、基本的にはいいやつなのだ。

「空き缶やペットボトルがずいぶん溜まってきたな」

冷蔵庫を開けて、牛乳パックを取り出しかける季実子の背に、旦那さんが声をかける。

「そうだった？」

「俺、そろそろ出るから、ごみ置き場に出しておくよ」

「悪いですねえ。お帰りは今日も遅いの？」

「なるべくはやく帰る、つもりではいる」

旦那さんは、声に後ろめたさをにじませながら、言いよどんだ。

「部長のご機嫌次第なんだ。ひょっとしたら今夜もつき合わされるかもしれない」

「大変だね」

季実子は同情した。季実子自身も、最近やたらと上司から甘えてこられて困っているのだ。夫婦そろって立場まで似るものなのか。おかしな話だ。

「遅くなりそうなら連絡する」

「行ってらっしゃい」

大きなごみ袋をがちゃがちゃいわせながら、旦那さんが玄関に向かっていく。

「いつもごめんな」

言い残して、ドアが閉まった。季実子は小さく呟いた。

「こっちこそ、ごめんね」

旦那さんの耳には、届かなかったであろう、言葉。いいやつだ。結婚して十五年になるけれど、このひとと一緒になってよかったと、心から思う。

なにも文句はない。あるはずはない。

ただ、旦那さんには、胸がどきどきしない、だけ。

ごめんね。

私は、悪い妻、なのかも。

旦那さんが出勤した一時間のち、季実子も身支度をして、マンションを出た。

青い空に、大きな入道雲がもくもくと立ちのぼっている。夏が来たのだ。午前八時をまわったばかりなのに、日差しがすでにきつい。季実子は日傘を開いた。浅黒く日焼けした男の子たちの乗った自転車が三台続けて歩道を横切る。大声で話をし、笑い合う。

季実子は眉をひそめた。小僧《ガキ》どもめ、危ないよ。小学校三年生か四年生くらいだろうか。

そういえば、学生はそろそろ夏休みに入る時期だな。結婚してすぐに子供を産んでいれば、あの子たちくらいの年齢になっていただろう。しかし、仕方がない。妊娠はできなかったのだ。病院へ通って、いわゆる妊活をしていた時期もあるが、うまくいかなかった。夫婦のどちらに原因があるともいえないんですよ、と医者は言っていた。要するに、原因不明なんです。そういうこともあるんです。

四十歳を手前にしたころ、夫婦二人だけで生きていくのもいいじゃないかと、旦那さんが言ってくれた。正直なところ、季実子もほっとした。どうしても子供が欲しかったわけではない。旦那さんのおかあさんが、赤ちゃんはまだなのかと会う都度せっつくのがわずらわしかっただけだ。それで、通院はやめた。

二十五年ローンで買った、３ＤＫのマンション。いずれ子供部屋に、と考えていた北向きの六畳間は、ストーブや客用蒲団が詰めこまれた物置になっている。でも、それでいい。仕方がない。

そう、夫婦二人だけで生きていくのもいい。そうだよね。

日光は白い日傘を通してじりじりと季実子の肌を刺す。肌を真っ黒に焼いて遊びまわった夏なんて、季実子にとっては太古の昔だ。

日差しを照り返す歩道を踏みしめながら、駅への道を歩く。毎日、駅前のコンビニエンスストアに寄って、ペットボトルのお茶を買うのが、お決まりだ。会社でつまむキャンデーやチョコレートも買う。今日は旦那さんのおにぎりがあるから、食事系のものは買わない。

今日は火曜日。胸をわくわくさせながら、店に入る。

「いらっしゃいませ」

彼の声。季実子はちらりと視線を走らせる。レジカウンターに、彼はいた。胸に

「こいずみ」と書かれた名札をつけた男の子。二十代の前半。二十五歳にはなっていないだろうな。ひょっとしたらまだ大学生。シフトからいえば夜間の学校かもしれない。勤労青年なのだ。

　こいずみくんが季実子を見て、微笑した。

「おはようございます」

季実子もにっこり笑って会釈した。感じのいい子だ。いつも季実子に特別な視線を向けてくれる。齢上の女が好きなのかもしれない。若い女の子は疲れるのかもね。自分の話しかできない。その点、私ならゆっくり耳を傾けてあげられる。

飲み物を選んで手に取って、季実子はこいずみくんの立つレジの前に並ぶ。

「いらっしゃいませ」

季実子が差し出したペットボトルの冷たいお茶を、こいずみくんは小さな袋に入れる。ストローも入れる。制服の半袖シャツから伸びた、浅黒くふとい腕。季実子の視線が釘《くぎ》付《づ》けになる。

「今日はお茶だけですか」

　こいずみくんが訊く。

「お弁当を持ってきているの」

季実子は今朝の夢を思い出している。

「手作りですか」

「そう」

旦那さんのね。

「うらやましいなあ」

がっちりした肩を揺らして、こいずみくんが呟いた。うらやましい？　それは、私の作ったお弁当が食べたいってことなの？

「ありがとうございました」

季実子はうきうきと歩き出す。こいずみくんたら、やっぱり私のことを特別扱いしているよね。

今日もいい気分だ。

今朝の夢の男は、こいずみくんだったのだ。たぶん、きっと。

自覚している。

季実子は、惚《ほ》れっぽい性質だ。

というより、男から惚れられていると、すぐに思い込む性質なのである。

彼、私のことが好きなのかな。にこやかにおはようと言ってくれた。さっきも私の方を見ていた。話しかけ方がほかの女の子たちとは違う。私にだけやさしい。そうだ、間違いない。好きなんだ。

彼は私が好き。私も彼が好き。

季実子自身は、それが自分の勘違いなどと考えはしない。彼は私に気がある。いつだって、その確信から季実子の恋ははじまった。現在の旦那さんとだって、そうだった。むろん、他人にそんな話はしない。苦い過去がある。はるか昔、まだ中学生だったころ、女友だちにその手の話をしても、反応は一様に冷たかった。

「自意識過剰すぎない？」

面と向かって言われはしなかったが、蔭ではひどいものだった。一度、トイレの中で、同級生たちが自分をあざ笑っているのを聞いてしまったのだ。

「男から好かれるほど美人かどうか、鏡を見てみろって言いたいよね」

「あの子の家には鏡がないんじゃない？」

出るに出られぬ個室の中で、季実子は歯を食いしばって耐えた。鏡はある。洗面所にある大きな鏡だ。毎朝、顔を洗って歯を磨いて、長い髪をとかしながら、穴が開くほど見ている。

「いつまで洗面台を占拠している気なんだ。おまえの面《つら》はいくら磨いたって変わり映えしねえよ、ぶす」

高校生の兄からいくら罵声を浴びせられても、無視して鏡をにらんでいる。今、季実子を笑っている彼女たちの鏡だって、同じことを囁きかけてくるはずだ。

うん、モデルや歌手みたいな美人とは言えないかもしれないけど、普通の女の子としては悪くない。鼻の横のにきびが目立つのが残念だし、いくらかほっぺたがむっちりし過ぎているけれど、にきびが消えてちょっとやせればぐんときれいになるはず。悪くない悪くない、いける。

誰の鏡だって、自分には甘いものなんだ。わからないのだろうか、女のくせに。薄汚れた床のタイルを見下ろしながら、季実子は思ったものだった。わからないとしたら、大した女じゃない。

自分なんか可愛くないし魅力もない。男の子は自分を好きになんかならない。そんな風に考えている女が男に好かれるわけ、ないよ。


そうだ。

季実子は昔から男の子が好きだったし、好かれても来た、と自分で思う。

幼稚園に通っていたころから、クラスに好きな男の子がいなかったことはなかった。

旦那さんは、高校一年のときの同級生で、お互いに学級委員に選ばれたことから、親しくなった。が、当時は異性として魅力を感じたわけではなかった。季実子にはほかに好きな男の子がいた。

同窓会で再会したのが、二十八歳のとき。結婚して十五年。仲はいい。TVを観ていたって、音楽を聴いていたって、買い物に行ったたって、話は弾む。好きなものへの感性が似ているのだろう。気が合うのだ。

だけど、友だちみたい。

恋人になって、夫になって、友だちに戻った。そんな感じ。

「話が合うなら、けっこうじゃないの」

同僚の井上咲枝からは、そう言われる。

「うちなんか、話もかみ合わない。できるのは息子の話だけよ」

確かに、他人から見ればうらやましい関係なのかもしれない。けど、何だか、物足りない。

もちろん、こいずみくんと浮気をしたいとも、しようとも、真剣に思いつめているわけではない。婚姻は、守らねばならない人間社会の約束ごと。ましてや旦那さんに不満はないのだ。

だけど、心の奥底までをがんじがらめに縛りきれる規則なんて、あるはずもない。だからこそ、今朝のような淫らな夢をみてしまう。

お茶や食事に誘われたら、たぶん拒まない。自分は罪深い性質なのかもしれない、と季実子は思う。

二

「大森さん、おはよう」

杉田課長が、にこやかに声をかけて来る。

「おはようございます」

季実子はうつむき加減に返事をする。視線は合わせない。パソコンの画面を熱心に見つめるふりをしながら、急ぎでもないメールの返信を打ちはじめる。いかにも忙しげな態度で、杉田課長に、あっちに行け、という合図を送る。

「昨日は暑かったね」

杉田課長はのんびりと話を続けようとする。

「そうですね」

本心では、舌打ちを返したい。しかし、まさかそれはできない。ぱちぱちぱち、とキーボードを荒々しく叩《たた》く。

このところ、杉田課長がやたらとすり寄って来る。奥さんともめて、家出されたのだ。

奥さんはなかなか帰る素振りを見せないらしい。このまま離婚する可能性も高そうだ。不安でいっぱいの杉田課長としては、愚痴の聞き役が欲しくてたまらないらしい。

同僚の井上咲枝や吉本佑理は露骨に冷たい対応をするので、杉田課長としては季実子にすがるしかないのだ。季実子だって必ずしもやさしく応じているわけではないのだが、井上咲枝の毒舌や吉本佑理の黙殺よりはましだと思うのだろう。

「今日も暑いね」

ぱちぱち、ぱちぱち。井上咲枝も吉本佑理もまだ出社していない。井上さん、吉本さん、はやく来てよ。助けてよ。

旦那さんも会社で同じような目にあっているんだろうか。まったく、お互いに苦労するね。

「夏ですからね」

ぱちぱちぱち。

「大森さん、今日のランチは予定があるの？」

誘う気なのか。ぱちぱちぱち。冗談じゃないよ。ぱちぱちぱち。

「お弁当を持ってきています」

「いいお店を見つけたんだよ。誘ってあげようと思ったんだけどな」

杉田課長は恩に着せるように言った。

「残念です」

ぱちぱちぱち。そういう言い方が腹立つんだよ。ぱちぱちぱち。いつ、誰が、あんたに誘ってほしいと頼んだよ。なにさまだ、あんたは。

「明日はどう？」

げ、約束させる気？　ぱちぱちぱち。勘弁してよ。あんたと二人で食事なんてしたくないよ。

「おはようございます」

そのとき、吉本佑理が出社してきた。

「おはよう」

季実子はほっとして、キーボードを叩く指を止めた。助かった。

「ちょっと相談したいこともあるんだよね」

杉田課長はまだぐずぐずと季実子の横に突っ立っている。

「いずれ機会がありましたら」

ぱちぱちぱち。季実子は再び指を激しく動かした。メールの相手には、もう書く用件もない。

「明日はどう？」

しつこいな、こいつ。

「明日もお弁当です。毎朝、うちの旦那さんが作ってくれるんです」

画面から眼を離さず、きっぱりと言う。

「ああ、そう」

さすがに杉田課長も撤退せざるを得なかった。すごすごと傍を離れていく。そのあとに吉本佑理がそっと近づいて来た。

「最近、懐かれていますね。お気の毒に」

耳もとで囁きかける。季実子は溜息をついてみせた。

「奥さんに逃げられて、相手をしてくれるひとがほかにいないのよね」

だからといって、私はごめんだ。基本的には男に寛大なつもりの季実子も、杉田課長は苦手だった。

杉田課長が夢に出てきたら、今朝みたいな陶酔感はぜったいにないな。ただの悪夢だ。季実子はかぶりを振っていた。あの男と肌を合わせるなんて、これっぽっちも考えたくない。

「おはようございます」

井上咲枝が早足で出勤してきた。今朝も眉間にくっきり縦皺を刻んでいる。

「たった今、廊下で杉田課長とすれ違ったら、ぷうっとぶんむくれて挨拶も返さない。何なの、あのとっちゃん坊やは」

「ちょうど、大森さんにふられたところなんです」

吉本佑理が苦笑まじりに説明をする。

「相談したいからお昼ごはんをつき合えって、うるさいんですよ」

「奥さんが逃げるのも当然ね。鈍感な男」

井上咲枝は吐き棄てた。

「きっと、悪気はないんでしょう」

季実子は微塵《みじん》も熱を込めずに言った。

「でしょうね」

井上咲枝は苦い顔つきのまま頷いた。

「悪気がなければなにをしてもいいとのさばり返っている。あの手の鈍感こそ諸悪の根源よ」

「そうですよねえ」

季実子はふたたび嘆息する。男に好かれやすいのも、いいことばかりではない。好かれるなら、杉田課長ではなくて、ほかの男がいい、そう、たとえば、配送業者の里村くん、とか。

会社に出入りする里村くんとは、週に一度か二度、顔を合わせる。

「お疲れさま」

季実子が声をかけると、にこやかに返す。

「疲れますねえ。辞めたいですよ」

季実子が笑うと、里村くんは作業の手を止めて、真顔で言うのだ。

「大森さんは、そう思いませんか」

「辞めたら生活ができなくなっちゃう。辛抱するしかないでしょう」

「辛抱は嫌いですねえ」

「里村くんの会社、そんなにきついの」

「なにせ上があああですから、のんびりできないんですよ」

里村くんの上司も、季実子の会社によく顔を出す。藤堂《とうどう》さんという名の、もう六十代のおじさんだが、箱詰めの荷物を山積みにした台車を押し、トラックの荷台に積み込む速度は里村くんよりはるかにはやい。季実子は、藤堂さんが空の台車をスケートボードのごとく乗りこなし、軽やかに道路を疾走している姿を見かけたことさえある。

「藤堂さんは、出勤したばかりのときは疲れの溜まったおじいちゃんみたいなんですが、プロテイン飲料を一本飲むと蘇るんです」

藤堂さんの肩書は営業部長。同族経営の小さな会社だとはいうが、営業部長がそんな具合では、部下としてはやりにくかろう。

「社長にとっても藤堂さんにとっても、仕事こそが生きがい。休むのは悪ですから。うちの会社はまだ昭和なんですよ」

「でも、藤堂さんだってさすがにいつまでも最前線で働いてはいられないでしょう」

「プロテインを与えておけば、あと五十年は動けそうですけどね。おれの方が先に倒れますよ」

「まさか」

　里村くんは、いつもどうでもいいような話題を持ちかけては、季実子を引き留めようとしている、ように思える。忙しいとき、挨拶だけで立ち去ろうとすると、名残惜しげに突っ立っている、気がする。とくに季実子に対して親しげにふるまっている、ようだ。そりゃそうだろうな、と季実子はひとり納得する。井上咲枝はきついおばちゃんだし、若い吉本佑理には色気がないもの。

　今朝の夢の男は、ひょっとしたら里村くんだったかもしれない。

　里村くんに食事に誘われても、自分は断らないだろうな。もちろん、食事くらいならね。あんまり本気になって来られたら困る。旦那さんとの仲を壊す気はないのだもの。だけど、本当に誘われて口説かれたら？

　どうだろう？

若いころ、旦那さんと出会う前は、いろいろあった。

「口説き文句なんて、信じる方が馬鹿よ」男って、酔っぱらえば適当なことを言ってくるものだもの」

いつだったか、とりとめのない雑談をしていたとき、井上咲枝が断言していた。季実子は承服しかねた。そりゃ、あんたに寄って来た男はそうだったかもしれないけどさ。

「お酒に酔って口説く男ばかりとは限りませんよ。しらふで口説かれることもあります」

反論すると、井上咲枝は鼻先で笑った。

「お酒じゃなきゃ、雰囲気に酔っている。どっちも同じ。あとのことなんか深く考えちゃいないの」

ま、そういう男も確かにいたな。二十五歳のとき、同じ食品会社に勤めていた男。お酒の席で親しくなって、流れで深い仲になって、季実子はつき合っていると信じた。けど、こちらから会いたいときには、まったく電話がつながらない。向こうから会おうと言ってきたときだけ、会う。会ってもデートも食事もおざなり。とにかくホテルのベッドへ直行。それでも遊ばれているとは考えなかった、あのころの自分を思い出すと、さすがに季実子も頭を抱えたくなる。けれど、禍福は糾《あざな》える縄の如《ごと》し。苦あれば楽あり。ひとでなし野郎との腐れ縁を断ち切ったのち、ほどなくして出席した同窓会でめでたく旦那さんと再会したのだった。

若い時分は、誰にだって、苦い記憶も失敗もある。間違うこともある。

だけど、もう、そんな失敗は繰り返さない。

若くはないのだ。


そうだ、季実子は若い娘ではない。

でも、男から振り向かれないほど、若くないわけではない。

三

「大森さん」

地下鉄の降り口で声をかけられて、季実子はげんなりした。杉田課長から、お昼過ぎに買い物を頼まれたとき、厭な予感はしていたのだ。

「デパートへ行くんだよね」

杉田課長のにやにや顔が近づいてくる。

「はい。さっき頼まれた、古賀《こが》さんへのお詫びの品を買ってくるところです」

会社を出る際、姿が見えないとは思ったが、まさか待ち伏せしていようとは。

「なにを買うの」

もともとは杉田課長の発注ミスから起こった納品遅れのお詫びなのだ。にやけている場合じゃないだろうがよ。

「クッキーの詰め合わせを買うつもりです」

老舗《しにせ》洋菓子店Yのクッキーは、ついこのあいだも旦那さんがおみやげに買ってきてくれた。季実子の大好物だった。

「Dデパートだろう。T駅だよね。途中まで俺も一緒に行くよ。斎田《さいだ》さんのところへ届けなきゃならない書類があるからさ」

いいえ、G駅のM屋にします。課長も書類なら宅配便かバイク便に頼めばいいじゃありませんか。席に戻って、自分の仕事をしてください。脳みそをちゃんと使ってね。そうすれば私がデパートへ買い物になんか行かなくても済むんです。

言いたかったが、季実子はぐっとこらえた。あきらめるしかない。どの道ついてくる気まんまんなのだ。

「相談があってね」

駅のホームで電車を待ちながら、杉田課長は切り出した。

「仕事のことですか」

そんなわけはない。どうせまた奥さんの話だろう。季実子は溜息を押し殺した。

「違うよ。私生活のことで、大森さんにはこれまでもいろいろと聞いてもらっているからね」

聞きたくて聞いているわけじゃない。季実子は苦虫を噛みつぶす。無理矢理に聞かされているんだよ。今みたいにね。

「実はね」

杉田課長はもじもじと視線を落とした。

「気になる女性がいるんだ」

「はい？」

季実子は耳を疑った。あんた、奥さんとまだ離婚したわけじゃないんでしょう？

「驚いた？」

杉田課長が季実子を探るように見つめる。季実子の頬がひきつる。

まさか、その女性って私のことじゃないでしょうね。

「驚くよなあ。自分でも信じられない気持ちなんだ」

杉田課長がふっと視線をそらした。

「家に帰っても誰もいないからね。ついつい近所のバーに入り浸ってしまっているんだけど、そこで働いている女の子でね」

あ、よかった。私じゃなかった。

安堵した次の瞬間、胆の底がざわざわとさざ波立って来る。なにをたわけたことを言っていやがるのだ、こいつは。

「俺の話を熱心に聞いてくれるんだ」

そりゃ、商売だからだよ。

「ここ二週間ばかり、彼女のことが頭から離れなくてね」

だから発注を飛ばしやがったのか。季実子は奥歯をぎりぎりと噛んだ。いい加減にしてよ。

「ひさしぶりなんだ、こんな気持ち。どうしていいかわからなくてさ」

どうしたらって？　今すぐ電車に飛び込め。いや、いけない。ただでさえ迷惑な男なのに、最期までそれでは鉄道会社や何万人もの利用客に悪影響が。

「大森さんに聞いてもらって、少し胸がすうっとしたよ」

こっちは怒りで胸が裂けそうだよ。

「このことは誰にも内緒にしておいてくれよ」

ごごごごう、とうなりを上げて、電車がホームへ走りこんで来る。季実子は言った。

「もちろんですよ。誰にも言えるわけがないじゃないですか」

言わないわけがないではないか。

急いで買い物を済ませて会社へ戻ると、課長はまだ戻っていなかった。季実子はさっそく井上咲枝と吉本佑理にことの次第をぶちまけた。

「救いがたい男ね」

井上咲枝が言下に決めつけた。

「このあいだ奥さんに逃げられたばかりなのに、もうそんな寝言を言っているんですか」

吉本佑理はあきれ返ったようだった。

「男のひとは信じられないな」

「あなたの彼氏は心配ないでしょう」

井上咲枝が吉本佑理の肩先を軽くつっつく。おや、と季実子は首を傾げる。井上咲枝がこんな風に砕けた言い方をするのは珍しい。

「吉本さん、つき合っているひとがいるの?」

季実子が訊くと、吉本佑理は困り顔でうつむいた。

「このあいだ、お二人が話しているところに、たまたま行き合わせちゃったのよ」

井上咲枝がいたずらっぽく笑っている。

「で、知っちゃった」

「相手は会社のひとなの?」

「配送業者の里村くんよ」

季実子は衝撃を押し殺した。

「お似合いじゃない。彼とは年齢も同じくらいでしょう」

「向こうが二つ下です」

井上咲枝と吉本佑理が話している横から、季実子は訊ねる。

「いつから？」

我ながら、声が低い。

「つい最近です」

「ぜんぜん気づかなかった」

季実子の声がさらに沈む。

「気づかれない方がいいんです」

季実子の内心も知らず、吉本佑理がこともなげに答える。

「うまくいかなかったら気まずいだけですから」

「あら、うまくいっていないの？」

しまった、嬉しそうな声になってしまった。

「わたしも彼も変わり者なんです。噛み合わないことや行き違いも多いんですよ」

私となら、話が弾むんじゃないかしらね。

「でも、一緒にいて楽しいんでしょう」

井上咲枝がからかうように訊く。

「それは、会えば嬉しいですけど、楽しいのかなあ」

吉本佑理が真顔で首をひねる。

「嬉しいのと楽しいのは、ちょっと違う気もします」

「お休みの日は出かけたりするんでしょう。映画を観るとか、ショッピングをするとか」

「観たい映画がなかなか一致しないんです。それに基本、彼もわたしも人混みが好きじゃないので、近所をぶらぶらするくらいです」

つまんないやつらだな。

「わたしが向こうに合わせるべきだと思うんですけど、そうすると向こうが尻込みしちゃうんです。無理に話を合わせなくていいよって言われると、わたしもなにも言えなくなっちゃう」

「お互いに遠慮がありすぎるのね」

井上咲枝がしみじみと言った。

「いいわね、そういう、ういういしい関係」

そんなの、恋人と言えないじゃないか。

「わたしたちみたいにずうずうしくなっちゃうと、そういうのは本当にうらやましいわよね」

井上咲枝が季実子に視線を向ける。

待って、一緒にしないでよ。あんたはどうか知らないけれど、私はずうずうしくないから、別に。

「まあ、会って楽しくいちゃいちゃしていれば、それでいいんじゃないの」

季実子の口調は、いささか棘《とげ》を含む。吉本佑理は苦笑した。

「あんまりいちゃいちゃしないです」

本当につき合っているの？　勘違いじゃないの？

里村くん、私を口説いた方がよかったんじゃないの？


午後六時、退社。

空はまだ明るかった。夕方の空気はねっとりと重い。

混み合った電車から吐き出されて、汗まみれ。季実子は足早に改札口を出る。暑い。だるい。そして、ひどく疲れた。夕食を作るのが面倒くさい。スーパーマーケットに立ち寄る気力がない。冷蔵庫の残り物で間に合うだろうか。とにかくいったん家に帰ってから考えよう。もし間に合わなかったら、旦那さんに連絡をして買って来てもらえばいい。

小学校の隣りにある公園の入口に差しかかったとき、季実子は舌打ちをしたくなった。百日紅《さるすべり》が満開の木の下で、これ見よがしにべたべたしている男女がいる。この公園、夏場はこの手合いが多いのだ。

ふだんなら苦笑して済ませるが、今日の季実子はいささか気が立っている。そういう真似は家の中でこそこそとやりな。さかりのついたけだものどもが。わざと公園の中を横切りながら、じろじろと顔を覗き込む。そして、息を呑んだ。

こいずみくん、だ。

あなたはなにをしているのですか？

中学生英語の直訳のような文章が胸に押し寄せる。なにって、一目瞭然だ。若い女とおでこをすりつけるようにして囁き合いつつ、たまに唇もくっつけているのである。

彼女は誰ですか？

がんがん脈打つ季実子の頭の中で、こいずみくんは笑顔で答える。

はい、妹です。

そうですか、妹ですか。

妹も私も帰国子女で、キスは挨拶なのです。

ああ、そうですか。

って、そんなわけがないだろう。挨拶にはとても見えない。どう見たって恋人同士じゃないか。

恋する二人は、自分たちの世界でいっぱいいっぱいのようだ。通りかかる人間など、公園の木々と変わらない、ただの風景の一部。

こいずみくんは、季実子の方を一瞥《いちべつ》もしなかった。


なにも、失恋したわけじゃない。

季実子は半ば駆けるように家路を急ぐ。

ほんのちょっと、失望しただけ。それだけだ。浮気をしたわけじゃない。したいと思ったこともない。

過ぎていく毎日の中の、ほんの少しの希望。ずうっと昔から、誰かに女として思われているという事実は、いつだって季実子を力づけてくれたから。

現在が不幸なわけじゃない。不満はない。旦那さんはいいやつだし、毎日は平穏だ。ただ、少しだけ足りなかった。

私は女なんだ、という、切実な、希望。

四

どんよりとした気分。

マンションのエレベーターは上階に上がりっぱなしで、なかなか一階に降りてこない。こんな日は、なにもかも間が悪い。

明日はまだ水曜日か。季実子は、はあああ、と深い溜息をつく。会社、行きたくないなあ。コンビニエンスストアは別の店に変えよう。こいずみくんとの仲は終わった。まあ、はじまってもいなかったわけだけどさ。

がたん。ようやく降りてきたエレベーターの扉が開く。

「ばう」

ゴールデンレトリバーに吠《ほ》えかかられる。夕方の散歩に行くところらしい。興奮しきって季実子に飛びつき、膝に前脚をかけて来る。

「こら、よせ」

飼い主の若い男がリードを強く引いて犬を叱りつけてから、季実子に頭を下げる。

「すみません。こいつ、女のひとが好きなんですよ。驚かせて申しわけありません」

季実子はゆがんだ笑いを返してエレベーターに乗り込んだ。

私がもてるのは、犬に対してだけかよ。

まったく、今日はさんざん。こんな日は、本当に、なにもかも間が悪いんだ。


六〇五号室、季実子の家。

ドアの鍵は開いている。旦那さんが先に帰ってきているようだ。おやおや、と季実子は思う。朝は遅くなるようなならないような、微妙な返事をしていたのに、はやく帰れたのか。部長に捕まらなかったのかな。

ダイニングの電気はついていた。だが、姿は見えない。鞄《かばん》も電話も、三人掛けソファの座面に抛《ほう》りっぱなしになっている。シャワーでも浴びているのかな。首を傾げつつエアコンのスイッチを入れたとき、トイレの水を流す音がした。そうか、トイレか。季実子は思わず笑っていた。旦那さんはおなかを下しやすいのである。おそらく、帰って来る途中でおなかが痛くなって、家に辿《たど》り着くなりトイレに飛び込んだに違いない。

ぶるぶるぶる。

旦那さんの電話が振動した。誰かからメッセージが届いたのだ。季実子は何の気なしに電話を手に取り、画面を見た。

「ゆうべはとても楽しかった。最高のお誕生日プレゼント、もらっちゃった。ありがとうございました」

はい？

猫のキャラクターがウインクを投げかけて来る画面を見つめながら、季実子の全身は固まっていた。

どういう意味なの。何なの、これ？

トイレの水を流す音が遠くに聞こえた。電気はついているのに、日が沈むように眼の前が暗くなって行く気がした。

うちの旦那さん、浮気しているの？


旦那さんは、電話を手にしている季実子を見て、立ちすくんだ。

「あ」

口を開けたが、言葉にはならない。

「あう」

お帰りなさい、という言葉さえ出ない。ただ、喘《あえ》ぐように口をぱくぱくと動かす。金魚か、と季実子は胸で毒づく。

「楽しい会話の最中だったみたいだね」

旦那さんの眼の前に、ゆっくりと電話を突きつけた。

「どういうことか、説明してくれる？」

旦那さんの顔からは、すっかり血の気が引いている。

「昨夜は、部長さんのおつき合いで飲みに行ったんじゃなかったの？」

旦那さんは、眼を泳がせた。

「待ってくれ、説明する」

「嘘をついて、この女の誕生日を祝っていたわけ？」

「説明する」

「できるものなら、してみたら？」

旦那さんがトイレから出て来る前に、過去のやりとりもしっかり見てしまったのだ。言いわけは通らない。

「会社の部下なんだよ。同じ課の先輩とうまく行かなくて、その相談を受けていたんだ」

「部下の人間関係の悩みを聞いていたってわけね」

旦那さんはほっとしたように頷いた。「そうなんだ」

「誕生日を祝う必要はどこにあるの？」

このごろやたらと機嫌がよかったのも、どことなく後ろめたそうな態度も、このためだったのだ。いいやつだなどと思い込んでいた、似たもの夫婦だと信じていた。季実子こそいいやつだった。おひとよし。いい面の皮。

「たびたび彼女の相談を聞いていたから、お礼をもらった。誕生日プレゼントは、いわばその返礼だよ。このあいだ、持って帰って来ただろう。Ｙのクッキー」

「思い出した」

季実子は歯を食いしばった。大好物だ、うまいうまいと喜んで食べた。たまには旦那さんも気が利くなと思った。

何てことだ、気が利いているのは、その女だった。

「誰かさんからの贈り物だとは言わなかったね」

旦那さんはうつむいた。

「でも、彼女も、奥さんと食べてくれと言っていたんだ。おかしな意味はないんだよ」

季実子は奥歯をきりきりと噛みしめる。

「彼女とは、そんな関係じゃないんだ」

「どんな関係なの？」

「なにも関係はない。無関係だ」

「無関係な相手に、こんな言葉は送らないよね？」

季実子は電話を持ちかえて、画面をスクロールする。旦那さんは慌てた様子で両手をぶんぶん振ってみせた。

「それはその場の勢いだよ」

「勢い、ね」季実子は旦那さんをにらみ据えた。「勢いで浮気をしたわけね」

「浮気じゃないよ」

いいや、浮気だ。

「彼女とはなにもしていない。本当なんだ」

季実子はぷいと横を向いた。

「仮になにもしていないとしても、気持ちが動いたのは確かでしょう？」

「そんなことは」

ない、とまで、旦那さんは言わなかった。言葉に詰まったまま、泣きそうな表情を浮かべている。

「ほら、見なさい」季実子は冷笑した。「わかるのよ」

だって、私だって、同じだったんだもの。

「悪かった」

旦那さんはがくりと頭を垂れた。

「よそ見をした。認めるよ。だけど、気持ちだけ、それも、ごくわずかだ」

「気持ちだけ、ごくわずか？」季実子はつんけんと返した。「心でよそ見をするのだって、立派な裏切りだよ」

だとしたら、季実子はこれまでどれだけ旦那さんを裏切って来たのだろう。

「裏切り、とまではいかない。少しばかり揺れただけだ」

「完全に浮気だよ」

そうならば、季実子はとんだ浮気妻だ。

「下心はなかった。いいや、ぜんぜんなかったとは言いきれないけれど、浮気にまで踏み切るほどの感情はない」

「それで私が傷つかないとでも思う？」

季実子はあえて声を荒らげた。

「どうしてそんな無神経な真似ができるの。私があなたになにか悪いことをした？」

けっきょくのところ、やはり季実子と旦那さんは、似たもの夫婦だったのかもしれない。

けれど、自分のことは棚に上げて、季実子は旦那さんを責める。旦那さんの気持ちがわかるだけに腹が立つ。責めずにはいられない。

「季実子に落ち度はない。季実子のせいじゃない。俺が悪い。結婚以来、俺たちがあまりに平穏だったからかもしれない」

わかる。季実子とまったく同じだ。

だが、断じてそれは口にできない。

「平穏なのが悪いの？」

なにごとも起きない。友だちのような夫婦。二人だけの毎日。物置になっている子供部屋。

いつもは気にならないのに、うっすら涙がにじんできた。

「そういう、いい加減な気持ちが、どんなに私を傷つけるか、わかっているの？」

二人だけの人生。母親にはなれず、ひとりの女にも戻れない人生。涙が糸のように、すぐに棒のような流れになって、季実子の頬から顎へ流れ落ちる。

私、気にしていたのかな、意外と。

「ごめん」

「謝って済む問題じゃないよ」

許せない。許したくない。

頭ではわかっている。季実子には、旦那さんを責める権利はない。似たもの夫婦だ。同じことをしていた。でも、胸が、胆が、許せない。

「あなたは鈍感すぎる」

井上咲枝が言ったとおりかもしれない。鈍感こそ諸悪の根源、か。

「本当にごめん」旦那さんは頭を深く下げた。「悪かった。反省している。二度としないよ」

季実子は無言で鼻水をすすり上げる。

「ごめん」

旦那さんがティッシュの箱をおずおずと差し出した。季実子はひったくるようにそれを奪い取り、紙を引き抜いて鼻をかむ。

ぢーん。

「ごめんよ」

旦那さんだけ、じゃない。

私も、鈍感だった。

ぐずぐずの鼻に紙を押しつけたまま、うなだれる夫に向かって、声を出さずに言ってみた。

ぜったいに、ぜったいに口にはできない、ひと言。

私、悪い妻でした。

ごめんなさい。

第五話　かすがい

一

山茶花《さざんか》の木と、八《や》つ手《で》の木が植えられた庭を、信助《しんすけ》は見ている。

杉田の家は、そろそろ築五十年になる古い木造二階建てだ。右隣りは十年ほど前に改築した三階建ての二世帯住居、左隣りは四階建ての鉄筋アパート、裏は七階建てのマンションで、まるきり谷間である。お蔭で杉田家には一日じゅうほとんど日が差さない。山茶花も八つ手も幹は細く、枝はひょろひょろだ。だが、毎年冬になれば山茶花は美しく白い花を幾つも咲かせるし、八つ手の葉はおすもうさんの手のひらみたいに大きく茂っている。

七月はじめから、八月終わりのこの時期、朝のあいだだけは建物と建物の隙間から、ほんの少しの時間、ひと筋の陽光が伸びて来る。台所から洗面所、風呂場へと向かう廊下の板の間にちょこんと座り込んで、細い光を全身に浴びながら、信助は窓ガラス越しに庭を眺めている。

八つ手の葉が、がさがさと風に揺れる。やかましかった蟬《せみ》の声も、このごろはしなくなった。また秋が来るのだなあ、と信助は思う。茶の間からは、TVの音が聞こえる。今朝もおやじが大音量でニュース番組を流しているのだ。

「信助」

かあちゃんの呼ぶ声が、背後から近づく。

「信助、こんなところにいたの」

ほっとしたように、かあちゃんは身をかがめて、信助の背中を軽く叩く。

「あら、今日もあの猫ちゃんが来ている」

一匹の猫が、隣家との境のコンクリート塀の上で、香箱を作っている。

「あの子が顔を見せるようになって何年になるかな」

もう、五、六年になるね。

こげ茶と白の、少し長毛種の猫は、かあちゃんや信助の方は見もしない。きっと、かあちゃんが傍に来たからだと、信助は考えている。信助だけのときは、違う。近づいてきて、信助の眼の前に座る。視線は合わせないし、言葉もあるわけはないのだけれど、動作で語りかけて来る。

おまえ、いつも家の中にばかりいるけれど、外は嫌いなのか。

信助も、応じる。

外は危ない。ここにいろと、かあちゃんが言うんだ。

野良猫は、やにわに走り出し、山茶花の幹に爪を立て、そのまま跳び上がって塀の上に乗る。

でき?ないだろう、おまえにはこんなこと?

そしてそのまま塀の外へ姿を消す。

「あの子は野良じゃないね。ちっともやせていないもの」

かあちゃんは信助に話しかける。

「どこかのおうちで餌をもらっているんだよ。野良じゃない」

違う。眼つきでわかるのだ。あいつは野良だ。肉づきがよく見えるのは、毛が長いせいだ。誰かに餌をもらっているかもしれないが、ねずみや雀《すずめ》も捕っている。一度、庭の敷石のところにねずみの死骸が転がっていて、かあちゃんが悲鳴を上げたことがあったじゃないか。あれはあいつの仕業なんだ。あのときは腹が減っていなかったから、置いていった。自分の力を、おれに見せつけるために。

「うちで面倒をみてあげられればいいんだけど、ねえ」

かあちゃんは、本当はそうしたいのだ。

けれど、信助はそうなって欲しくはない。あんなやつ、家に入れたら困る。箪笥《たんす》に爪を立て、あちこちに小便をまき散らし、信助に対して無礼な態度をとるに決まっている。あいつは、そういう生き物なんだ。

猫なんて、嫌いだ。

信助のその気持ちを、かあちゃんは知っている。

「わかっているよ」

かあちゃんは、手を伸ばす。

「いい子ね、おまえは」

信助は、かあちゃんにそう言われるのが好きだ。そして頭をぐりぐりされたい。だから、逆らわない。いい子でいるのだ。

「いつまでもいつまでも、かあちゃんのいい子でいてね。約束よ」

約束する。いつまでも。

信助は、かあちゃんの息子だ。

「あんたは、あたしの宝物だよ」

なんて、くすぐったいことを、かあちゃんは照れもせずに口にする。信助、という名前も、かあちゃんがつけた。

「若いころ、好きだったひとの名前なの」

かあちゃんは言っていた。

「あのひとと一緒になりたかったな」

遅すぎる。かあちゃんは、もうばあちゃんじゃないか。

「そうだねえ」

かあちゃんは溜息をつく。

それだけじゃない。かあちゃんにはおやじがいるじゃないか。

「ああ、いるねえ」

かあちゃんは、うんざりした表情になる。

「どうしてあんなのと結婚しちゃったんだろう」

おれに言われても、困る。

「そうだよね、困るよね」

かあちゃんはゆっくりと首を横に振る。

「もっといろいろな男のひととつき合って、いろいろなことを知ってから、相手を選ぶべきだったんだけどね。あたしが若いころは、とにかく適齢期になったら相手を見つけて結婚しなきゃならないって空気が強かった」

かあちゃんの言葉から、信助の脳裏にははっきりと映像が浮かぶ。信助にはそういう力がある。

勧めていた印刷会社の上司から、いい男だから会ってみないかねとおやじの写真を渡される、若い日のかあちゃん。今よりはやせているものの、まるくてぽっちゃり。つけまつげで眼はぱっちり。かぼちゃのようにふくらんだスカートから突き出した見事な大根足。カリフラワーみたいなパーマ頭。

「当時は流行っていたんだよ。ああいう化粧と髪型がさ」

家に帰って、かあちゃんは両親に相談をする。そりゃ、会わなきゃいけないよ。会ってみなよと両親に促され、上司の肝いりで見合いをする。場所はお堀端にあるきれいなホテルのレストランだ。黒縁眼鏡をかけた細長い顔の細長い男が居心地悪そうにコースのサラダをつついている。若かったころのおやじだ。

「感じが悪くないひとだとは思ったんだけどね」

こんなに肩を突っ張ってサラダをフォークでつつきまわすやつの、どこが感じよかったんだ。

「そりゃ、決めるまでは、デートもしたし、話もしたよ。でも、知り合ったばかりのときに見せる顔なんて、当てになりゃしない。なにせ、向こうにとっても仕事先の偉いさんの紹介だしね。いい格好しか見せないようにするに決まっている」

かあちゃんはいまいましげに吐き棄てた。

「そのころ、信助さんに恋人がいるってわかったばかりだったのがいけなかった。あ、信助さんって、あんたじゃなくて好きだったひとのことだよ」

わかっているよ。同じ会社で営業だった男だ。髪を短くした、顎の四角い、がっちりした男。笑うと八重歯が見えるんだ。

「その八重歯が、ちょっとあんたに似ているねえ、信助」

かあちゃんは遠い眼をしてみせる。

「で、自棄《やけ》になっていた部分もあってね。誰とでもいいからはやく結婚しちゃいたかったんだね」

他人ごとみたいに言うんだなあ。

「四十何年も前の自分なんて、他人みたいなものよ。見る眼がなかったし、短慮だったんだ」

はやく言えば、騙《だま》されちゃったんだな。

「結果的にはね。おとうさんに関しては、結婚して、ふたりで暮らしてみて、はじめてわかったことばかりだったよ」

おやじは悪い意味で昔風の男だった。上げ膳据え膳。かあちゃんがどんなに工夫して食事を作っても、うまいともまずいとも言わない。気に入らないと箸もつけず、冷蔵庫から生たまごを出してきてごはんにかけて啜り込む。口に合わなければもう作りませんよ、とかあちゃんが言っても、うなり声しか返さない。

「人間じゃない。動物と一緒になったみたい」

入浴は、からすの行水。髪も躰もざっと流すだけで丁寧に洗わないから、風呂上がりでもふんわりとくさい。湯船に蓋をしない。かあちゃんが何度注意をしてもしない。かあちゃんはいつも冷えた湯に浸かる破目になる。

「同じ国に生まれて、同じ言語を使っているはずなのに、話がまるきり通じない人間もいるんだって、かあちゃんは結婚してはじめて知ったんだよ。なにより厭なのは、ぜったいに謝らないこと」

おやじは、自分が戸締りをし忘れて空き巣に入られたときも、わき見運転をして自動車を電柱にぶつけたときも、ほんのちょっともかあちゃんに詫びなかった。

「ひと言でいいんだよ。悪かった。ごめん。それが言えない」

それどころか、身近にいたかあちゃんが注意しなかったのが悪かったと責任を転嫁する。

「ひどい男だよ。こんなはずじゃなかったって、幾度、幾十度、幾百度思ったか知れやしない」

だけど、四十何年も、おやじとかあちゃんは一緒に暮らしてきたんだ。

「だってさ、ほら、すぐに子供ができちゃったからね」

言葉が通じない男とのあいだに、どうして子供なんか作っちゃうんだ。

「通じなくても、子供はできちゃうんだよ」

なぜだ。

「わかりっこないよ。わからなくていい。信助は赤ちゃんなんだからね」

赤ちゃんじゃないけどな。まあいい、反論はしない。つまり、かあちゃんは、おやじが好きじゃないんだ。

「けっきょく、合わないんだね。どうしたってわかり合えない。誰よりも長く暮らしてきたのに、ぜんぜん遠い他人だよ。だからって、ちょっと前までは離婚なんて簡単にできる時代じゃなかったし、こんなご時世になったからって、今さら別れようという気力もないしね」

でも、今は、あたしはしあわせだと、かあちゃんは言った。

「あんたがいるからね、信助」

二

信助が見ていても、よくわかる。

おやじとかあちゃんは、仲が悪かった。

朝、起きてから、夜に寝床に入るまで、ほとんど口を利かない日もある。おやじとかあちゃんの寝る部屋は別々だ。おやじは二階のベッドが置かれた洋室で、かあちゃんは信助と階下の茶の間に蒲団を敷いて寝る。そして朝になると、おやじは茶の間にむっつりと下りて来る。

「おはよう」

かあちゃんが言っても、返事をしない。無言でＴＶのリモコンを取り上げ、スイッチを入れる。信助は思わず横を向く。大音量なのだ。かあちゃんは露骨に顔をしかめる。

「音が大き過ぎやしない？」

おやじは知らん顔をしてさらに音量を上げる。実のところ、おやじは耳がずいぶん遠くなっているのである。だが、それを指摘しても、おやじは認めないだろう。

そんなことはない、ちゃんと聞こえている。最近の若い連中はぼそぼそとなにを言っているかわからないんだ。だから音を大きくするんだ。

言い張るのは眼に見えている。そういう人間なのだ。

「聞いているの？」

「うむ」

おやじは返事とも言えないうなりを上げる。

「音が大きいわよ」

「うるさいな」

かあちゃんも信助も、胆で言い返すしかない。うるさいのはおまえだよ、と。

「今日も暑くなるようだな」

天気予報を見ながら、おやじが言う。今度はかあちゃんが返事をしない。

「午後から雨だそうだ」

当てになるかなと信助は首を傾げる。このあいだは外れたようだけどな、この番組の天気予報。

「洗濯物に注意だと。滝のような豪雨になるかもしれないと言っているぞ」

かあちゃんは、静かに立ち上がって、台所に消えた。

「このごろの日本は異常気象だな、おい」

おやじは信助に顔を向けている。

何だよ、おれに話しかけているのかよ。うっとうしいな。

信助もさっさと立ち上がって、かあちゃんの後を追う。おやじはまだぶつぶつなにかを言っている。

「昔の夏は、こんなじゃなかったな」

信助が知っている限り、おやじは一日じゅう、茶の間にいてTVを観ている。画面に視線を向けながら、ぼそぼそ、ぶつぶつと言葉を吐き出す。ひとり言にしては、問いかけが多い。だが、かあちゃんは返事をしない。信助も当然、しない。

「来たの、信助」

かあちゃんは冷蔵庫から出したばかりの冷たい麦茶を注《つ》いでいる。

「おとうさんってひとはね、こっちの話をぜんぜん聞かないんだよ。たまに聞いてくれたかと思えば、頭から否定してかかる。いい加減、ものを言うのも厭になっちゃうよ」

そうなのだ。確かにおやじは、そういうやつなのだ。

「あたしが、雨が降るって言えば、ぜったいにこう言うよ。いや、もつだろう。晴れてきそうじゃないか。あたしへの返事には、最初に必ず、違う、とか、いや、とかつけないと気が済まないんだよ」

おやじ、深く考えてものを喋っているわけではなさそうだけど。

「なにも考えちゃいないでしょうよ。とにかくあたしの言うことは否定したいんだ」

かあちゃんを否定したところで、おやじが偉くなるわけではないのにな。

「仕方がないんだね。若いうちに自覚すれば何とかなったのかもしれないけど、おとうさん、あの年齢だもの。今さら性格がなおるわけはない」

かあちゃんは麦茶をひと息で飲み干すと、信助の背中を軽く叩いた。

「さあ、洗濯機も止まったみたいだし、洗濯ものを干して来ようかね」

あれ、かあちゃん、午後からは雨らしいよ。聞いていた？

駄目だな。信助は軽く嘆息する。おやじの言葉なんか、かあちゃんだって聞いちゃいない。お互いさまなのだ。

昼までに乾くといいけどな、洗濯もの。

天気予報は、当たった。

正午になって、空からごろごろと不穏な音が鳴りだした。にわかに黒い雲がかかり、やがて大粒の雨がばらばらと落ちてきた。

信助は、雨の匂いが好きだった。嬉しくなって、ベランダの掃き出し窓から顔を出し、空を見上げた。

「外へ出ちゃ駄目だよ、信助。濡れちゃうよ」

かあちゃんは、拡げて干してあった洗濯ものを抱え込んで、掃き出し窓をぴしゃりと閉めてしまった。

「あの野良ちゃん、どうしているかしらねえ」

信助の脳裏には、どこかの家の軒下で身を縮め、雨が上がるのをじっと待っている、あの猫の姿が浮かんで来た。

雨の匂いが好きなのは、家の中にいられるせいだ。あいつはきっと、この匂いが好きではないだろう。

「さて」

洗濯ものをたたんで、箪笥の中にしまってから、かあちゃんは一階に下りる。信助もついて行く。かあちゃんは真っ直《まっす》ぐ洗面所に向かい、鏡の前に立った。化粧をする気だ。外出するんだ。こんな雨の中を。

「そんな眼で見ないでよ」

鏡に映った信助の非難がましい表情を見ながら、かあちゃんはすまなそうに肩をすぼめる。

「お友だちとお買い物に行く約束をしちゃったんだよ」

断ればいい。

「そんなわけにはいかないよ。あたしから誘ったんだもの。そんなに遅くならないよ。はやめに切り上げて帰ってくる」

本当に？

「まあ、買い物の後で、お茶くらいは飲むかもしれないね」

信助はがっくりする。

知っているよ。かあちゃんの場合、そのお茶が長いんだ。

「ごめんよ、信助」

かあちゃんは信助を拝むようにして言う。

「たまには遊んでこないと、息が詰まっちゃうんだもの」

「これから出かけるのか。俺はどうなる?」

言ったのは、信助ではない。いつの間にやら背後に来ていたおやじである。

「おい、俺はどうするんだ」

鏡の中のかあちゃんはうんざりした顔つきになった。

「出かけることは、一週間も前から言っていたでしょう」

「聞いていない」

そう。おやじはいつだって、かあちゃんの話を聞いていない。

「俺はどうするんだ。めしはどうするんだ」

「そんなに遅くはなりませんよ」

「何時に帰ってくる気だ」

「夕方です」

「何時だ」

「おなかがすいたら、ごはんが冷凍してあるし、冷蔵庫の中にはお鍋が入っています。温めて食べてよ」

「鍋って、何だ」

「カレーよ」

「昨日の残り物か」

「気に食わなきゃ、よそでなにか召し上がってってください」

「相変わらず勝手だな」

おやじは不満げに言い棄てて、その場を離れた。どすどすと足音を立て、トイレの扉をばたんと閉める。

「どっちが、よ」

かあちゃんは唇をひん曲げた。

「俺はどうする。めしはどうする。自分で始末をつけなさいよ。赤ちゃんじゃないんだからね」

そうだそうだ。信助は頷く。おやじは文句を言うべきではない。

「その点、あんたはいい子だよ、信助」

かあちゃんは信助の頭をぐりぐりした。

「あんなしみったれた文句は言わないものね」

実のところは言いたいんだと、信助は思う。言わないだけ。

いつものことだ。

かあちゃんが玄関の扉を開けて、鍵を閉めて、路地を歩きだす。信助はすっかりあきらめて、庭が見える廊下に座っている。

かあちゃんは、ときどきこんな風に、ふっとお出かけをする。

友だちとお花見に行ったり、歌舞伎を観に行ったり、孫の顔を見に行ったり。半日で帰ってくるときもあるし、泊まりのときもある。

寂しかった?

帰ってくると、かあちゃんは信助に訊く。当たり前じゃないか。信助はかあちゃんの胸に頭をこすりつけて、自分の気持ちを訴える。

ごめんね。

かあちゃんは信助の頭を撫《な》でる。

あたしだって寂しかったよ。でもね、たまにはね。たまには外の空気を吸わないと、息が詰まっちゃう。おとうさんと一日じゅう家にいたって、楽しいことはなにもないもの。

信助は深く納得する。

やはり、おやじが悪いんだ。

「信助」

おやじの声が近づいて来た。

「こんなところにいたのか」

信助は舌打ちをしたくなる。うっとうしいじいさんだ。来るな。

「寝ていたのか、信助」

おやじのせいで眼が覚めちまったよ。

「ここは涼しいか」

暑苦しいおやじが来るまえまではな。

「なるほど、板の間はひんやりしているし、風は通るし、俺もここで昼寝するかな」

だったら、おれはあっちへ行く。おやじがいると気温が上がるんだ。ついでに不快指数もな。

「このごろの夏は暑すぎる」

おやじは低い声でぼやいた。

「俺が子供のころは、夏休みだってこんなに暑くなかったぞ。海水浴へ行っても、寒くて水が冷たくて、唇が紫色になったりした」

唇だけじゃなく、全身が紫になって、凍え死んじゃえばよかったな。

「そういえば、せっかく海に行ったのに、台風が来て三日間、宿にこもりきりだったこともある」

おやじは二年前、熱中症で倒れて救急車で病院へ運ばれた。そのあとしばらく、おまえがエアコンをつけないからだと、かあちゃんをねちねちと責めていた。だって、冷房を効かせると、信助が部屋に寄りつかなくなっちゃうんだもの。信助は不自然な冷気が嫌いなのよ。かあちゃんはおれのせいにしたけれど、本当はかあちゃんだって冷房が嫌いなのだ。

だが、いくら嫌いでも、かあちゃんやおやじに冷房は必要みたいだ。じいちゃんとばあちゃんなのだから。

「昔はこれほど暑くなかった」

おやじはくどくどと同じことばかり言っている。

「おまえも悪い時代に生まれたな」

おやじが腕を伸ばして頭をぐしゃぐしゃ撫でようとするのを、信助は一瞬の差でよけた。おやじの手はむなしく宙を舞った。

「なぜよける」

触られたくないからだ。

「可愛くないやつだな」

今ごろ気づいたか。おれは可愛くなんかないのだ。

「おまえ」

おやじは、ふと、哀れっぽい眼になった。

「俺のことが嫌いか？」

そうだ。かあちゃんは好きだが、おやじは好きじゃない。声がでかいし、気は利かないし、くさいし。

「まさか嫌いじゃないだろう？」

だから、嫌いだってば。これほど正直に態度に出しているのに、どうしてわからないんだ。本当に話が通じない野郎だな。そんなに鈍感だから、かあちゃんに嫌われるんだ。

「おまえは俺の息子じゃないか」

違う。かあちゃんの息子で、おやじとは他人だ。

「俺とかあさんにとっての、かすがいなんだぞ」

かすがい？

何のことだろう。信助は首を傾げる。

「おまえがいないと、かあさんと俺は話の接穂《つぎほ》がないからな」

おれがいたって、話すことはなにもないじゃないか。

「そうだ、信助。いいものをやろう」

おやじが踵《きびす》を返して、茶の間に向かう。しめた。信助も立ち上がる。なにかおやつがもらえるようだ。

「嬉しいか。そうか。かあさんには内緒だぞ」

かあちゃんは信助に間食をさせない。おなかを壊すし、ふとらせ過ぎると躰によくないと、医者にさんざんおどされているせいだ。

「なあ、俺はやさしいだろう？」

おやじはクッキーを割って、信助に差し出しながら訊いた。

「おまえを可愛がっているだろう？」

こんな風にご機嫌をとって、愛情を得ようとしているのだ。情けないやつだ。

バターの香りのする甘いクッキーを貪りながら、信助は思った。

性格は人生を造り上げる。そいつが寂しいのもつまらないのも、けっきょくは性格が招くことなのだ。自分が選び取った人生なのだ。

「もっと食うか？　よしよし」

けれど、少しは可哀想《かわいそう》だな、おやじ。性格は、おやじ自身にだって、どうにもならないからな。

「おい、信助、どこへ行く」

しかし、性格は変えられなくたって、行動を変えることはできるはずじゃないか。

「食い終わったら、さっさといなくなる気か。おまえには人情のかけらもないな」

それを変えようとしないんだから、やはりおやじは自業自得なんだ。

＊

かすがいって、何だろう。

同じ言葉を、信助は「兄」からも聞いたことがあった。

「おまえはかすがいだからな」

何年か前の正月、酔っ払ったとき、確かにそう言っていた。

「おやじとおふくろを、ちゃんとつなぎとめておいてやれよ」

そうしたきゃ、おまえがやればいいだろうと、そのとき信助は思ったのだ。信助とは年齢のだいぶ離れた「兄」。信助が物心ついたころには、すでに家を出ていた。だから、一緒に育ったわけではない。

それでよかったと思う。信助は「兄」が嫌いである。おやじよりもっと嫌いだ。てかてかした顔も、栗みたいにてっぺんを尖らせた髪型も、でかいだけの図体もみな気に食わない。とくに嫌いなのは声だ。おやじに似てはいるが少しだけ高く、咽喉のあたりでいったんごろごろと絡んだような声。ひどく耳にさわるのだ。

「かあちゃん、腹が減ったよう」

たまにひょっこり顔を出すと、いい年齢《とし》をして、甘ったれた口調でかあちゃんにべたべたする。

「かあちゃん、俺のあれ、どこへやった?」

「あれって、なによ」

「あれだよ。わからないかなあ。高校のときに使っていた、あれ」

「わからないよ」

「鈍いなあ。もういいよ」

いまいましげに横を向く。なにさまなんだ。しかし、もっと腹立たしいのは、かあちゃんがそんな態度を許していることだ。

「ごめんね」

悪くもないのに、謝りさえする。いかにも嬉しそうに台所に立って料理を作り、茶の間でだらだら過ごしている野郎をもてなす。おやじが同じことを言ったりやったりしたら、ぷりぷり怒って文句を言うだろうに、何なんだ、この差は。信助は不思議で仕方がない。

嫌いの上を行く。大嫌いな人間だ。

その点は、「兄」の方でもご同様らしい。

「わ」

家に来て、信助と顔を合わせると、決まって腰が引けている。

「いた」

理由はわからないが、どうやら信助に対して漠とした恐怖心を抱いているらしい。内心の殺意を読まれているせいかな、と信助は思っている。

「どうだ、調子は、うん？」

怖いのだ。手を伸ばせば引っかかれる。撫でれば嚙まれる。背中を向けたら襲われる。この男は、そうした恐れを持っている。

正しいな。そのとおりだ。

「相変わらず、眼つきが鋭いな」

「そんなことはないよ。可愛いよ」

かあちゃんが横からにこにこと言葉を挟む。

「親馬鹿の典型だな」

野郎は、ふふんと鼻先で笑いやがる。

「愛嬌のかけらもない顔じゃないか、こいつ」

おまえに対してはな。

「愛想がない」

そのとおり。おまえなんかに売る媚はない。

言うことなすこと、すべて気にさわる。かあちゃんも変なのを産んだものだ。

不快なのは「兄」だけではない。

こいつの子供たちが、また厄介な存在なのだ。

「信助ちゃあん」

玄関からきんきんと高い声がすると、信助は急いで逃げ出す。

「どこにいるの、信助ちゃん」

やたらと上機嫌ではしゃぎまわるかと思えば、いきなり泣き出す。スイッチが入りっぱなしの騒がしさが、信助には耐えがたい。おやじやかあちゃんからしたら可愛い孫かもしれないが、信助にとってはうんざりするだけの生き物だ。

「信助ちゃん」

だが、子供たちの方では、信助がたいそう好きらしい。

「どこにいるの?」

正月、春のお彼岸、夏休み、秋の連休。来てほしくもないのに、転がり込んで来るのが厄介だ。やつらが家にいるあいだ、信助は身を隠すことにしている。そして、時間が過ぎるのをひたすら待つ。

「信助ちゃん、いないよ」

「さっき遊びに出かけたみたいだね」

かあちゃんは信助の気持ちがわかっているから、そう言ってごまかしてくれる。

「出かけやしないだろう」

だが、おやじがよけいなことを口走る。

「二階にいるだろう」

子供たちは、わあ、と歓声を上げてどこどこ階段を駆け上がってくる。信助は慌てて違う隠れ場所を探す。

おやじめ。気の利かない、使えないじじいめ。

子供たちの眼から逃れて、こそこそと階段を下り、洗面所に向かう。ふと見ると、窓の外にいつもの野良猫の姿がある。

大変なようだな。

野良猫は、網戸越しに信助に問いかける。

逃げ出してしまえばいいのに。こっちへ出て来いよ。

そっちには行けない。

信助が背を向けると、やつの問いが追いかけて来る気がした。

おまえ、そのままの毎日で、満足か？

「おとなしくしなさい。走らないの」

子供たちを叱る声は「兄」の奥さんのものだ。

「すみません、騒がしくて」

奥さんは、この家に来ると、謝ってばかりいる。

おれと同じで、楽しくないだろうな。正月でも休日でも、神経をぴりぴりさせて、楽しんでいないのは、この奥さんと自分だけだと、信助は思う。

茶の間から、がたん、と音がする。

「ああ、やっちゃった」

見ていなくても、信助にはわかる。子供がコップを倒して、テーブルから畳にジュースがこぼれたのだ。

「すみません」

奥さんの声に続いて、うわあ、と泣き声。

「泣くんじゃないの。あんたが悪いんでしょう。ほら、おばあちゃんに謝りなさい」

「気にしなくていいんだよ」

かあちゃんのとりなす声。

「すみません。本当にごめんなさい」

日がな一日、来てから帰るまで、奥さんは謝ってばかりだった。

だから、厭になっちゃったんだろうな、奥さん。

今年の夏休み。

信助は、子供たちに悩まされることはなかった。

なぜなら、奥さんが子連れで家出をしてしまったからだ。

「出て行ったきり、帰ってこないんだよ」

梅雨のころ、その話をしにきたとき、「兄」はだいぶ酔っぱらっていた。

「俺はなにもしていないんだよ。女の気持ちなんて、わからないな」

それればかり繰り返していた。

「かあちゃんだって悪いんだ」

ついには、そんなことまで言い出した。

「かあちゃんがいけない。あんまりちょくちょく家に押しかけて来るから、あいつは不満だったんだ」

かあちゃんはさすがに顔色を変えていた。

「あたしの責任なの。それが原因なの？」

「それだけじゃないけどさ。かあちゃんにも配慮に欠ける行動があったんだよ」

「あんたも、なの」

かあちゃんは声を震わせた。

「あんたも、そうやって、何でもあたしのせいにするの？」

その夜、「兄」は、酔ったまま茶の間で寝入ってしまった。かあちゃんはいつものように蒲団の用意をし、枕もとに水を置き、「兄」の世話をしたけれど、その顔はいつもみたいに嬉しそうではなかった。

「やっぱりあんたがいちばん可愛い」

溜息をつきながら、信助の頭を撫ぜた。

「あたしは、ぜったいに家出はしないよ。どこへも行かない」

当たり前だ。おれがこの家にいる限り、かあちゃんはここにいなければ駄目なんだ。

「自分の子だって、気がついたら遠い人間になっている。そういうものなんだね」

気にするなよ、かあちゃん。これを機会に、あんなできそこない息子、棄てちゃえ、棄てちゃえ。今度来たら家に入れなくていい。おれが許す。

「あんたがいてくれてよかったよ、信助」

そうだろう、そうだろう。


トイレに行ったついでに、庭を眺めた。

闇が下りた庭に、あの野良猫の姿はない。だが、信助はそっと胸で呟いた。

そのままで満足かって？　満足だよ。

うるさい子供《ガキ》どもにも、わずらわされることはなくなったし、かあちゃんはおれがいなければ駄目なんだ。

満足だよ、とても。

三

夕方。

雨はまだ降り続いている。

かあちゃんが帰ってきて、留守をしたお詫びのようにたっぷりとごはんをお皿に盛ってくれた。が、信助はいつものようには食欲がわかなかった。

「おなかすかないの？」

空腹どころではない。胃が重く、むかむかして、我慢しきれず吐いた。

「どうしたの」

吐いてから水をがぶ飲みして、また吐いた。吐き気はなかなかおさまらない。ぐったりと横になって、こみ上げる不快感と闘うしかなかった。

うえぇ、気持ち悪い。

「おとうさん」

かあちゃんが尖った声で、おやじに詰め寄っている。

「あたしがいないあいだ、この子にへんなものを食べさせたんじゃないの」

食わせたよ。クッキーだ。

「知らん」

しかし、おやじのことだ、正直に答えはしなかった。

「拾い食いでもしたんだろう。こいつはいやしいからな」

無礼なことを言うな、嘘つきおやじ。

腹は立つが、それどころではない。寝ていてもぐらぐらして眼がまわって、躰に力が入らない。

何時間経っても、夜になっても、信助の体調はいっこうに回復しなかった。

「心配だわ」

かあちゃんが呟く。

「寝てりゃそのうちなおるだろう」

のんきな声を出すのはおやじだ。犯人はおまえのくせに。

眼を閉じて、眠ろうとしても、胃のむかつきに引き戻される。それでも少しはまどろんでいただろうか。

かあちゃんは信助を抱き上げて、キャリーバッグに入れた。

「お医者さんに電話をかけたら、時間外でも診てくれるってさ」

病院か。

信助は慄然とした。病院は大嫌いなのだ。

「よかったね、信助」

ちっともよくない。

病院なんてごめんだ。クリーム色のビルの一階にある、白いペンキ塗りの一角。重いガラス扉を開けると、呼吸の荒いむさ苦しい犬がうろうろして、毛が縮れたおかしな犬もきゃんきゃんと変な声を出して、やつらの吐く息や消毒薬のにおいがぷんぷんたちこめて。

行きたくない。

「診てもらえば、すぐによくなるよ」

厭だ。

よくなんてならない。かえってひどい目に遭わされる。

くさい待合室も不愉快だけれど、名前を呼ばれて奥の部屋に連れ込まれてからが地獄のはじまりだ。顔半分をマスクで隠した白い服の男が現れて、猫なで声を出す。

信助ちゃん、どうしたのかなあ。

そしていきなり尻の穴に体温計を突き刺してくるんだ。厭だ。厭だ。

「さ、行きましょう」

厭だ。

にゃあああああ。


逆らいきれるはずはなかった。

土砂降りの雨の中、信助は病院に連行され、診察台に乗せられ、尻の穴に体温計を刺された。

「三十八度五分。平熱ですね」

屈辱に震える信助を見下ろしながら、医者が言った。

「脱水症状が強く出ています。点滴を入れておきましょうか」

尻刺し変態野郎め、殺してやる。

くわっと口をひらいて威嚇する信助を、かあちゃんがなだめる。

「おとなしくしなさい。あんたの悪いところを診てもらっているんじゃないの」

医者は苦笑した。

「元気はあるようですね」

信助はうなり声を上げ続けた。倒れるなら、おまえを殺《や》ったあとだ。

「それじゃ、注射しますね」

医者がぶっとい注射器を持ち出す。かあちゃんが信助の首根っこをぎゅうぎゅうと押さえつけた。

あっ、なにをするんだ、かあちゃんまで。

「じっとしていてよ」

次の瞬間、背中のあたりに、焼けつくような衝撃が走った。

痛《いて》えじゃねえか。なにしやがる。

うめく信助の耳もとで、かあちゃんが囁きかける。

「辛抱しなさい、信助。あんたのためなんだよ」

かあちゃんまで、かあちゃんまで。

裏切り者。

「終わったよ、信助ちゃん」

医者が言う。

「よく我慢したね。偉い偉い」

なにが我慢だ。なにが偉いだ。ぜんぶてめえがやったことじゃねえか。馬鹿にしてるのか、この野郎。

「おそらく食あたりだと思います。油っこいものを食べすぎちゃったんでしょう。あとは夏ばてですかね」

信助の呪いの視線にも動じず、医者がかあちゃんに話をしている。

「この子も、もう若くはない。人間でいえば七十歳を過ぎたおじいさんですからね」

無礼なことを言うな。

おじいさんだなんて。


「信助」

病院からの帰り道、傘の下。

キャリーバッグを抱えて歩きながら、かあちゃんがそっと話しかける。

「今日も悪い子だったねえ。ちっともおとなしくしていないんだから。あれじゃお医者さんに申しわけないよ」

雨はざあざあ降っていて、信助が好きな匂いが立ち込めているけれど、それを楽しむ余裕はない。かあちゃんは、寂しそうに続けた。

「あんた、赤ちゃんだったのに、いつの間にか、あたしたちより齢《とし》をとってしまったんだね」

そうだ。

信助も、気がついてはいたのだ。

おれは、齢をとる速度が、かあちゃんたちよりだいぶ、はやいらしい。

かあちゃんは、風呂に入っている。

茶の間の座椅子の上で、眼を閉じてうとうとしていた信助は、忍び寄るおやじの気配に気がついた。

「信助」

なにしに来た。

「まだ具合が悪いのか」

見りゃわかるだろう。

信助は半眼でじろりとおやじに冷たい一瞥をくれてやった。

こっちへ来るなよ、卑怯者《ひきょうもの》。

「頼むから、よくなってくれな」

おやじは心細げな声を出した。

「おまえが腹をこわしたのは、俺が菓子を食わせたせいだ」

そのとおりだよ。覚悟しておけ。調子がよくなったら、頸動脈《けいどうみゃく》をかき切ってやるからな。

「無闇に食わせるなと、いつもかあさんに言われてはいたんだ」

信助は、おや、と眼を開けた。

なあんだ、かあちゃんの言うことが、聞こえているときもあるんだ。

「悪かった」

謝った。

信助の瞳孔がまんまるく開いた。

今、謝ったな、おやじ。

「悪かったよ。反省している」

おやじは沈痛な面持ちで繰り返した。

「元気になってくれ。すまなかった。これからは気をつける」

やろうと思えば、できるんだな。謝れるんじゃないか、おやじ。

「死なないでくれよ。おまえは、かすがいだ」

がらがら、と、風呂場の引き戸を開ける音がした。かあちゃんが風呂から上がったのだ。

「かすがいなんだ。かあさんと俺との」

おやじは座椅子からすっと離れて、部屋を出る。そして、みしみし廊下を踏んで、誰もいない二階へ上がって行く。

ひとりきりで眠るために、ベッドへ戻っていく。

「おとうさん、ここに入ってきたみたいね」

　かあちゃんがタオルで髪を拭きながら戻ってきた。

「あんたの具合が悪いっていうのに、ぼんやりしているばかりで何の役にも立たないいんだからね。うろうろして欲しくないよ、まったく」

　本当にな、と信助は思う。

「目ざわりだ」

　わかるよ、かあちゃん。でも、おやじ、ちょっとは救いがなくもないんじゃないかな。悪かった、すまなかったって、謝ってたぜ。こっそりとだけど。いかにもおやじらしく姑息《こそく》にだけど。

「よくなってね」

　かあちゃんがかがみ込んで、信助の頭に軽く触れる。ぐりぐりじゃなく、そうっと撫でる。

「元気になってよ。いつまでも元気で、あたしのそばにいてちょうだい」

　信助は、かあちゃんの顔を見返す。

「なあに？」

　もしも信助が、言葉を持っていたなら。

言葉で言えるなら、こう言いたかった。

ごめん。

心配をかけて、ごめんよ、かあちゃん。

「信助、あんたがいれば。あんたさえいてくれたら、あたしはなにも要らないよ。誰より大切な、あたしの可愛い子供なんだからね。ずうっと、ずうっと変わらず、一緒にいようね」

わかったよ。おれは、ぜったいにかあちゃんの傍にいる。もう心配しなくていい。本当にごめんな、かあちゃん。クッキーは食べない。なるべく食べない。おやじがいくら誘惑しても、食べない。もし食べたとしても、どか食いは控える。

「約束だよ」

そう、おれは、かあちゃんとおやじのかすがいだ。約束する。元気になるよ。死なないよ。

明日からも、この先も、いつまでも、いつまでも。

第六話　電話家族

一

りーん。

電話が鳴った。

確かに、鳴った。

よっこらしょ、と声を出して立ち上がって、木崎春子《きざきはるこ》は六畳の茶の間から薄暗い廊下に出た。畳から、板の間への一歩。まだ十月のはじめなのに、床が冷たい。今年は秋の訪れがはやいようだ。

りーん。

茶の間を出て、玄関へ向かって五歩。木製の古びた小さな電話台。その上に鎮座しているのは、昔ながらのダイヤル式の黒電話だ。

こんな電話、骨董品だよ。昭和の遺物だ。今どき、どこへ行っても見かけない。買い替えようよ。そんなに高価なわけでもないんだしさ。

娘や息子から、三十年越しに幾度も言われ続けて来た。プッシュフォン形式がいい、にはじまって、留守番電話が必要だの、ファックス付きにしろだの、うるさくせがまれたものの、その都度突っぱねて来た。

うちにはこの電話でじゅうぶん用は足りています。ダイヤルしては戻る、その時間がじれったい？　だったらかけなきゃいいでしょう。電話番号を記憶できる機能？　要らないよ。ちゃんと手書きでアドレス帳を作ってあるじゃないの。留守番電話？　重要な用件なら、先方から何度だってかけて来るでしょうよ。

黒光りする電話機。家族みんなの手の脂と汗と唾液にまみれ、経年の汚れが沁《し》みついたダイヤル部分。拭き掃除をするたびに思う。これまでたくさん役に立ってくれたし、今だってきちんと務めは果たしている。新しいものに替える必要はないのだ。

りーん。

「はいはい」

呟いてから、受話器を持ち上げる。かけて来たのは、きっと娘の咲枝だ。春子は去年の年末、心臓発作を起こして入院をした。退院してからは毎晩、咲枝が電話をかけて来るようになったのである。

もしもし、と口に出す前に、娘との会話の流れは予想がついている。咲枝の電話は、いつも簡潔だ。

もしもし、おかあさん。わたし。どうなの？

低く、不愛想な口調は、自分に似ている。春子も低い声で応じる。

無事よ。

咲枝は、よかった、と返す。話すことは、もうない。五秒から十秒の沈黙ののち、咲枝は言う。

玄関の戸締りはした？　ちゃんと鍵はかけなきゃ駄目だよ。物騒な世の中だし、昔と違っておかあさんはひとり暮らしなんだからね。

わかった？　じゃ、おやすみ。

それだけの言葉のやりとり。が、咲枝はいちおう安心するのだろうし、春子も落ち着く。正直なところ、気が合うとは言えなかった娘である。うんと幼いころから、にぎやかで落ち着きのない弟の慎次にばかり注意を奪われていて、おとなしくて良い子の咲枝はあまり構わなかった。抛っておいても大丈夫なのだと決め込んでしまっていた。勉強好きで読書好きで、年齢よりは大人びていた娘。ときには愚痴の聞き役にもなってくれた娘。それがいけなかったのだろうか。小学校の高学年から不意に口数が少なくなった。

話しかけてもぶすっとしていて、そうだとか違うとか要らないとか、必要最低限の言葉しか返さない。食事の時間以外は部屋にこもって出て来ない。反抗期なのだ。いつかはおさまる。そう思っているうちに時間は流れ、進学も就職も、結婚でさえも、自分への相談はいっさいなしで決めてしまった。孫が生まれても、めったに遊びに来なかった。大喧嘩をしたというわけではないのに、いつしか固くこんがらかってしまっていた関係が、去年末の入退院ののち、ほんの少しほぐれた。現在がいちばん穏やかな関係と言えるかもしれない。

「もしもし」

そういえば、若い時分、咲枝はよく長電話をしていた。自分には口をきかないのに、電話の相手の友だちとは、明るく弾んだ声でいつまでも話をしていた。腹が立って大声で注意をしたものだ。

いい加減にしなさい。電話代が幾らになるか、考えたことあるの？

「もしもし？」

「かあさん」

「あんたなの」

春子は眉を寄せた。咲枝ではなかった。慎次だったのだ。

「何の用よ」

「用って、別にないけどさ」

慎次も、月に一度くらいは電話をかけて来るのだ。慎次の方が咲枝よりずっとおしゃべりだった。

「迷惑そうだな」

「これから咲枝も連絡をよこすはずなのよ」

「ああ、そうだ。キャッチフォン機能すらないんだよな」

慎次は舌打ちをした。

「うちの電話は見事な骨董品だからな」

「骨董品。けっこうじゃないの。じゅうぶんに働いてくれているもの」

「よれよれだよ。いい加減、お役御免にしてやった方が、電話も喜ぶよ」

ざざざ。

「あっ、変な音がした」

「しないよ」

「したよ。やっぱり、ガタが来ているんだよ、その電話」

「あんたの方の電波が悪いんじゃないの」

「違うよ。俺の部屋は電波状況がいいもの」

「じゃ、あんたの電話が壊れているのよ」

「このあいだ機種を変更したばかりだぜ」

だからって、壊れていない証明にはなるまい。新製品の方が脆《もろ》いというのは、よくある話だ。

「目新しいものに無闇に飛びつくの、いい加減にやめなさい。だからお金が残らないのよ」

「飛びついたわけじゃない。前のやつはうっかり落として液晶が割れちゃってさ」

どうだか。慎次はしょっちゅう電話を買い替えている。言いわけはさまざまだ。なくした。落とした。ポケットに入れているのを忘れていて尻で押しつぶした。実のところ、新機種を手に入れること自体が好きなのに違いない。欲しいとなったら我慢できない。昔からそういう子なのだ。

「もう、家の電話は外しちゃって、かあさんも携帯電話かスマートフォンを持ったらどうだ？」

またか。慎次はいつもこの話をしたがる。

「ああっ、また変な雑音がしている」

「そんな音はしないったら」

「かあさん、耳は大丈夫？」

春子はむっとした。失礼な。

「買いなよ。便利だよ」

慎次はまるで電話会社の営業のように春子を口説き落とそうとする。春子は切り口上で答えてやった。

「この電話で間に合っております」

口先だけでも、俺が買ってやるよとは言わないのが慎次らしい。慎次はいつも金がない男だ。いちおうは名の通った私立の大学を出て、そこそこ業績のいいスポーツ用品販売の会社に勤めてはいるのだが、金はない。子供のころから、あれ欲しいこれ欲しいが多い性質だった。ゲームが欲しい。自転車が欲しい。ギターが欲しい。月々の小遣いは一週間も経たないうちに使い果たして、咲枝を拝んで借金をしていた。つき合っている恋人が妊娠したから結婚する、と言い出したときだって、貯金はほとんどなかった。レストランを借りきって少人数の客を招いた結婚式の費用も、新居となったマンションの頭金も、すっかり親がかり。ひとり娘をもうけはしたが、うまく行かずに離婚した。いろいろ理由はあったよ。でも、けっきょく性格の不一致ってことだろうな。そう慎次はうそぶいていたけれど、春子の見たところ、慎次は欲しがって、我慢できずに手を出して、やがて「うっかり落とし」ただけなのだ。別れた妻からは、金遣いの無計画さに愛想を尽かされた部分も少なからずあったに違いない。結婚後も、独身のときと変わらず、欲しいものには次々に手を出していたようだ。娘のお年玉を積み立てた貯金をこっそり下ろしてまで高額なゲーム機器を購入してしまい、妻を激怒させたと聞いたことがある。春子もあきれた。

離婚以来、慎次の子供とはほとんど会えなくなった。さほど孫を溺愛していたわけでもないが、寂しくはある。咲枝の子供とも縁が濃いとは言えない。春子は溜息をつくしかなかった。

我が家の子供たちには、それほど不自由な思いはさせなかった。多少の不平不満はあれど、おおむね平和な家庭であった気がする。なのに、どうしてこういう風なめぐり合わせになってしまったんだろう。

「今日び、かあさんくらいの年配だって、スマートフォンやタブレットを使いこなしているひとは多いよ」

春子の内心も知らず、慎次は呑気《のんき》に話し続けている。

「かあさんだって、そんなに年寄りってわけじゃないんだからな。まあ、確かに年寄りは年寄りだ。そこは否定できないけどさ」

悪かったな。

「電話なんて、こっちからはかける用事もない。新しくする気はないよ」

「友だちと話せばいいじゃないか。昔はけっこう長電話だったでしょう、かあさん」

「話をしたい友だちなんて、もういないよ」

「岡本《おかもと》さんのこと?」

核心を衝かれた。春子はちょっと呼吸を詰める。

「死んじゃったんだよね、岡本さん」

そうだ。岡本和代《かずよ》は死んでしまった。話したい人間ほどはやく逝く。

「かあさんも、無理はしないようにね」

慎次の声がいくぶん真面目になる。

「もう若くないんだからね」

何度も言わなくてもいい。わかっているよ。

「詐欺には気をつけてよ。俺だ、金を振り込め。そう言われても、信じちゃ駄目だよ」

「信じるかもしれないけど、振り込みはしないよ」

春子と慎次にとって、これは冗談ではない。実際、そうした電話がかかって来たことがあったのだ。

もしもし、おかあさん? おれだけど、つき合った女を妊娠させちゃってさ。中絶させる金が要るんだ。女の父親はやくざなんだよ。払わないと殺されるかもしれない。やばいんだよ。

切羽詰まった声だった。息子の情けない行跡を知っている春子としては、疑う余地はなかった。慎次からの電話だと、信じた。ただ、反応は相手が期待したものではなかったようだ。

死になさい。

がちゃん、と受話器を置いた。呼吸が乱れていた。頭は働いていない。血がのぼりきっていたのである。

気を鎮めて慎次に電話をかけたのは、三十分ほど過ぎてからだ。そして、詐欺電話であったことが判明した。

「しかし、よかったよ。俺に信用がないお蔭で、かえってかあさんは救われた」

ははは、と慎次は笑った。笑いごとじゃないよ、と春子は嘆息する。

「昔から、電話ってのは、いい用事ばかりを呼び込んでくるわけじゃなかったからね。そうそういつも愛想よく対応しちゃいられない」

「そういえば、大昔はよくあったよね、いたずら電話」

「多かったね。あんたも受けたことあるの？」

「俺が出ると切れるんだ」

「まあ、そうでしょうね」

「もうかかって来ない？　ああいう電話」

「そういえば、来ないね。変態野郎も死んだんじゃないの」

慎次はまた、ははは、と笑った。

どうでもいい話を三十分ばかりもしてから、慎次は電話を切った。

ちん。受話器を戻したあと、沈黙。連れ合いの信一《しんいち》を亡くしたのは、十年も前だ。今さら寂しさはないはずなのに、何となく胸が詰まる。はやく咲枝が電話をかけて来ないものか。

話はない。ただ、声が聞きたい。誰かの。

黒く光る電話機を、しみじみと眺める。確かに骨董品だ。四十年以上も使っている。この家を買ったのが、咲枝が幼稚園に入ったころ。慎次はまだ二歳だった。そのときに取り付けたのだ。以前、住んでいた社宅の黒電話は部屋に備え付けのものだった。引っ越しの荷物をみんな運び出した後、部屋の真ん中に電話だけがぽつんと残った。その光景を鮮やかに覚えている。

あのころ、電話の加入権は安いものではなかった。申し込んでも、取り付けるまでに時間もかかった。

自分たちの家で、自分たち家族が新しく生活をはじめる。電話は、その決意と同時にあった。

りーん。

ほら来た、咲枝だ。春子は素早く受話器を持ち上げた。

「はい」

返事はない。

「もしもし、あたしよ」

「…………」

「咲枝じゃないの？」

「…………」

どうも様子がおかしいな。春子は首を傾げた。咲枝ではないのか。さっきの会話を思い出す。詐欺電話か。それともひさしぶりにいたずら電話だろうか。

「もしもし、どなた？」

＊

いたずら電話だとしたら、何年ぶりだろう。頻繁にかかって来ていたのは、十年、十五年前、いや、もっと前だ。まだ咲枝が結婚をする前で、家にいたころまでは、よくあった。

「いい加減にしてよ、変態」

咲枝がよく電話口で怒鳴っていた。

「相手にするから、喜ぶんだよ」

慎次がにやにやと言っていた。

「黙って切ればいいんだ。そうすりゃかかって来なくなる」

「だって、腹が立つもの」

「そうやって女に相手にされるのが好きな変態なんだよ」

「詳しいわね、あんた。仲間なの」

咲枝の性格は自分に似ている、と春子は思う。腹が立つことを、無視する。咲枝にも、春子にも、それができない。

いたずら電話は、春子が受けたこともあった。

「もしもし、奥さん？」

男はくぐもった声だった。

「どなたですか」

「たまっているんだよ、俺」

真剣な口調だった。それで、最初は春子もおかしな目的でかけて来たとは夢にも思わなかったのである。

「はい？」

「俺、たまっているんだよ」

「なにがですか」

電話口では相手の顔が見えない。そして、あちらの望むボタンをついつい押してしまうことになる。

「なにがって?」

続いて、聞きたくもない卑猥《ひわい》な言葉を吐かれた。

「あ、あ、あんたねえ」

春子は怒りに震える声で応じていた。「恥ずかしくないの?」

「恥ずかしいですよ、奥さん。うふふふふ」

慎次の言うとおり、思いきり喜ばせてしまったのだった。

＊

「もしもし?」

春子は繰り返す。

やがて、電話機の奥から、くぐもった声が返って来た。

「奥さんですか?」

「どなたなんです?」

「うふふふふ」

冷水を浴びせられたような気分。春子は受話器をがちゃんと下ろした。足早に茶の間へ戻ってきて、座椅子にぺたんと腰を落とす。心臓がばくばくと動いている。

あの声、あの笑い声。

まさかあのころの変態ではあるまい。だって、あの男だって、ずいぶんおっさん、いや、じいさんになっているだろうし。それとも、まだこんなことをして喜んでいるとでもいうのか。信じられない。

りーん。

電話が鳴った。春子はびくっとした。またか。またあいつがかけて来たのか。しつこいな。あのころもそうだった。しつこく何度かかけて来ては、いやらしい言葉を吐き散らしつつ、はあはあと呼吸を荒くするのが、あの変態野郎の手口だった。

りーん、りーん。

電話は鳴り続ける。

「心配したじゃないの、どうしたのよ」

電話口の向こうの咲枝は、怒ったような口ぶりだった。

「なかなか出ないんだもの。また倒れたかと思った」

「出たくなかったの」

「トイレにでも入っていたの。それともお風呂中だった？」

「そういうのじゃなくてさ」

あの変態を覚えているか、咲枝に訊いてみようかと思った。だが、説明をするのも不潔な気がして、やめた。

「いつもだいたいこの時間にはかけるから、出るようにしてよ」

咲枝は年々、保護者のような口ぶりになる。入院以降はとくに、母娘の立場が逆転したようだ。

「わかったの、おかあさん」

はいはい。かつての娘と同様に、春子もふくれ気味に短く返事をする。

「わかりましたよ」

「玄関の戸締りはした？」

春子は内心ぎくりとした。しまった、鍵をかけた覚えがない。あとで確かめておかなくては。

「したよ」

しかし、口では一応、そう言っておく。

「間違いない？」

咲枝は疑り深い。春子はそっけなく答える。

「しましたよ」

かつて、こうしたやりとりをするときは逆の立場だった。宿題はしたの？　ハンカチは持った？　訊くのは春子で、咲枝や慎次はうるさそうに返して来た。やったよ。持ったよ。いちいちうるさいなあ。

「それじゃ、おやすみ」

「おやすみなさい」

電話を切って、すぐに玄関に向かう。鍵は開いていた。危ない、危ない。春子はしっかり鍵をかけながら、思った。

子供のころの咲枝や慎次だって、宿題はまだ済ませていなかったのだろうし、ハンカチを持つのも忘れていたに違いない。

二

次の日の朝。

春子は茶の間に掃除機をかけ、廊下を拭いた。

昔、夫がいて、娘や息子が住んでいたころは、毎日きっちり掃除をしたものだ。それでも茶の間は散らかり、廊下は砂ぼこりで汚れ、洗面所には抜け毛が落ち、風呂場は垢《あか》で汚れた。ひとりになった現在は、汚れ方がまったく違う。したがって掃除も手抜きだ。かがまずに済むよう柄の長いワイパーでひと撫でするだけ。雑巾も使わない。使い棄てのウェットシートを用いている。便利な時代になってくれた。

最近では珍しいほど神経質に黒い電話機を拭いたのは、昨夜のことがあったせいだ。あのいやらしい電話。相手はまさかあの変態ではあるまい。そう思いたいが、何となく汚れてしまったような気がする。

りーん。

鳴った。春子はびくりとした。朝の十時過ぎ。誰だろう、この時間に。

「はい」

「もしもし、珍来《ちんらい》さん？」

「はい？」

「みそラーメンとタンメンとレバニラ炒《いた》め」

「番号違いですよ」

「あっ」

がちゃん。電話は切れた。

あっ、って何だ。詫びの言葉くらい言え。

声の調子からすると、まんざら若い人間とも思えない。いい年齢のおっさんのようだった。中年過ぎても礼儀を知らない。あきれたもんだと春子もいまいましく受話器を叩きつける。

間違い電話だ。それにしても、こういう間違い電話はずいぶん久しぶりだった。ずうっと昔、そう、咲枝や慎次がまだ小学生か中学生のころは、間違い電話がしばしばあった。どうやらよく似た番号の蕎麦屋《そばや》があったらしい。だいたいきつねうどんやなべ焼きうどん、かつ丼や親子丼を注文された。普段はまだいいが、困ったのは年末だった。年越し蕎麦の注文がひっきりなしにかかって来るのである。受話器を外しておけ、と、たまりかねた夫が悲鳴を上げたこともあったっけ。

受話器を見下ろしたまま、春子はぼんやりと考えていた。

いつごろから、蕎麦屋の間違いがなくなったのだろう。どうしてなくなったのだろう。蕎麦屋が出前を受けなくなったのか、蕎麦屋自体がなくなったのか。主人は年老いて死んだのだろうか。跡を継ぐ子供もなく閉店したのかもしれない。

そして、みんないなくなって、電話はかからなくなる。そう、我が家のように。

＊

間違い電話といえば、雄二《ゆうじ》くんがいた。

あれは咲枝が中学に入った年ではなかったろうか。金曜日の夕方にその電話はかかって来た。

「おばさんですか」

こちらが名乗る前に、子供の声が聞こえた。

「正《ただし》くん？」

おばさんと呼びかけられたため、夫の妹の息子からの電話かと思って、春子はそう問い返していた。

「違います。雄二です」

春子は首を傾げた。はて。誰だろう。

「息子のお友だち？」

「柳ヶ瀬《やながせ》の雄二です。おとうさんはいますか」

春子の顔から静かに血の気が引いた。

うちのひと、まさか、隠し子がいたの？

「あのう、おとうさんはいないんですか」

「ねえ、おとうさんの名前は何ていうの」

我ながらひどくかさかさした声だった。

「いしわたりです。いしわたりてつじ」

違った。春子は大きく安堵の吐息をついた。

「うちは木崎です。番号が違うんじゃないかしら」

「えっ、そうですか」

雄二くんはびっくりしたようだった。

「おかしいなあ。ごめんなさい」

その日は、それで済んだ。しかし、雄二くんの電話はそれきりではなかった。なぜか、雄二くんはたびたび電話をかけ間違えるのである。

「もしもし」

「あっ、まただ。すみません」

「いいのよ」

何度かそんなことが続くうち、春子は雄二くんと言葉を交わすようになっていた。

「小学校五年生なの。うちの息子と同じなのに、しっかりしているわね。クラブはサッカー部？」

部屋でだらだらとゲームばかりしている不活発な息子とはえらい違いだ。

「ぼくは柳ヶ瀬に住んでいますけど、おとうさんは単身赴任で東京にいるんです」

「そう」

相槌《あいづち》を打ちながら、春子は考えている。柳ヶ瀬って、なに県だったかしら。柳ヶ瀬がどうしたって流行歌は覚えているし、歌えるんだけど。咲枝が帰ったら訊いてみよう。

え、そんなことも知らないの、おかあさん。なんて、またぶすったれた反応をするのは眼に見えているけれど。

「おかあさんも働いていて、帰りが遅いんです。だからぼくがごはんを炊く係なんです」

「偉いわねえ」

うちの甘ったれ息子と来たら、ごはんよと呼ばれてもなかなかゲームをやめない。食卓についても箸と茶碗《ちゃわん》を動かすだけで食器の片付けすら手伝わない。えらい違い、どころか、同じ人類とも思えない。

「本当は、おとうさんとおかあさんは、離婚したんです」

ぽつり、と雄二くんが漏らす。

「おとうさんに会いたいけれど、こうして電話をかけることしかできないんです。おとうさんは忙しいし、ぼくもひとりで東京まで会いに行くわけにもいかないし」

「そうなの」

「中学生になったら、ひとりで遊びに行っていいか、おかあさんに訊いてみるつもりなんです」

「それがいいわね」

春子はひたすら相槌を打ち続ける。それ以外に反応のしようがなかった。

「でも、おかあさんはあまりおとうさんの話をしたがらないから、言いにくいんです」

「おかあさんにも、いろいろあるんでしょうね。あんたも頑張ってね」

なにを頑張れと言うのか、自分でもわけがわからない。慰めの言葉も励ましの言葉もうまく出ない。

自己嫌悪を覚えた。

これでは、咲枝に鬱陶しがられても仕方がない。

その後、すぐだったか、それとも幾度かはあの子の声を聞いたのだろうか。はっきりとは覚えていない。しかしいつしか、石渡《いしわたり》雄二くんからの電話はかかって来なくなった。

あの子は、どうしただろう。おとうさんやおかあさんとうまく折り合いながら、大人になっていけただろうか。彼自身も父親になっただろうか。平穏な家庭を築けただろうか。

縁とも言えない。顔も知らない。声だけだ。それも、成長するにつれ失われたであろう、少年の声。

電話線一本の、おかしな繋がりだった。

りーん。

　＊

　とりとめのない物思いを、電話のベルが破る。春子は手を伸ばし、受話器を持ち上げた。

「春ちゃん」

　思わず笑みがこぼれた。懐かしい声。

「あら、和代ちゃん。お久しぶり」

「用事はないの。どうしているかと思ってね。今、大丈夫？」

「暇を持て余して掃除をしていたところ」

　小学校のころからの友だち、岡本和代はくすくすと笑った。

「変わらないわねえ、春ちゃん。相変わらずまめだわ。あたしならお掃除なんかしない。散らかし放題よ」

　だろうな、と春子は思う。少女時代から和代は大雑把な性格で、学校で配られたプリントやら借りた本やら、しょっちゅうなにかを失《な》くしていた。やがて学校を卒業し、就職し、結婚してからも互いに家を訪ね合ったが、台所や部屋の様子を見る限りでは、整頓好きの主婦とはとうてい言えない風だった。

「最近、腰痛はどうなの」

　和代は朗らかな調子で訊ねる。

「痛いわよう。みしみし軋《きし》んでいる感じ」

　躰の不具合を口にする際は、なぜか春子の声は浮き立つ。

「湿布も貼っているし、使い棄てカイロで温めたりもしているけど、ぜんぜん痛みは薄れないの」

「原因はお蒲団よ」

　和代は決めつけた。

「お蒲団を替えなさい。ちょっといいマットレスを敷いて寝るようにするの。きっとよくなるわ」

「そうかしらねえ」

「TV通販で売っているやつ。あれどうかしら」

　春子は吹き出した。和代は通販番組が大好きなのである。

「スポーツ選手とか、おすもうさんも使っているマットレスよ。海外でも有名なブランドなんですって」

　やがて話題は春子の腰痛から和代の高血圧と糖尿、つい先ごろ死んだ往年の映画スター、小学校時分から結婚前の楽しき日々の追憶へと移っていった。

「今になると、娘時分がいちばん長くて楽しかった気がする。考えてみれば、たった二十年足らずのことなのよね。結婚してからの方が倍以上も長いのに、子育ても亭主との生活も、とにかく無我夢中で流されていただけでね」

「そうね」

でも、和代は自分の娘とは仲が良かった。ヤエコちゃんとミエコちゃん。和代によく似た丸顔の姉妹。ヤエコちゃんは結婚して双子の男の子を産み、独身のミエコちゃんはアパレル会社のバイヤーでばりばり仕事をしている。二人とも親もとを離れているが、しょっちゅう和代と一緒に食事をしたりディズニーランドに行ったり温泉に行ったりしているのだという。

子育ても生活も、同じように夢中で流されていた。けれど、結果はずいぶん違うみたいだ。

「ねえ、だから、旅行しましょうよ」

和代が弾んだ声を上げる。

「お互いにもう面倒をみなくちゃいけない家族はいないんだし、だいぶガタが来たとはいえ、まだ躰は動くんだし。今のうちよ」

「そうねえ」

春子はこのあいだ観た旅番組を思い出しつつ、頷いた。

「金沢は行ってみたいな」

「兼六園《けんろくえん》？」

「あと、銀山《ぎんざん》温泉。それから鳥取砂丘ね」

思いつくまま。なので、我ながら行き先には何の関連も脈絡もない。

「いいわね、いいわねえ」

だが、和代もその点はまるきり気にしていないようだった。

「亭主が生きているうちはできなかったんだから、今こそ出発よ。あたし、海外も行ってみたい。ハワイとか台湾とか」

娘さんたちと行けばいいのに、わざわざ自分を誘ってくれる。春子の胸がじんわり温かくなった。

「でも、和代ちゃんの旦那さんは、物わかりのいいひとだったじゃないの」

気を遣ってくれているのか。いや、もしかしたら自分同様、思いつきを口に出しているだけなのかもしれない。その方が和代らしいとは思うが、それでも嬉しい。

「うちの亭主？」

ふん、と和代は鼻を鳴らした。

「外づらがよかっただけよ」

ふふん、と、春子も鼻を鳴らし返した。

「外づらだけでもよければましだわよ」

話題は互いの亡き夫への愚痴になった。こうなると話は尽きない。

長電話になった。


夜。

咲枝から電話がかかって来た。

「もしもし、おかあさん?」

「はい。ううう」

「どうしたの、変な声を出して」

「腰が痛いの」

「病院へは行っている?」

「二週に一度、ちゃんと通って薬をもらっているよ」

「お医者さんに相談して、腰の方も診てもらえばいいじゃない」

「藪《やぶ》なのよね、あの病院」

「藪って」

咲枝はあきれた声を出した。

「立派な大学病院じゃないの」

大学だって、藪は藪だ。

「今日は久々に立ったまま電話で話し込んじゃったから、よけいに腰に来たのかもしれない」

「誰と話していたの？」

「岡本さんよ。岡本和代さん」

「そう。玄関の戸締りはした？」

「したよ」

しばらくの沈黙ののち、咲枝が言った。

「岡本さん、亡くなったんじゃなかった？」


電話を切ったあと、廊下に立ち尽くしたまま、春子はぼうっとしていた。

そうだ。岡本和代は死んだのだ。糖尿病が悪くなって、心臓が弱って、冬の終わりにあっさり死んでしまったのだ。いちばんの友だちだった。近いうち旅行をしよう。口にするばかりで実現しないうちに、死んでしまった。春子は葬式に行った。眼を赤くしたヤエコちゃんとミエコちゃんに挨拶をした。たくさん泣いた。春の彼岸には墓参もした。

でも、今日の電話は、確かに彼女だった。切る間際には、また遊びに来てね、と言っていた。

考えがまとまらない。

黒い電話機を、じっと見つめた。

三

次の日は秋晴れで、空に真っ白なうろこ雲が拡がっていた。

午前十一時少し前。駅前のスーパーマーケットで買い物をして帰って来た春子は、玄関の上がり口でビニール袋を投げ出し、座り込んだ。ちょっと胸が苦しい。たった五百メートルばかりを歩いただけなのに、この不快感は退院してからはじめてのことだ。ちゃんとお薬は飲んでいるのに。やっぱりあの大学病院は藪だ。腰の相談なんかするものか。和代ちゃんの言うとおり、マットレスを替えた方がましだ。

りーん。

電話が鳴った。

春子は胸を押さえて、深呼吸をしてから、立ち上がる。

りーん。

「待ってよ。待ってちょうだいよ」

りーん。

電話台の前に立って、受話器を取り上げる。

「もしもし」

「…………」

「木崎ですが」

「…………」

黙っている。間違い電話なのだろうか。それとも、いたずら電話か。春子は眉をひそめた。

体調がよくないってのに、無理して出てやれば、これだ。

「もしもし？」

「…………」

何なのよ。

「こっちも暇じゃないんでね、切りますよ」

いいや、暇は暇だけど、あんたにつき合う時間はないのよ。

がちゃん。受話器を下ろした。春子は電話機をにらみつける。

昨日は間違い電話で、今日は無言電話。無言電話も、ずいぶん久しくなかったことだ。

春子は大きくかぶりを振っていた。

厭な記憶。

＊

あれは、咲枝が小学校四年生、慎次が二年生のときだった。

無言電話が、ひんぱんにかかって来るようになったのだ。

「もしもし、木崎です」

春子が出ると、黙っている。

「もしもし？」

浅い呼吸が聞こえるような気がする。しかし、黙っている。いたずら電話とは違う、不穏な空気。

ぴん、と来たのは、それまでにも、いささかおかしな電話がかかって来ていたからだった。

会社の者です。あのう、木崎課長の課の部下です。

女のひとの声で、そう名乗る。けれど、取り次いだ際、夫の表情は明らかに変わるのである。そして電話ののち、五分もすると、必ずこう言いだす。

「煙草《たばこ》を買って来る」

二度、三度とそういうことがあるうち、春子にも察しがついた。

きっと、今のひとに、外の公衆電話でかけなおすんだ。

「煙草なら、家に買い置きがまだありますよ」

意地悪く言ってやる。

「でも、ライターのガスが切れちゃっているしさ。出かける」

夫はそそくさと出ていく。残された春子は、閉められた玄関のドアを、それから電話をにらむしかない。

「あんたは知っているんでしょう？」

電話に向かって、呟いた。

あのひとたちは、いったいなにを話していたの？　相手の女は誰？　何者？　うちのひととは、どういう関係なの？　これから先、どうする気でいるの？

みんな知っているんでしょう？

春子の問いは、ぐるぐると渦を巻くばかりだ。電話は無言でうずくまっている。

無言電話は、二年ばかり続いて、ぱたりと止《や》んだ。夫と女の関係がどうなったか、春子は知らない。

しかし、電話は、知っていたのかもしれない。

＊

夜。

咲枝から電話がかかって来た。

「今日は変な電話があったの」

春子は、つい言っていた。

「無言電話。ずいぶん昔もかかって来ていたけどね。ここ数日、おかしな電話が多いの。どうしたのかねえ」

「おかしな電話？」

「いたずら電話とか、間違い電話とかね」

「うん。昔はよくあったよね」

一瞬、言葉を切ってから、咲枝は不意に切り出した。

「昔の無言電話って、おとうさんの浮気相手からかかって来ていたってやつ？」

春子は息を呑んだ。

「知っていたの？」

「だって、おかあさんがわたしに話したじゃない」

「あたしが、あんたに？」

春子は眼を瞬かせていた。そんな状況を、自分は娘にこぼしてしまっていたのか。まったく記憶にない。

「わたしとしては、聞きたくなかった。黙っていて欲しかったけれどね」

咲枝が、ぽつりと言った。

「おかあさんの気持ち、今ならわかるけどね。あのころ、わたしは小学校四年生かそこらでしょう。十歳の女の子には無理だよ」

春子は言葉が出なかった。

忘れていた。すっかり、記憶から消していたのだ。

あの当時、春子は苦しかった。自分たちの家。自分たち家族。自分たちの生活。大事なすべてが、電話ひとつ、夫の過ちひとつによって壊されて行きそうで、怖かった。

「あれから、わたしは、おとうさんにもおかあさんにも、ずいぶん長いあいだ、素直な気持ちになれないでいたの。今は違う。今はもう大丈夫だけどさ」

咲枝の長い反抗期は、自分が原因だったのか。

「あたしが悪かったんだね」

春子はようやく言った。

「あんまり気にしないでよ。昔のことだよ。今は何でもないんだよ」

咲枝が慌てて取り繕う。

「ごめん、おかあさん、よけいなことを言った。本当に気にしないでね」

謝るのは、自分の方だ。

「玄関の戸締りはした？　おやすみなさい」

咲枝の声が遠い。受話器が重い。春子は肩を落とす。

今さら、取り返しがつかない。過去。歳月。


りーん。

電話が鳴っている。

寝床の中で、春子は眼を開けた。何時だろう。部屋の中は暗い。しかし、カーテンの外はもう明るいようだ。

朝なのか、もう起きなくちゃ。

りーん。

春子はのろのろと起き上がり、蒲団から這《は》い出る。

誰だろう。なにか悪い知らせだろうか。重い躰を引きずって、起き上がる。

「もしもし？」

「木崎さんですか」

受話器の奥から、聞き覚えのある、少年の声。

朝からどうしたんだろう。いや、本当に朝なのだろうか。さっき、茶の間を通り過ぎるとき、柱時計を見るのを忘れていた。

時計を見たい。

「雄二くん？」

「わたしです」

雄二くんじゃないのか。雄二くんの声に似ているけどな。

いいや、それより、雄二くんと電話をしていたのは、何年前だったろう。

「お別れのご挨拶をしたくて、起こしてしまったんです。ごめんなさい」

「別れ？」

まだ覚めきらない頭で、春子はおうむ返しに呟くしかなかった。

「あなたとわたしは、長いおつき合いでした。そう、四十年もご一緒でした」

四十年？

春子が口を開く前に、電話の声が変わった。

「春ちゃん」

岡本和代の声だ。春子はほっと息をついた。

「和代ちゃん」

「ねえ、いつかの話だけど、そろそろ出かけましょうよ。あたし、迎えに行くわよ、今からさ」

「今？」

春子は戸惑った。

「だって、起き抜けだし、なにも支度をしていないよ」

「いいじゃないの。何の用意も要らないわよ」

和代は明るく言った。

「行きましょうよ、さあ」

ピンポーン。

玄関のチャイムが鳴った。

そういえば、昨夜は戸締りを確認するのを忘れていた。昨日は買い物から帰って来て、しばらく上がり口で休んでいた。あのとき、自分はドアの鍵をちゃんとかけたっけ。覚えていない。

ピンポーン。

チャイムが鳴る。受話器の向こうの和代が囁いた。

「迎えに来たのよ、春ちゃん」

ふっと、意識が遠のいた。

*

母親の突然の死から、二週間が過ぎた。

咲枝と慎次は、主《あるじ》のいなくなった家のドアを開け、廊下へ上がった。

「あっという間だったな」

慎次がぼそっと言う。

「前の晩まで、元気に話をしていたのにね」

咲枝はそっと視線を移す。古びた電話台の上の、黒電話。次の日に倒れると知っていたら、あんな恨みごとめいたことは言わなかったのに。胸の底に沈む、苦い後悔。自分はけっきょく、最後までおかあさんとはうまくいかなかったのかもしれない。

「この家も片付けなくちゃね」

咲枝はあえて声を張り上げた。

「おかあさんはものを棄てられないひとだったから、後始末が大変よ」

「この電話も、もう要らないな」

慎次が手を伸ばし、黒電話の受話器を指先でつついた。

「もう解約はしちゃったんだろう？」

慎次が訊く。咲枝は頷く。

「お葬式のあと、手続きは済ませた。この家の処分をどうするにしろ、固定電話は要らないでしょうしね」

「こいつには、昔はずいぶんお世話になった」

慎次がしみじみ呟く。咲枝はわずかに頬をゆるめた。

「いい加減にしなさい、何時間かけているのって、おかあさんに怒鳴られながら、ね」

「あっ、そういえば、はじめて好きな女の子に電話したの、この電話でだよ」

慎次が驚いたように言う。

「わたしもよ」

咲枝は思い出した。中学生のころ、好きだった同じクラスのタカヤマくんにはじめて電話をかけたのだ。

「向こうのおかあさんが出てさ。そりゃ、緊張した、緊張した」

慎次が感慨深げに首を振る。

「マユコさんいますかって、下の名前を呼ぶだけで、心臓がばくばく破裂しそうになったよ」

咲枝も同じだ。そして翌日、タカヤマくんに笑われた。おい木崎、うちのかあちゃん、おまえのことを男と間違えていたぜ。深く深く落ち込んだ。わたしって、そんなに低い、男みたいな声かなあ。

「姉ちゃんもか。そうだよな。考えてみれば、こいつ、家族みんなの秘密を知り尽くしているはずだよ」

「そうだね」

母親との最後の電話の記憶がまた蘇って、咲枝の胸がちくりと痛む。

「電話と言えば、不思議だよね。かあさんが家の中で倒れているって、救急車を呼んでくれた電話さ」

ああ、と咲枝も同調する。

「男の子の声だったんでしょう。石川《いしかわ》とか名乗ったっていう」

「石川じゃないよ。何だっけ」

慎次は首をひねった。

「思い出した。石渡だ。まあ、石川でも石本《いしもと》でも石渡でもいいけれどね。かあさんがここで倒れているのがどうしてその子にわかったのか、不思議で仕方がない」

咲枝も首を傾げるしかなかった。

「救急隊のひとが来たとき、鍵はかかっていなかったみたいだけど、まさかその子が家の中に入り込んでいたってわけでもないでしょうしね」

りーん。

淀《よど》んだ空気を切り裂くように、電話が鳴った。

りーん。

咲枝と慎次は、その場に立ちすくんだまま、動けなかった。

「鳴った？」

しばしののち、咲枝が細い声で訊く。

「鳴ったな」

慎次の声も、いくぶん震えている。

「でも、この番号、もう使われていないはずだよなあ」

沈黙。

やがて、慎次がふたたび電話機に手を伸ばした。

「今まで、本当に、本当にお世話になったんだよ。それなのに、俺はいつもかあさんに言っていた。買い替えろとか棄てろとか」

受話器に触れ、ゆっくりと撫でた。

「ありがとう。おまえは最後まで、かあさんに、うちの家族につき合ってくれたんだ」

「ごめん、な」

第七話　ナニサマ

一

電車が目的の駅に着いたとき、昨日から降り続いていた雨は、ようやく止んでいた。よかった、と鍋島楓子《ふうこ》は思う。雨は嫌いではない。が、台風の当たり年だったこの秋、雨にはさすがに食傷してしまっていた。

ひとの流れに押されながら改札を出て、空を見上げる。濃いグレーの雲が、建ち並ぶビルの上を厚く覆っている。けれど、彼方《かなた》ではほんの少し雲が切れて来ていて、青い空が覗いている。ほっと息をつく。

「ちょっと」

耳もとで、いきなりとげとげしい声が聞こえた。

「危ないじゃないの」

女が自分をにらみつけている。楓子より若そうだ。

危ないって、なにが？

楓子は面食らって立ちすくんでいた。

「傘。子供に刺さったらどうするのよ」

殺気のこもった視線を楓子から離さないまま、女が続ける。見ると、女の足もとには三歳くらいの女の子が立っていた。電車を降りた時点で、自分の後ろに子供が歩いていることは、楓子も気がついていた。あめあめふれふれ、と大声で歌いながら楓子にくっついて来ていて、子供の履いている長靴の先が何度も楓子の踵《かかと》にぶつかっていたので、気がつかざるを得なかったのだ。

「傘？」

自分の傘の先端が、この子に刺さりそうになったのか。申しわけないことをした。すみませんでした。

口を開きかけたところに、女が言葉をかぶせて来た。

「謝りなさいよ」

楓子の声は、咽喉で詰まった。

肩から下げている、大きめのトートバッグの持ち手に引っかけてある傘。先端は下を向いている。むろん、前方にかけてあるし、先端は膝よりも低い位置にある。幼い子供からすれば微妙な高さかもしれないが、危ないと高圧的に文句を言われるほどではない。ぶんぶん振りまわして歩いていたわけではないのだ。

　謝りなさいよ、って？

　そもそも、危ないと思うのなら、前を歩いている人間に子供を接近させなければ済むことではないか。あんたの子供が何回わたしの踵を蹴飛ばしたか、知っているのか？手をつなげよ。つないで大事な子供を守れよ。

　思いはした。が、声には出さない。楓子は無言で歩き出した。

「謝れよ。何なの、あんた」

　女の怒鳴り声が追ってくる。楓子は足早に歩を進める。小さく呟く。おまえこそ何なんだ？

　遠い青空。秋の日差しがやっと戻って来た兆し。それなのに、不快な澱《おり》が胸に残る。これから仕事だというのに、悪い一日のはじまりになっちゃったな。

　溜息が漏れた。


　楓子は喫茶店で働いている。

　勤めはじめて、まだひと月足らず。三十歳を過ぎて、アルバイトの身だ。十年近くも働いていた医療機器の販売会社を辞め、家に引きこもって学生なみの長い夏休みを過ごしたのち、ようやく外に出る気になったのだ。

ほんの一年前まで、自分は強い人間だと信じていた。ちょっとやそっとではへこたれない。会社を辞めることになるとも思っていなかった。結婚しても働き続けるつもりでいたのだ。

間違いだった。

強いのではない。運がよくて、逆境を知らなかっただけなのだ。その証拠に、厭なことが立て続けに起こった途端、自分を支えてきた「強さ」とやらは、音を立てて崩れた。他人が怖くて、世界から隠れたくて、夏のあいだじゅう、カーテンの蔭から外を見ていた。

謝りなさいよ。

声を荒らげて、他人に要求する人間が、世の中には多すぎる。頭を低くしてやり過ごさねば、こちらが参ってしまう。

少しは外に出た方がいいんじゃないか、と、父親からも言われた。かあさんみたいな穴熊生活を送ることはないんだ。おまえはまだ若いんだからな。

わかってはいる。これではいけない。こんなはずじゃなかった。こんなに弱いはずじゃなかった。もっと強くあらねばならない。「強さ」をふたたび手にしなければならない。たとえそれが仮面であったとしても。

決意してアルバイトをはじめたものの、実際のところまだ怯《おび》えている。相手から要求される前に、すみませんでしたと詫びてしまった方が楽な気がしている。

だから、さっきみたいな女に因縁をつけられるのかもしれない。きっと、現在の楓子は、いかにもすぐにぺこぺこ謝りそうな、弱々しい顔をしているんだろう。

悔しい。

楓子が出勤するのは、午前十一時。

担当はホール。厨房の仕事はまだ任せてもらえない。湯を沸かすとか、グラスや皿を洗う程度である。おはようございます、と顔を出したときには、ランチの準備は整っているし、ケーキはケースの中に入っている。

ランチメニューもケーキも二種類ずつしかないが、毎日替わる。小さな店だが、固定客がついていて、いつも忙しい。楓子がこの店を知ったのも、おいしいお店だから、と友だちに連れて来てもらったことがあったからだ。落ち着いた、感じのいい空間だし、コーヒーもケーキもおいしい。それだけの理由で応募したら、あっさり採用されたのである。

店を取り仕切るのは、佐々木《ささき》ルミ店長である。年齢不詳。いつも黒ずくめの服装、白い顔。濃いアイメイク。金太郎のようなショートカット。接客業だというのに、無駄な笑いはいっさいない。お客さんがいない時間に雑談をすることさえほとんどないのだ。これじゃ、アルバイトは居にくいだろうな、と楓子は思う。だが、今の楓子にとっては、その方がありがたい。

他人と必要以上に関わるのはごめんだ。今朝も父親と軽く言い合いになった。父親によると、楓子が以前勤めていた会社の人間から家に電話があったという。近況を訊かれた父親は、楓子のアルバイト先を教えてしまったのだ。楓子は怒った。どうしてそんなよけいなことを喋ってしまうのか。そのくせ電話をかけて来た人間の名前は覚えていないのである。男じゃなかったぞ。それだけだ。自分の勤め先で部下がそんな応対をしたら、父親だって叱るだろうに。

前の会社の人間になど、なにも知られたくない。誰にも会いたくない。

接客業のアルバイトは、高校生のとき以来だ。毎日が緊張の連続だった。常連のお客さんにはほぼ問題がないが、一見《いちげん》のお客さんが難しい。

「メニューって、これしかないの?」

よく言われるのが、その言葉である。

「少ないね」

楓子は頭を下げるのみである。

「申しわけありません」

気に入らなければ、よそのお店へ行ってくれてもいい。そうしてくれればいい。正直なところ、そう思う。しかし、文句をつけるお客さんに限って、ぶつぶつ言いつつ腰を据える。

「コーヒー一杯で七百円は高い。今どきはコンビニエンスストアでもそれなりにうまいコーヒーが飲めるんだしさ」

「すみません」

だったらコンビニエンスストアへ行けや。

「銀座ならともかく、このあたりじゃそんなに家賃も高くないでしょう?」

「すみません」

大きなお世話だよ。

「ランチセット千円? ぼるねえ。牛丼屋なら四百円でおなか一杯になるっていうのにね」

「すみません」

好きなだけ牛丼を食っててくれ。無理に引っ張り込んだわけじゃないよ。好き勝手言いやがって。

顔で笑って、胆で毒づく接客業。

「すみませんでした」

頭を下げておきさえすればいい。お客さまはそれで納得する。お客さまに気分よく過ごしてもらうことが、接客の基本。それは理解している。とにかく頭を下げなさい。ファストフード店で働いた高校生のときも、店長からはそう言われた。

すみません。すみません。

これは謝罪なのかなあ。誤魔化しじゃないか。

高校生の楓子は反発を感じた。しかし、今の楓子は違う。

頭を下げる。それ以外になにができようか？


謝りなさいよ。

求められることが多いのは、あやまちが多い人生だから、なのか。

「謝りなさい」

子供のころは、母親によく叱られていた。

「ごめんなさい」

楓子はべそをかいて謝る。

「次からは気をつけなさい。失敗しない人間はいないんだからね」

それでおしまい。

「うらやましいな。うちは違うよ」

友人に言われたことがある。

「うちのママはしつこいからね。叱られて、泣いて謝って、それで終わりにしないの。次の日も次の日も、同じことを蒸し返してぐちぐち言う」

だから自分は就職と同時に実家を出たのだ、と友人は苦々しげに言った。

「このあいだ、たまたま法事で実家に帰ったのよ。そうしたら、ママは昔とちっとも変わらないの。私にしたのと同じことを、今では飼い犬にやっていた。ティッシュを引っ張り出して、家じゅうを紙だらけにしたのは誰だ。パパのボールペンをかじってぼろぼろにしたのは誰だ。靴下の片方を隠したのは誰だ。ねちねちねちねち蒸し返してさ。犬は可哀想なもんよ。私と違って逃げられない。文句を言われるたび、しゅんとしてママの前でうなだれて、すまなそうにするのよ。ママはそりゃ満足そう」

そりゃ、ひどい。

「いくらいたずらをしたって、叱ったらそこでおしまいにしなきゃいけないよ。人間の子供だけじゃない。犬だって同じことだよ」

そうだよね。でも、そういう人間って、あなたのママに限った話じゃないんだ。

二

弱くなった。

そう思うようになったのは、十ヵ月前。冬のさなかに、母親が亡くなってからだ。

直接の死因は、肺癌《はいがん》。だが、癌はあちこちに転移していた。最初に乳癌が見つかったのは、楓子が中学生のころだった。手術と半月の入院ののち、母親は元気に家へと帰って来た。そして、入院前と変わらぬ毎日がはじまった。つまり、父親よりも楓子よりも早く起きて、飼い猫に餌をやる。朝食を作る。父親と楓子を送り出して、掃除機をかける。洗濯機をまわす。庭と玄関脇の植木に水をやる。

「無理しないで、休んでいてよ。家の用事はわたしがやるからさ」

楓子が言うと、いくぶん痩せた母親はにやりと笑った。

「なにからはじめる？　掃除？　洗濯？」

おかあさんが入院しているあいだはちゃんとやっていたんだ。おとうさんはなにもしないひとだしさ。胸を張りはしたが、語尾は弱々しかった。なにぶん、楓子は中学生だったのだ。家事に追われるよりは、学校での友だちづき合いやバドミントンクラブ、自分のことに夢中だった。

　母親も、健康はすっかり取り戻したかに見えた。いくぶん家の中に引きこもりがちにはなったが、もとから社交的な性格ではなかった。子供のころに両親を亡くして以来、天涯孤独で身寄りはない。楓子が知る限り、学生時代の友だちとの交流もない。親戚づき合いは父方とのお義理だけ。近所との交際も挨拶程度。父親の会社の人間が家に来ることはなかったし、楓子の学校のＰＴＡ活動も、浮世の義理は果たさねばならない、と忍んでいるのを隠そうともしなかった。

　毎日、夫と娘を送り出した家の中で、母親は家事をし、猫と遊び、読書をし、植木の世話をする。家に帰りさえすれば母親がいて、楓子のお喋りの相手になってくれる。

「おかあさん、家にばかりいてつまらなくない？」

　訊くと、母親はゆっくり首を横に振る。

「わたしは家にいるのがいちばん楽しいし、落ち着くよ」

「友だちと話がしたいとか思わないの」

「あんたやおとうさんと話すだけでじゅうぶん」

　あとはこの子がいればね、と、すり寄って来る三毛猫のプーコの背中を撫でた。

「わたしは人間が苦手な人間なのよ」

「……よくわからない」

「わからない方がいい。あんたは人間を好きでいなさい」

母親は真面目な顔になった。

「ただし、誰の前でも、あんまり愚痴はこぼしちゃ駄目だよ。悪口ならいくらでも言っていいけどさ」

「愚痴と悪口の違いがわからない」

「厭《あ》なやつを悪しざまに罵るのは楽しいじゃないの。愚痴と違って、笑い飛ばせる。愚痴を言うのは、自分の弱みをさらけ出すこと。こいつは弱いと思わせたら最後、つけ込んでくる人間はどこにでもいるものだからね」

楓子からすれば、母親は皮肉屋で面白かった。仲間うちの諍《いさか》いも、ちょっとした悩みごとも、母親に相談さえすれば、げらげら笑って流すことができた。友だちとしても、きっと魅力的だったに違いないと思うのに、なぜ人間が苦手だなんて言うのだろう。

「なぜって？　そうだねえ」

少し首を傾げてから、母親は語りだした。

「たとえばこのあいだ、スーパーマーケットのレジにいたのよ。研修中の札をつけた新入りのおばちゃん。緊張しきっていてね。かごから商品を取り出して、バーコードを通して、またかごに入れる。その動きが、まあ、実にもたもたもたしていてね」

楓子は頷いた。

「ああ、新人さんのレジに当たっちゃうことってあるね。たいがいそのレジだけ客が少なかったりするから、うっかり並んじゃう」

いかん、はまっちまったと気がついて、ほかのレジに並び直そうとしても、よそはもう長蛇の列だったりするのだ。

「で、わたしの前のお客さんがね。定年過ぎの亭主とその奥さんといった風な、いい年齢の二人連れだったんだけど、そのおばちゃんに向かって、いちいち眼くじら立てて文句を言うわけよ。冷凍食品はスナック菓子の傍に置かないでくれ。牛乳パックは横倒しにしないでくれ。卵のパックの扱いが乱暴だ。割れたらどうする。おばちゃん、焦っちゃって、すみませんすみませんの言いどおし。ますます動きがぎこちなくなっちゃった。奥さん、わざとらしく溜息をついて、こっちは急いでいるんですけど、なんて言っていた。急いでなんかいないと思うけどね。あとでゆっくりゆっくり買ったものを調べながら袋に分けて詰めていたんだもの。そのあと、わたしの番のとき、亭主の方が豚肉のパックを持って引き返して来た」

「何だって？」

「あんたの指で押されたせいでラップが破れている。取り替えろって」

「破れていたの？」

「二ミリくらいかな。一ミリかも。おばちゃん、また平謝りしていた」

「やり過ぎだね」

　母親は苦笑した。

「そう、やり過ぎ。確かにね、温かいお惣菜《そうざい》の真横にアイスクリームを置かれたり、でっかいキャベツひと玉を菓子パンの上に転がされたら、わたしだって苦情を言うけどさ。卵のパックの上に食パンを置かれたからって、乱暴とは言えないじゃない」

「牛乳パックも、だね。横にしようが立てようが、品質に違いが生じるわけじゃない」

「ねえ、ヴィンテージもののワインを扱っているわけじゃないんだからね」

　母親も深く頷いた。

「あの夫婦も、ほかの店員にだったらあんなことは言わないだろうと思うんだ。新人だからいじめた」

「そうだろうね」

　楓子はいささか後ろめたい気分になる。もし自分が研修中の札をつけている店員に当たったら、その夫婦と同じような眼で見てしまうに違いないからだ。まず、はまった、はずれたと感じるのは間違いない。そして、ほかの列に並び直そうとするだろう。それが無理なら意地悪くかごを見張る。口に出して文句は言わないまでも、のろのろした作業にひたすらいらつく。急いでいるわけでもないのに、いかにも忙しげに時計を眺め、舌打ちをする。まるで自分が一度も失敗をしたことがなく、かつて「研修中」であった経験もないかのように。

そうだ、そういうみみっちい姑根性は、楓子自身にもあるのだ。

「そのとき、思い出したのよ。あんたが自動車免許を取ったばかりのとき、いたじゃない。後ろにぴったり車間距離を詰めてぶいぶい煽《あお》ってきた男」

「いた、いた」楓子も思い出した。「初心者マークを見かけるといやがらせするやつって、ぜったいにいるんだよね」

「あの夫婦も一緒。あら探しをして因縁つけて、びびらせて悦に入る」

母親はふっと眉を寄せた。

「この話には続きがあってさ。このごろじゃ、例のおばちゃん、すっかり仕事に慣れたみたいでね」

「よかったね」

「態度がでかいの」

「よくないね」

「キャベツひと玉、平気でパンの上にのせちゃうの」

「それは、文句を言わなきゃいけないね」

「言ったよ。そうしたら、はいはいすみませんでした、とふとい声で返された。ぐれちゃったんだよ。そうなるとかえって誰も文句言わないんだから、おかしなものだよね」

「そのおばちゃん、今度は新人をいびる側にまわりそう」

楓子が言うと、母親は横を向いて、吐き棄てるように言った。

「つまりね、そういうことだから、わたしは人間が苦手なの」

楓子の知らない、若いころの母親に、いったいなにがあったのだろう。

「わたしが死んでも、お葬式はぜったいしないでね」

母親の口癖だった。

「あんたとおとうさんと猫たちしか、わたしを知らないんだから。あんたとおとうさんだけで見送ってよ」

再発はないと信じていた。いいや、信じたかった。

転移が見つかって、再入院、再手術。今度は帰ってこなかった。

そして、母親の遺言どおり、楓子と父親の二人きりで、火葬場で母を見送ったのだった。

庭の植木を手入れするのは、楓子の仕事になった。

母親が亡くなってからも、花は咲く。辛夷《こぶし》が咲いて連翹《れんぎょう》が咲く。当たり前のことが、不思議な気がした。花は母の死を知らない。ただ、咲く。

「おかあさん、亡くなられたんだそうですね」

隣家の安井《やすい》さんに話しかけられたのは、母親が死んで二ヵ月が過ぎたころだった。楓子は玄関前のアイビーと八つ手の大鉢に水をかけていた。

「お知らせもしてくれなかったんですね」

咎《とが》めるような口調だった。

「すみません」

楓子は頭を下げた。

母親の遺志だったんです、と続けるのは、やめた方がいいだろう。安井さんは五十代の半ばか後半。小柄な女性だ。長いあいだ隣りに住んではいるが、挨拶以上の会話を交わしたことはない。正直なところ、楓子は安井家の家族構成すら知らなかった。隣家についても、母親は噂話もほとんどしなかったのだ。ただ、つき合いはしたくないと言うばかりだった。

「そこの八つ手の鉢植えですけどね」

安井さんは指を差した。

「雨が降ると、中の土がこぼれて、それがうちの前まで流れて来るんです。いつも掃除が大変なんですよ」

「そうなんですか。すみません」

楓子はふたたび頭を下げるしかなかった。

「それからおたくの庭の枇杷《びわ》の木のことですがね」

安井さんの眼は据わっていた。

「落ち葉がうちの庭にたくさん落ちて来るんです」

枇杷の木は、楓子とほぼ同じ年齢《とし》のはずだった。かなりの大木に育っていて、六月には多くの実をつける。毎年、食べきれなくて困るほどだった。

「すみません」

楓子はまたしても頭を下げた。

「落ち葉だけの話じゃない。枝が伸びて、うちのベランダの方に突き出しているんです」

母親が元気なころは、植木屋を呼んでいたはずだ。だが、去年から母親の体調が悪化して、庭に注意を向ける人間がいなかった。葉をわさわさ、枝をぐんぐん、枇杷の木はやりたい放題だったのだ。隣人の不満は溜まりに溜まっているようだった。

「すみません。今後、気をつけますので」

言いかけるのを、安井さんの言葉が遮った。

「おかあさんが生きていらしたときにお話をしたんですけどねえ。枇杷の木を処分してくださるようにね」

　楓子は耳を疑った。

　処分しろ？　そこまで言ったの？

「そうしたら、生きているものを殺したくはないと、おかあさんはおっしゃるんですよ」

　楓子は胸が詰まった。

　生きているものを殺したくはない。

「そう言ったんですか、母が」

　自らの病気を知り、闘っていた母親の言葉。どんな思いで植木を手入れしていたか。今になってわかる気がした。

「仕方ないから、こちらも譲歩したんです」

　だが、隣家の住人からすれば、母親の思いなど知ったことではない。おのれの正義があるのみだ。

「きちんと植木屋を呼んで手入れをして、迷惑はかけないようにするというお返事でしたから、こちらも辛抱したんです」

　辛抱？

　もはや頭を下げようとは思えない。楓子は奥歯をきつく噛んでいた。

「いくらおかあさんが亡くなられたとはいえ、約束は守っていただかないとね」

つまり、自分としては木《き》を伐り倒してほしかったのに、母親はそれを断った。基本的にはそれが不満なのだ。だから譲歩した、辛抱したと言いたいわけだ。

「まあ、あなたに木を処分してくれとは言いませんよ。おとうさんがいらっしゃるわけですからね。あなたが決められる立場ではないでしょう？」

わたしの立場がどうしたって？

胆の底に、不穏な波が立ってきた。

――わたしが死んでも、お葬式はぜったいしないでね。あんたとおとうさんだけで見送ってよ。

いつまでもねちねちと話を続ける隣人を前に、ようやく腑《ふ》に落ちた。

――わたしは人間が苦手な人間なの。

わかった。あんたみたいな人間がいたから、だから、おかあさんは。

三

謝りなさいよ。

嵩《かさ》にかかった、甲走った声で詰め寄られたのは、母親を見送ってから、三ヵ月が過ぎたころだった。

「鍋島さん、話があるの」

会社の昼休み、女子トイレの前で、いきなり浴びせられたのだ。

「傷ついたのよ、あの子。謝りなさいよ」

眼尻を吊り上げた、憤怒の表情。楓子は戸惑った。

そもそも、この女、誰よ？

いいや、名前は知っている。確か池田《いけだ》さんだ。楓子よりは二年ほど後輩のはず。だが、違う部署で、これまで口を利いたこともない。

「ぜんぜんわからないんだけど、なにを謝れって言うの？」

「とぼけているの？　宮本《みやもと》さんのことよ」

「宮本さん？」

胸を強く押されたような衝撃。宮本泰成《やすなり》は同期の社員だった。入社してすぐ大阪勤務になり、一年前に東京に戻って来た。

昼めしなら、どこの店がおすすめかな。鍋島さん、教えてよ。

そんなひと言からはじまって、親しくなった。昼食のあとは、退社後の一杯。ともに過ごす時間はどんどん長くなった。母親の病状がどんどん悪化するなか、落ち込みがちな楓子の心の支えになってくれた男だ。

現在では、ただの同僚ではない。恋人だった。少なくとも楓子にとっては。母親にも打ち明けた。

よかったじゃない。あんたの好きなひとに会いたいな。

母親は嬉しそうだった。会わせたいと思ったし、会わせるつもりだった。だが、母親の容態が急変して、それができなかった。

おかあさんに会いたかったな。心残りだよ。

母親の死を告げたとき、彼はそう言ってくれたじゃないか。

「宮本さんは、大阪本社のスギハラカナちゃんと、何年も前からつき合っているの。結婚する約束もしているんです」

池田さんは、鼻の穴をふくらませて、言い募っている。

「あんたがしていることは不倫と同じよ。どういうつもり?」

本当に、どういうつもりなんだろう?

池田さんの、ファンデーションを溶かすほど火照《ほて》った顔を見ながら、ゆっくりと楓子は理解した。

宮本泰成。あなたはわたしのたったひとりの恋人だった。でも、あなたにとっては違った。そういうわけなのね。

「謝りなさいよ」

池田さんが吠える。楓子は答えた。

「あなたに謝る必要はない」

池田さんは眼を見開いた。

「わたしは彼にそんな相手がいるなんて、今の今まで知らなかった。それに、あなたはスギハラカナさんじゃない。他人でしょう」

彼からは訊かれた。

鍋島さん、彼氏はいる？

いない。大学のころからつき合っていた男とは、三年前に切れた。

だったら、俺とつき合わない？

たぶん、あのときに訊き返すべきだったんだろう。宮本さんこそ、恋人がいるんじゃないの？　彼は素直に答えただろうか。

実はいるんだ。スギハラカナって娘だ。結婚の予定もある。でも、きみとも仲良くしたい。

正直に言ってくれたら、よかった。にっこり笑って席を立って、それきりだったのに。

「知らなかった、なんて言いわけが通用すると思っているの？」

池田さんがきりきりと奥歯を嚙む。

「ずうずうしい女ね、あんた」

声を出さずに、楓子は力なく呟いた。

おまえもな。


その夜。

帰宅した楓子は、深く深く落ち込んでいた。

父親はまだ帰って来ていない。家の中は真っ暗で、空気はひんやりとしている。三毛のプーコが死んでから、母親がどこからか引き取った虎猫のプータがふにゃふにゃ啼《な》きながらすり寄ってくるのを、足で押しのける。

ただいま、おかあさん。

楓子は呟いた。

おかあさんがいれば。いてくれればよかった。今日のひどい一件を聞いてほしい。そして、一緒になって怒ってよ、おかあさん。

居間の明かりをつけ、ふらふらと浴室へ向かう。プータがしつこくじゃれて来るのを、また足で押しのける。シャワーを浴びて、思いきり泣きたかった。

あの男、問いただしたら、何て言ったと思う?

ごめん、だって。

ごめんで済むかよ。

俺、楓子のことも本気で好きだったんだ、だって。

ふざけるな、あの男。あいつのせいで、わたしが悪役になっちまった。

脱衣所で服を脱ぎ棄て、ガスを点《とも》し、シャワーの栓をひねった。ほとばしる水が湯に変わる。手で温度を確かめて、ちょうどいい熱さになった湯の中に身を入れる。そのとき、呼び鈴が鳴った。

今かよ。

楓子は浴室の壁を手のひらで叩いて、うめいた。

ああ、おかあさんがいれば。いてくれれば。

無視しよう。この状態では出られない。無視する。わたしはいない。留守。悪いけれど出直して。

しかし呼び鈴は執拗《しつよう》に鳴らされた。楓子は念じる。プータ、おまえが出ろ。猫の手を貸せ。少しは役に立てよ。やがて、がたがたと玄関の戸を揺らす音が聞こえて来た。

「いらっしゃるんですよね。さっき帰って来られたの、ちゃんと見ましたよ」

安井さんの声だ。

何なのよ、いったい。

楓子はシャワーを止めて、躰にタオルを巻きつけ、床を濡らしながらインターフォンを取りあげる。

「何のご用でしょうか」

「出て来てください。画像を見てほしいんです」

「画像？」

「おたくの枇杷の枝ですよ。うちの方にどれだけ突き出ている状態か、ご覧になればわかっていただけるでしょう」

忘れていた。楓子は天を仰いだ。枇杷の木の一件。

「父には伝えました。どうかもう少しお待ちになってください」

確かに、言うには言った。が、父親が手を打った形跡はない。失敗した。もっとせっつくべきだったのだ。

「出て来て、画像を見てください」

安井さんは主張を繰り返す。楓子は泣きそうだった。

こんなときに、それ？　そりゃ、そもそも我が家が悪いんだけどさ。

「すみませんが、今は出られないんです」

素っ裸で水浸しなのです、とはさすがに言いかねた。

「手が離せないんです」

「ちょっとでいいんですよ」

自分たちは悪くないから、わたしの都合はお構いなし。そういうわけ？

「無理なんです」

一瞬、安井さんは沈黙した。

「そうですか」

それきり声はしなくなった。明らかに気分を害して立ち去ったようだ。だが、楓子の気分も最悪だった。

謝りなさいよ、という声を、ふたたび耳の奥に聞いた。

濡れたふくらはぎをプータがじゃりじゃりとなめている。もはや押しのける元気もなかった。


「おまえ、安井さんに失礼な態度をとったみたいだな」

父親に言われたのは、次の日の朝だった。

「ゆうべ、帰ってきたら呼び止められてな。植木の件で話をしたんだよ」

父親が帰宅したのは深夜近くで、楓子が床に就いたあとだった。楓子はうすら寒くなった。安井さん、そんな遅い時間まで外を見張っていたのか。自分の帰宅時もしっかり見ていたようだし、ただならぬ怒りがひしひしと伝わる。枇杷への、いや、枇杷を放置し、安井家の平和を脅かす我が家への怒り。

「おかあさんとはこれまでうまくやっていたのに、娘さんの対応は残念だとさ」

「うまくやっていたわけがないでしょう。おかあさん、近所とはつき合いたくないって言い続けていた。あの女も理由のひとつだよ」

楓子は嚙みつくように返していた。父親は苦笑した。

「とにかく、植木屋を呼ぶよ。早急に手を打たなければ、区役所に連絡すると凄《すご》まれた」

「連絡してどうするの？　区役所の職員が枝を刈ってくれるとでも言うの？　だったらそうしてもらいましょうよ」

「そういう言い方、かあさんそっくりだな」

「かあさんは他人が嫌いだった。わたしも嫌いになりそう」

「あのひとは、子供のころに親を亡くして、苦労したんだよ」

父親が視線を落とす。

「親戚じゅうをたらいまわしにされて、いつもごめんなさいばかり言わされていたそうだ。だからよけいに人間嫌いになったんだろうな」

わかるよ、おかあさん。

「ごめんなさいと詫びられた人間だって、いつかはどこかで詫びる側にまわる。あやまちを犯さない人間などいないんだから、許さないまでも、どこかで矛を収めなければばいけないんだがな」

そうだ。あやまちを犯さない人間はいない。わかっている。だけど、わたしは宮本泰成を許せるだろうか。即答だ。許すものか。スギハラカナちゃんとてわたしを許すまい。そしてお隣りさんが矛を収めないことも確かだ。

「すぐに植木屋を呼ぼうね、おとうさん」

わたしは、小さい小さい人間だ。

誰も許さないし、誰からも許されない。


次の日は、会社を休んだ。

晴れた朝だった。楓子は洗濯物の入ったかごを抱えてベランダに出る。ふと見ると、鉢植えの芙蓉《ふよう》の葉が枯れていた。

おかあさん、ごめん。花の季節が来る前に枯らしちゃった。枯らす気はなかったよ。水はちゃんとあげていたし、春先には固形肥料も撒《ま》いた。どこからともなく生えて来る雑草も抜いた。でも、枯れてしまった。

なにが悪かったの、おかあさん。

わたし、どこで間違ってしまったの？　どうして失敗ばかりしちゃうの？

おかあさんなら、言うだろう。仕方がないわね。次からは気をつけなさい。失敗しない人間なんていないのよ。

そうだね、おかあさん。

あんたは人間を嫌いになっちゃ駄目。

うん。でも、無理かもしれないよ、おかあさん。わたしは今、人間が嫌い。大嫌い。

楓子の眼に熱いものがにじんで、流れ落ちる。

そんな自分自身も嫌い。大っ嫌いだ。


一ヵ月後、楓子は会社を辞めていた。宮本泰成との一件だけが理由ではない。楓子は隠れたかったのだ。

他人から隠れて、誰の眼も届かない場所で、静かに休みたかった。

四

午後二時半。

ランチタイムも終わった店内には、のんびりした空気が流れていた。埋まっているのは、五つあるテーブル席のうち三つ。中年の男性客がひとりに、若い女性客がひとり。初老の女性客の二人連れ。

平和は、いきなり乱された。

「おい」

入口に近いテーブルにいる男性客が、荒い声を上げたのだ。

今しがた、楓子がコーヒーを運んだばかりである。注文する際の態度も横柄だったから、悪い予感はしていたのだ。厭だなあ。が、逃げるわけにもいかない。楓子は早足で男の席へ向かった。

「見ろよ」

男は顎をしゃくってみせた。

「ごみが浮いているだろうが」

眼を凝《こ》らしても、楓子にはよく見えない。しかし、頭を下げるしかなかった。

「申しわけありません。すぐにお取り替えします」

「この店は食い物を扱ってるんだろうが。気をつけろ」

男の怒声で、店内はいっそう静まり返っている。楓子はコーヒーカップを下げて、厨房へ戻った。

「どうしたの」

厨房にいた佐々木ルミが訊く。

「コーヒーにごみが入っていたそうなので、淹れ替えに来ました」

説明をしながら、ふたたびカップの中身を確認する。ごみと言えば言えないこともない、小さな白い糸くずのようなものが浮いている。

「あるわね」

佐々木ルミが呟いて、新しいカップを用意する。糸くず入りのコーヒーを流しに空けつつ、楓子は思った。

これ、今のおやじが着ているセーターの毛糸じゃないのか。

佐々木ルミはカップにコーヒーを注いだ。楓子はまたしても確認する。ごみらしきものはない。

なるべく埃を立てぬよう忍び足で男のテーブルに戻って、楓子はコーヒーカップを丁重に置いた。

「すみませんでした」

「これだけ気取った店で、高価《たか》い金取って、お客さまにごみ入りのコーヒー出して、平気なのかよ」

男はまだ文句を言い続ける気らしかった。

「申しわけありません」

となると、楓子は謝り続けるしかない。

「客商売だろう。もっと気を遣えよ」

男の毛玉だらけのセーターを見ながら、楓子は思う。さっさと飲んでよ。じゃないとまた毛糸が落ちる。それを店のせいにされてはたまらない。

「あんた、この店の責任者？」

「違います」

「ただのアルバイトか。じゃ、あんたに話したって、なにもわからねえな」

男はようやく横を向いてくれた。解放された。楓子はほっとして、厨房に向かおうとした。

「お勘定をしてくれる？」

呼び止められる。二人連れの女性客が席を立っていた。まだティーポットに半分近く残っている紅茶と、二人の表情を見て、楓子の胸が痛んだ。おやじの怒鳴り声で居心地が悪くなったんだな、とわかったからだ。

「ありがとうございます。すみませんでした」

レジスターの置かれた台の前に立って、頭を深く下げたのち、店を出ていく二人連れの背中を見送った。こんなことがあると、二度と来てはくれないんじゃないだろうか。自分が経営しているわけではないけれど、ただのアルバイトだけれど、そうなるのはやはり厭だ。

重い気分で二人連れのいたテーブルの食器を片づけていると、また荒い声が飛んで来た。

「会計」

楓子はレジスターに向かう。よかった。はやく帰って欲しい。帰ってくれ。

「いくらだよ」

伝票に書いてあるだろうが。見えねえのかよ。とは言えない。

「七百円です」

「ここのコーヒーにそんな価値はねえだろうが。ごみを浮かせやがってよ」

男は千円札を投げつけるように置いた。むっとした表情を出さないようこらえつつ、楓子はレシートと三枚の百円玉を木のトレイにのせて差し出した。

「レシートは要らねえ」

男がトレイを払いのける。その拍子に、百円玉は床に散らばった。

「あああ」

楓子はうめいた。最悪。

「なにをやっていやがるんだ」

案の定、男は嬉々《きき》として罵声を上げた。楓子は泣きたくなる。あんたのせいでこうなったんだろう。

「申しわけありません」

床にかがみ込んで、百円玉を拾おうとする楓子を、静かな声が止めた。

「鍋島さん、そのままでいい」

佐々木ルミがすぐ後ろに立っていた。台の上に置かれた千円札を取り上げ、男に突き出した。

「お代は要りません。どうぞお帰りください」

「なに？」

男は絶句した。

「あなたはお客さまではありません。ですから、あなたにお金を払っていただくつもりはありません」

佐々木ルミはきっぱりと言い放った。楓子はしゃがんだまま茫然と佐々木ルミを見上げていた。

店長、格好いいじゃないか。

「お帰りはあちらです」

男が顔を赤くして、わめき立てた。

「おい、ちょっと待て、おまえ」

手を伸ばして佐々木ルミにつかみかかろうとする。楓子は思わず悲鳴を上げそうになった。

「やめておきなさい」

男の背後に、背の高い影が立った。

「それ以上、騒ぎ立てたら、署まで来てもらいますよ」

さっきまで奥のテーブルにいた若い女性客だ。男より背が高く、肩のがっしりとした、精悍《せいかん》な顔つきの女だった。

「しょ？」

男は毒気を抜かれたようだった。

「すぐそこのＭ橋警察署にね」

女は言った。

「私は防犯課の刑事なんです。同行します？」

男は倉皇《そうこう》と立ち去った。

「ありがとうございました」

楓子は女に深く頭を下げた。

「いいえ。お役に立ててなによりです」

女はにっこり笑うと、言った。

「コーヒーのお替わりをくれます？」

「それは、店からごちそうさせてください」

佐々木ルミが言った。

「シフォンケーキもつけます。どうか召し上がってください」

女がもといたテーブルに戻っていく。厨房に向かいながら、楓子は佐々木ルミに詫びた。

「店長、ご迷惑をおかけしてすみませんでした」

「あなたは悪くないんだから、謝らなくていい」

佐々木ルミは素っ気なかった。

「でも、お客さまを怒らせたことは確かですから」

「あなたの基本的人権の方が大事」

きほんてきじんけん。ひさびさに聞いた言葉だ。ひとの口から発せられるのを耳にしたのって、学校で習ったとき以来じゃないか。

「それにあの男はお客さまじゃない。言ったでしょう」

佐々木ルミは冷たく言った。

「あいつは、ナニサマ」

「なにさま？」

佐々木ルミは、ほんの少しだけ頬を緩めたようだった。

「お客さまは神さまだと思い込んで、立場の弱い側を責め立てる。そうしたら、言っていいのよ。お客さまは、ナニサマですか？　ごめんなさいは引っ込めていい」

楓子は、思った。

わたし、このひとの下で、長く働きたい。

楓子はコーヒーとシフォンケーキを女のテーブルに運んだ。

「本当にありがとうございました、刑事さん」

言うと、女は照れたように片手を振った。

「刑事は嘘。大嘘や」

「え？」

「本当はね、私はあなたに会いに来たんやわ、鍋島さん」

楓子は面食らった。わたしの名前を知っている、このひとは誰だろう。会ったことはあるだろうか。記憶にない。

「私、杉原《すぎはら》です。杉原香奈《かな》。あなたに言いたいことがあって、出張ついでに来たんです」

杉原、香奈？

この言葉遣い、関西のひとだよね。

あっ、と思い当たった。

「以前、池田さんがあなたにごちゃごちゃ言うたらしいですけど、あれ、私の意思じゃないんです。ばしっと言うてやった、って威張ってたから、阿呆《あほ》かって叱っておきました。よけいなことはせんで欲しい。そんな真似されたら、私がしょうもない、情けない女やと思われます。そりゃ、正直、あなたに腹が立たなかったといったら嘘になるけれど、いちばん悪いんはあの男やし」

「わたし、彼とは別れましたよ」

「私もです」

当然、といった面持ちで、杉原香奈は頷いた。

「あなたが会社を辞めたと聞いて、うわあ、それはあんまりや思うて。私と池田さんが辞めさせたようなもんやないの。鍋島さん、あなた、あんな男のために、人生棒に振ることないですよ」

いや、人生を棒に振ったとまでは考えていないんだけどな。

思いつつ、楓子の胸に、温かいものがあふれて来る。

「私もな、ここまで来るには来たけれど、声をかけようかどうか、ずうっと迷ってたんです。そうしたらあの変なおっさんが叫び出して」

話し続ける杉原香奈の顔を見返しながら、楓子は考えていた。

このひとは、わたしに、謝れとは言わない。謝りに来たわけでもない。ただ、こうして、話をしに来たんだ。わざわざ。

おかしなひとだ。刑事だなんて言って、もとの恋敵を助けたりして。

店長にしろ、杉原香奈にしろ、かなりおかしい。

こんなおかしな人間たちがいる。世の中は、まだまだ棄てたものじゃない。

——おかあさん。

わたしはどうにか、人間を嫌いにならずに生きて行けそうな気がします。

第八話　うさぎが転んだ

一

このごろ、スマートフォンばっかり見ているよね。

不意に言われて、バン型トラックの運転席で待っていた里村永二郎《えいじろう》はいささか面食らった。

「いや、以前はさ、現代《いま》どきの若い兄ちゃんにしては、あんまり携帯電話を気にしたりいじったりはしていなかっただろう？」

助手席に乗り込んで来た、上司の藤堂さんが眼を細める。

「それが、最近は気がつくと手もとを眺めている」

「いや、たまたま、友だちから連絡が来ていたんですよ」

弁解気味に、永二郎は返す。嘘ではない。島田壮介《しまだそうすけ》からメッセージが届いている。

「今夜は暇か」と、味も素っ気もないひと言。きっと食事か酒の誘いだろう。島田とは、しばらく会っていない。別に予定もないし、会ってもいいな、と思う。

それに、永二郎はもう三十歳だ。若い兄ちゃんと呼ばれる年齢ではなくなりつつ、ある。

「友だちって、女だろう?」

藤堂さんは、にやにや笑っている。

「違いますよ。野郎です」

島田は、高校のころからの古い友だちだ。友人知人の少ない永二郎にとっては、ただひとりの昔なじみである。

「ふふ、わかっているよ。ふふふ」

藤堂さんはひとり合点《がてん》して、含み笑いをする。

「若いって、いいねえ」

「そんなんじゃありませんよ」

「若いと言えば、残念だよな。せっかく力を出して来たところなのに休場とは。それも靭帯《じんたい》損傷だからな。長引くよ」

「じんたい?」

「相撲だよ、相撲の話」

藤堂さんは永二郎にはまったく関心のない力士の名を挙げた。やたら話が飛ぶのは藤堂さんの癖なのだ。話題は早くも切り替わったか。永二郎はほっとした。どうやらおれの女性問題を追及する気はないらしい。よかった。会社の上司、営業部長で六十代の藤堂さんに、私生活を詮索されるのはありがたくない。

「行くか」

藤堂さんが顎を上げて指示を出す。永二郎は頷いて、エンジンをかけた。

「おっと、危ない」

トラックのすぐ前を、シルバーカーにもたれかかるようにしながら、おばあさんがのたのたと横切っていく。

「これだけでかい車体が動こうとしているのが、見えていないのか。エンジンの音が聞こえていないのか」

藤堂さんは舌打ちをした。

「年寄りめ」

あんただって六十歳過ぎ。そっちの仲間だろう。思うのだが、黙っている。相手は営業部長、上司なのだ。

「俺としては、優勝争いはどうでもいいんだ」

藤堂さんの話は相撲に戻っている。

「が、若い連中が幕下、十両と、じわじわ上がってくるのを見るのは楽しみなもんだ」

そうですねえ、と気のない返答をしつつ、永二郎はトラックを発進させる。

藤堂さんはまだましだ。野球やら相撲やらマラソンやらオリンピックやら、興味はなくとも多少はついて行ける、いわゆる世間話をする。これが社長だと、うちの奥さんがああ言ったこう言ったという、相槌にさえ困る自分語りしかしない。あとはマンションのローンと生命保険の話。中高年ってのはこんなにつまらない話しかしないものか、と感心するくらいである。

「それにしても、もう五日め、序盤戦は終わりだもの。あっという間だよ、場所中の二週間はな」

「そうですねえ」

口では言いつつ、胆は正反対。まだ木曜日か、一週間は長い、長過ぎるよなあ。早く土日来い、休みよ来いと、念じている。

もともと、永二郎は、仕事好きな性質ではない。親もと住まいのお蔭で生活費の心配はないのだが、唯一の楽しみである自動車を維持するための費用がかかるから、金は必要だ。ゆえに働く。働かざるを得ない。

勤め先は、小さな運送会社である。社会に出てから三つめの会社になる。はじめは食品会社の配送の仕事をし、次は中古車販売のディーラーをしていた。どちらの会社でも、かなり真面目に働いたと自負している。現在だって、また然《しか》りである。仕事をして、金を稼ぐ。そのこと自体は嫌いじゃない。だが、愛社精神は生まれないし、育たない。ある日あるとき、ちょっとしたことで、ふっと辞める気になってしまう。いつもなら聞き流せる上司の厭味やお客の苦情が、それ以上はひと言たりとも耳に入れられなくなる。

おれは、人間関係ってやつが、得意じゃないんだ、昔から。他人の顔色を窺《うかが》って、話を合わせて、おかしくもないのに笑う。何時間も何時間もそんな風にしていると、無性にひとりになりたくなる。たったひとり、自動車に乗って、ハンドルを握って、目的地もなく、ひたすら夜の道路を突っ走りたくなる。

性根がない。ふらふらしている。父親や母親からは、そう説教をされた。そんなことで、この先どうするつもりだ。今はまだいい。しかし結婚をして、子供ができたら、そんな真似はしようったってできなくなるんだぞ。

結婚？　子供？　永二郎にとってはまるで実感がわかない。白昼夢みたいな話だ。今はまだいい。ならばいいじゃないか。我慢できないものは、できないんだ。

うちの奥さん、今日はこんなことを言ったんだ。うちのマンション、値上がりしたんだ。いつかはそんな話しかできなくなるって？　まっぴらだ。

今日は木曜日。明日は待ちかねた金曜日だ。夜は自動車に乗れる。夜どおし走れる。どこへ行こう？

信号が赤になる。トラックを停車させる。藤堂さんは相撲の話を熱く語り続けていた。永二郎はふと視線を泳がせる。探しているのは、さっき座席の脇に抛り出したままの、電話。

そうだな。おれはよく電話を気にするようになった。藤堂さん、当たり。

里村永二郎の人生は、ほんの少し、変わって来たのかもしれない。

*

はじめは自転車だった。

兄からのお下がりの、青い自転車。小学校から帰ると、すぐに飛び乗って、公園へ向かった。友だちに会う約束はしていない。目的は自転車に乗ること、そのものなのだ。公園の中をゆっくり一周して、それから大通りへ出る。自動車が激しく行きかう四車線の大通り沿いの歩道を、通行人をよけながら走る。行く当てはない。ただ、遠くへ行きたい。行けるところまで行きたいと、いつも思っていた。

友だちはいない。仲間もいない。

相棒がいるとすれば、自転車だけだ。

――今日はどこまで行く?

――行けるところまで行こうよ。

二

島田壮介とは、国道沿いの和食系ファミリーレストランで待ち合わせた。

二人で会うときは、いつもチェーンの居酒屋やファミリーレストランなのだ。色気もこだわりもない。が、無難である。野郎同士なら何をどう食ったっていい。悩むだけ無駄じゃねえか。という島田の決断の結果、そうなった。

午後七時十五分。夕食どきだが、広い店内にお客は半分ほどの入りだった。永二郎が奥の席に旧友の姿を見つけたとき、島田はジョッキでビールを飲んでいた。

「おう」

「よう」

ひさびさの挨拶は、原始人のような唸りで済む。

「どうしていた」

席に座りながら、永二郎が訊く。

「インフルエンザにかかった。五キロ痩せたよ」

島田はいくぶん誇らしげに胸をそらせた。

「ほとんど変わらないように見えるな」

「そのあとで七キロふとったんだ」

「意味ねえし」

「うん、意味がなかった」

実際、まるで意味がない会話だ。だが、会社の人間と交わす味気ない話に較《くら》べて、安心感と居心地のよさがある無意味。

永二郎はメニューをめくった。

「ビールを飲むか」

「ジュースでいい」

「飲めよ。このあとで、行きたい店があるんだ」

島田は意味ありげに笑っている。永二郎は、ははあ、と勘づいた。

「女がいる店か?」

十数年来、島田の口癖は「彼女が欲しい」である。島田の強引な誘いに乗って、永二郎は何十回となく見合い系の飲み会に参加させられて来た。しかし、そこで知り合った女たちとつき合うに至ったことはない。ほぼ毎回、その場限りで終了だった。

なぜなのか。会話は楽しい。打ち解け、笑い合い、電話番号とメールアドレスを交換する。だが、それまでだ。永二郎は、自分からは電話をしなかったし、メールもしなかった。もし気があれば、相手から連絡が来るだろうと考えていたのだ。だが、来ない。

おまえは待ちぼうけしている野良稼ぎのじいさんか、と島田には怒られた。うさぎが勝手に跳ねてきて、木の根っこで転げてくれるとでも思うのかよ。実のところ、そうなってくれたらいいなあ、と思っていたのである。そして島田にこんこんと諭されたものだった。おまえは馬鹿か。行動するんだ。自分から積極的に動かなくちゃ、恋人なんて一生手に入らない。おまえだって彼女は欲しいだろう？

永二郎だって、恋愛はしたい。けれど、無理に恋人が欲しいとは思わない。本来、永二郎は島田ほどの強い欲はなかったのかもしれない。好きでもない人間と一緒にいるよりは、ひとりの方がよかった。ひとりで自動車を走らせる時間は楽しい。愛《いと》しい。それは不自然なのだろうか。

そもそも、恋人が欲しいから行動する、というのは、順序がおかしいように永二郎には思える。まず恋愛があって、そのひとを得たいと思うのが本来の形ではないのか。要は、その後の発展を目的にした「出会い」の設定自体、永二郎は好きではないのだ。あくまで自然体で発展したい欲ならばある。うさぎが跳んできて、木の根っこで転んでくれたらなあ。

転げないっての、と島田は冷たく言った。少なくとも、おまえの前では転げない。これまでの人生が証明しているだろう？

そんなことはない。転げたことが、まるでないわけではないのだ。

中学二年生のとき、同じクラスの内野《うちの》ゆかりから、好きなんですと告白された。それから、つき合うことになった。一緒に学校へ行き、一緒に帰り、日曜日にはデートをした。そしてわずか三ヵ月で別れた。内野ゆかりは言った。あたしたち、やはり合わないと思うの。これがあの日、好きなんですと真っ赤になって震えながらうつむいた女と同じ人間なのか、と思うくらい、表情も態度も素っ気なく変わっていた。

けれど、まあ、間違いなく一度は転げたわけだ。

永二郎は反論した。でも、おれにだって、いつかそのときが来るはずだ。実に楽々、たやすく、相手を見つけている人種もいるじゃないか。

島田の再反論は残酷だった。いる。けど、俺たちとは違う人種なんだ。自然体なんて幻想は棄てろ。俺たちには、自然なんて贅沢《ぜいたく》は許されない。

「相席居酒屋ってやつだよ」

島田はにやにやしている。

「金はちょっとかかるけど、けっこう盛り上がるんだ」

相変わらず、島田は積極的な行動派だ。永二郎とは異なり、出会った女とデートにまではこぎつける。つき合うことになった、という言葉も二度ほど耳にした。しかし、その後はあまり長くもたない。なぜなのか、深く追及したことはない。とにかく、忙しかったり、すれ違ったりで、駄目になるらしい。

「おれはやめとく。めしだけで帰るよ」

えええええ、と島田が野太い嘆声を漏らした。

「そう言うなよ。つき合えよ」

「悪いけど遠慮する」

永二郎はテーブルの隅のベルを鳴らして、店員を呼んだ。

「冷たいな」

島田はうらめしげに永二郎を見ている。

「さては、おまえ、彼女ができた？」

永二郎は眼をぱちぱちさせた。

「できたろう。わかったよ」

島田は皮肉に片頬を上げてみせた。

「おまえ、さっきからちらちら電話ばっかり見ているもの」

＊

永二郎は、内野ゆかりのことが大好きだった、とは言えない。しかし、決して嫌いではなかった。

好きだと言ってくれた気持ちは嬉しかったし、大事にしたいとも思った。一緒に歩くのは、くすぐったかったけれど、誇らしくもあった。しかし、離れがたい気持ちにはならなかった。

「今朝、髪を切りなさいってママが言ったの。あたしは長い髪より短い方が似合うって。だけどパパは長い方が好きだって言うの。切れなんて言うの、ママだけだよ。変だよね。でも、このあいだ、レイカが髪をショートにしたじゃない。似合うよね。だからちょっと迷っちゃっているところはあるんだ。トモヨも短くしたいって言うし。ねえ、里村くんはどう思う？」

「なにが？」

「あたしの髪」

「好きにしたらいいんじゃない」

「なにそれ」

いや、なにそれと言われても、なあ。

とめどなく続く内野ゆかりのお喋り。うるさいわけじゃないけれど、おもしろくはない。そろそろひとりになりたい。ひとりで自転車に乗りたい。今日は橋を渡って都外へ出てみよう。夕食までに帰れるだろうか。帰れなくてもいい。遠くへ行きたい。ひとりで、うんと遠くへ。

「里村くん、自転車の後ろに乗せてくれない？」

ある日、内野ゆかりがそう言ったとき、永二郎は拒んだ。

「おれの自転車は、ひとりしか乗れないんだ」

そのころは、兄のお下がりではなく、お年玉を貯《た》めて買ったお気に入りの自転車に乗っていたのだ。乗らないときはぶ厚いカバーをかけて、休みになると油を差してぴかぴかに磨いた。家族の誰にも触らせなかった。内野ゆかりにも触れさせたくなかった。自分だけの時間に入って来られるのは、厭だった。

そのことが、それほど内野ゆかりを不快にさせたとは思わなかった。だが、彼女にふられて一年あまり。中学校を卒業するとき、卒業アルバムの寄せ書きに「これからもずっと大好きな自転車で走っていてください。ひとりで」と毒のあるメッセージを書かれ、はじめて思い当たったのだった。

おれは、自転車のせいで嫌われたのか。

内野ゆかりのことが好きじゃなかったわけでは、決してない。

永二郎には、誰にも入って来られない、自転車との時間が必要だった。それだけなのだ。

――このまま、この道路を一度も曲がらないで進んでみたいな。どこまで行けるかな。

――とにかく行ってみようよ。

＊
「どんな女だ？」

和風ハンバーグステーキセットをつつきながら、島田が身を乗り出した。

「どこで知り合った。職場？」

永二郎は熱々の味噌《みそ》煮込みうどんをすすり込む。彼女、吉本佑理と知り合ったのは、職場と言えないことはない。彼女の勤め先は、永二郎の会社の得意先のひとつである学生服専門の洋品店だった。つまらない一日よ、さっさと終われ。念じながら日々の業務をこなしている合間に、吉本佑理の顔を見るのが、楽しみになった。こんな仕事、ぜんぜん好きじゃないです。辞めたいですねえ。誰にでも軽口は叩いたが、彼女と話すときはいちばんわくわくした気分になれた。

「おい、教えろよ。いつからつき合っているんだ？」

「春ごろかなあ」

硬めのうどんをすすり込む。

「そんな話、ぜんぜんしなかったな。この野郎」

いかにも憎々しげに言うと、島田はつけ合わせのじゃがいもフライにフォークを突き立てた。

「わざわざ報告するほどのことでもないからさ」

「なにを言っている。これまで女っ気《おんなけ》皆無だった、暗く寂しいおまえの人生にとっては一大事だろ」

ずいぶんな言われようだが、否定はできない。永二郎は半煮えの卵をれんげですくい上げ、口に運ぶ。

「いくつだ。若いのか」

「おれより二歳齢上」

心なしか、島田はほっとしたようである。

「よかったな。うん、おまえには齢上が向いているのかもな。しっかりリードしてもらえよ」

言いたいことはわかるが、彼女の場合、そういう風にはならないんだよなあ。が、ここで詳しく説明する気にはなれないので、永二郎はうどんの汁を吸い上げる。

「若くないのか。よかった、よかった」

島田は自分自身のためにも安心しているようだ。永二郎は少し吹き出しそうになった。これで相手が二十歳の女子大生だったら、悲しみで泣き崩れたかもしれない。

「よく会うの？」

永二郎は頷いた。仕事でも、週に一度は顔を合わせるのだ。

「会うのは週末か」

「だいたい」

「おまえ、金曜日の夜は、相変わらず遠出しているの？」

永二郎は曖昧に笑って、また頷いてみせる。金曜日に限らない。休日の前夜、日付けが変わる少し前の時刻、永二郎はたいがい自動車を走らせる。高速道路はほぼ使わない。京浜《けいひん》道路を行くこともあるし、川越《かわごえ》街道を進むこともあるし、日光《にっこう》街道を行くこともある。どの道を取り、どこの県を目指しても、やがて街の明かりは遠ざかり、街灯もまばらになって来る。東京都内を出るまでは多かった交通量も減る。夜が白むまで走ったのち、道の駅あたりで食事をとって、ひと眠りして帰って来る。それだけの「遠出」が、永二郎の最高の楽しみなのだ。そして、その楽しみは、常に永二郎ひとりのものだった。

「その彼女、さ」

意味ありげに、島田が訊いた。

「もう、自動車には乗せた？」

永二郎はかまぼこを食いちぎる。

「まだだ」

吉本佑理とつき合いはじめてからも、ひとりきりの遠出の習慣は変わらなかった。

「大丈夫なのか、おまえ」

島田が心配げに眉を寄せた。

「高校のころはバイク愛、今は自動車愛だろう。おまえ、かなり異常なところがあるからな」

「しかし、彼女は、おれのちょっと変わったところが気に入っていると言っている」

永二郎が口を尖らせると、島田は鼻先で笑った。

「ちょっとじゃない。俺は、かなり異常だと言ったんだ」

＊

高校一年の夏休み、バイクの免許を取った。

毎晩、スーパーマーケットで品出しのアルバイトをして金を貯め、年末にはバイクを手に入れた。K社製の二五〇cc。十年前の古い型で、色は黒。ぜったいにその車種でなければいけない、というほどのこだわりがあったわけではない。近所の中古車販売店で、予算内で買えたのは、その一台だけだったのである。

「足つきはいいよ」

五十代半ばほどの、白髪まじりの口ひげをたくわえた店主は、しきりにそう勧めた。

「女の子でも、小さいひとでも、楽に乗れる」

小柄な永二郎はいくぶん不機嫌になる。ひげおやじめ、うるさいよ。小さいひとで悪かったな。

「距離もそんなに走っていないしね、いい買い物だと思うよ」

多少エンジンがかかりにくいのと、リアブレーキが利きにくいのが難だったが、ひげ店主の言葉どおり、乗り心地はとてもよかった。ちょっと驚くほど響くエンジン音も、慣れれば快かった。

「まるで暴走族だ」

兄には冷やかされた。

「そのバイク、完全に族車じゃないか」

不良方面に関する憧れは微塵もなかったから、そう言われるのは心外だった。が、島田にも同じことを言われた。

「あっ、族車だ」

母親は心配していた。

「あんたはふらふら遠くへ行っちゃうから、自転車でもひやひやしていたのに。事故を起こさないようにしてよ」

大丈夫だ。族車かもしれないが、暴走族みたいに無闇にスピードを出すわけではない。スピードを出せば出すほど高揚感が増すのは確かではあったが、レッドゾーンに突入する勇気はない。ただ、ひとりで気ままに走っているのが楽しい。

　自転車は、厚いカバーの下で長い眠りについた。休みの日は、たいがいバイクを走らせた。ブレーキの問題もあるし、いささかオイル漏れもしていたので、まめにメンテナンスをする必要があったため、アルバイト代はほとんどバイクに消えた。

「女の子より手がかかるでしょ」

　中古屋のひげ店主は、にやにやしていた。

「けどね、そこがいいんだ。ますます愛情がわくよね」

　おっしゃるとおりだ。手をかければかけるほど、愛しい気持ちが募って来る。自転車のときと同じだ。他人には触れさせたくない。寒い朝、なかなかかからないエンジンに舌打ちし、使い古しのおんぼろめと罵りつつも、ぶるん、と来ると、途端に愛《う》いやつだという思いがこみ上げる。

「今日も走るか」

　ぺちぺちとタンクを叩いて、そう囁きたくなる。いや、実際に囁く。そう、自転車のときと同じように。

「永二郎、おまえ、ちょっと危ない世界に入っていないか。バイクが恋人だと思っているみたいに見える」

　島田が薄気味悪げに言う。

「そうか？」

――そうか。

――そうだよ。

＊

「高校のころのおまえは、バイクひと筋だったな」

島田が遠い眼をした。そうだった。そして島田は、あのころからいつでも彼女が欲しい彼女が欲しいとぼやいていたのだ。大学受験の年ですら、初詣で神社の絵馬に彼女ができますようにと書いていて、永二郎にある種の感動を与えたものだった。おのれの将来より現在の女か。

「事故らなきゃ、まだバイクに乗っていたかな、おまえ」

永二郎の胸がちくりと痛む。

高校三年の春。桜がすっかり散って、青い葉が茂る季節の日曜日。いつものようにバイクを走らせていた永二郎は、がつん、と来た衝撃とともに本当に空を飛んだ。自動車に追突されたのである。

道路に全身を叩きつけられたとき、不思議と痛みは感じなかった。他人ごとのように、呟いた。

――死ぬのかな、おれ。

さいわい、永二郎は死ななかった。

しかし、救急搬送された病院では、ひどい目に遭った。手術台の上で、永二郎は医者のこんな呟きを耳にしたのである。

あっ、しまった、やっちゃった。

その瞬間、激しい痛みとともに、意識が遠のいた。

「どのくらい入院していたっけ」

「一ヵ月半」

複雑骨折した足首の大きな傷跡は、いまだに痛む。経過は順調だったが、若いからだね、よかった、よかったと回診に来た医者がにこにこ言うたび、永二郎は疑わしい眼を向けずにはいられなかった。あんた、おれにどんなことをやっちゃったんだよ。

「おふくろさんがバイクを禁止したんだよな。無理もないけど」

「親父も乗るなと言ったよ。で、運転したいなら自動車にしろ、と言われて自動車の免許を取ったんだ」

永二郎は、逆らった。冗談じゃない。事故はおれのせいじゃない。相手の運転手の前方不注意だって、運転手自身も保険会社も認めたじゃないか。だが、母親は頑強に言い張った。誰がいい悪いじゃない。バイクは危ないからよ。母親との言い合いはどこまでも平行線だった。入院中のベッドの上でまったく口を利かなくなった永二郎に、父親が、自動車なら、と交換条件を持ち出した。

永二郎は、それを呑んだ。

「つまり、はねられるのは困るが、はねるのはOKってことか」

島田が笑った。

*

退院してから、壊れたバイクを見た。

「見なさい。車体がこんなに凹《へこ》んじゃってるのよ。物凄《ものすご》い勢いで、ガードレールに叩きつけられたんだもの。ガードレールもひどい有様だったのよ。知ってる？　ガードレールって設置の費用も含めて十万円近いんだからね」

母親が指を差す。永二郎は、返事をしなかった。

ハンドルが歪んでよじれて、前輪が外れかけ、燃料タンクが潰れている。マフラーもひん曲がって、見る影もない。

おれのバイクは、壊れてしまった。

「命が助かって、足首の骨だけですんで、本当に本当に運がよかったわ」

おれの代わりに、こいつが壊れた。

「あら厭だ、泣いているの、あんた」

永二郎は、泣いた。幼い子供に返ったように、泣いていた。

こいつと過ごした、かけがえのない時間。大好きだった時間。もはや失われた時間の、大事な相棒。


——死ぬのかな、おれ。


おれも死ねばよかった。

永二郎は、泣き続けた。

＊

「そしてそのあとは、自動車一本槍《やり》だ」

島田は片手を上げて店員を呼び、ビールのお替わりを注文した。

「俺、これまでに二回くらいしか乗せてもらっていないよな、おまえの自動車」

二回ということはない。五回か六回は乗せた。しかし、その程度だ。

「小さいからな。野郎二人じゃ、窮屈じゃないか」

自動車の免許を取った永二郎が、金を貯めて買ったのはコンパクトカーである。車種にまったくこだわらなかったのは、バイクのときと同じだった。予算内で、燃費が比較的よくて、加速がいいもの。基準はそれだけだ。

「おまえ、色すら気にならないんだろう？」

島田があきれたように言う。永二郎は頷いた。

「自分が乗って運転するぶんには、外側の色は関係ないじゃないか」

「そういう部分が変なんだよ、おまえ」

むろん、自動車販売店をいくつもまわって、慎重に吟味を重ねはした。なにぶん、高価な買い物だ。色だって、これがいいと感じたから購入を決めたのである。だが、それは決断するうえでの強い理由にはならなかったし、このクルマは若いひとにすごく人気があるんですよ、などという店員の煽り文句にも乗せられなかったことは確かだ。

最終的に永二郎が眼を留めたのは、メタリックな緑色のあいつだった。

このクルマは小まわりが利いていいですよ、と、店員はしきりに勧めた。ご家族向けとしたら、小さめかもしれないですけど、このサイズとしては内部の広さも最大限確保してあります。ふだんの買い物の荷物くらいはじゅうぶん積めますし、彼女とのデートにはぴったりでしょう？

そのとおりですね、と、あたかも彼女がいるかのように、永二郎は話を合わせた。

軽自動車に較べて強度はやはり段違いです。カーナビも最新式のものを搭載していま
す。この個性的なカラーもいいでしょう？
永二郎は大きく頷いた。カメムシみたいな色ですね。アカスジキンカメムシ。気に入
ったことを伝えたつもりだったのだ。
が、店員の頬ははっきりひくついていた。
「助手席に他人が乗っているのが厭だなんてやつは、おまえくらいだ」
島田は、運ばれてきたビールジョッキをぐぐいと傾けた。
「決して女を乗せることがない、おまえの自動車」
「かあちゃんを乗せているよ」
永二郎がいくら厭だと言っても、母親だけは買い物の荷物を運べ病院へ連れていけ駅
まで送れと強引に乗り込んでくるのだ。仕方がない。そしてカーナビの声がうるさいの
足もとが窮屈だの、文句ばかりを吐く。
「おふくろさんは女の数に入らねえよ」
酒にそれほど強くない島田は、二杯めのジョッキで早くも眼が据わって来ている。永
二郎は心配になる。こいつ、このあと、件《くだん》の居酒屋へたどり着けるのか。
「おまえは彼女を助手席に乗せる気があるのか？」
永二郎は紙ナプキンで口もとをぬぐった。そのことは、彼女とつき合うようになって

から、ずっと考えている。

「あっ、また電話を気にした」

島田がはやし立てた。

「していないよ」

「した、した」

「してねえっての」

永二郎は低く吠えた。

「彼女はあんまり頻繁に連絡をよこさない女なんだ」

自分でも思いがけず、怒ったような声になっていた。

「へえ」

島田は眼をまるくした。

「普通は女の方がこまめにいろいろ言って来るもんじゃないの？」

「それでいいんだ」

永二郎は苦々しく返した。

「おれだって同じだ。それでいいんだ」

「よくないよ。おまえからちゃんと連絡しろ」

島田が言った。真顔になっている。

「そして、二人で一緒にドライブへ行け」

＊

ひとりで走るのが好きだった。

カーナビは切っておく。誰かの声も、世間話もなしだ。

どこまでも続く道路と、前を走る自動車のテールランプ。四車線だった道路が二車線になり、前にも後ろにも自動車がいなくなる。ガラス越しの闇は次第に濃くなり、ぽつんぽつんと灯る白い街灯が近づいては過ぎ去る。夜の中を自分だけが走り抜けて行く。

——橋を渡ったな。何て名の川だ？

——向こうに工場の煙突が見えるだろう。ずっと以前にも来たことがあったよ。あのときは夏だった。

——そうだ。めしを食ったあとでソフトクリームも食ったじゃないか。

走りながら、永二郎はずっと話をしていた。他愛のない、気づかいのない会話。息を吐くような自然な会話。

それができるのは、あいつとだけだった。

けれど。

最近では、あいつを走らせながら、話をすることは少ない。ぼんやりと考えごとをしている時間の方が長いのに、自分で気がついている。

赤信号で停車するたび、電話を確かめている。そして、そのたび、あいつを裏切ったような、申しわけないような気持ちがこみ上げる。

――おれは、この時間が大好きだ。そのことに間違いはない。この時間が大事だ。おまえが大事だ。変わりはないんだ。

――けれど。

三

夜。

酔いのまわった島田と別れてから、永二郎は吉本佑理に電話をかけた。

「もしもし、忙しい？」

「用事は別にないんだけど」

吉本佑理は、くぐもった声で応じた。

「今、本を読んでいたところ」

「ごめん、邪魔した」

吉本佑理は読書家だった。部屋には大きな本棚が二つも置いてあって、中にはぎっしり本が詰まっている。だから物識《ものし》りなんだな、と永二郎はひそかに畏れを感じている。

「いいの。ちょうど、お茶でも淹れようかと思っていたところだったし」

「用事は別にないんだ」

「わかっている。さっき聞いた」

そうだ。さっき言った。

「本って、なにを読んでいるの」

「推理小説。大好きなの」

「殺人事件もの？」

「うん。ひとが死ななきゃ、おもしろくないでしょう」

「そうだね」

そうだね、じゃねえよ。ひどい会話だ。

「題名は？」

「『三つ首塔』、これまでのところ、七人が殺されている」

殺人鬼も、えらく大盤振舞いだな。

「犯人を早く知りたいんじゃない？」

ふふ、と軽い笑いが返って来た。

「ごめん。切ろうか」

「いいってば、いいの。見当はついている」

まあ、七人も死ねば、残された登場人物であやしいやつは限られて来るだろうしな。だが、永二郎にはそれでもわからない気がする。ミステリー映画やドラマを観ていて、犯人がわかったためしがない。

「犯人捜しより、主人公とその恋人が変で、いちゃいちゃしながら話がとんでもない方へどんどん進んでいくのが、楽しくて楽しくて」

「いちゃいちゃ？」

エロいのか。そんなものを読むのか。

「でも、七人も死ぬんでしょ？」

「この調子だと、もっと死ぬと思う」

周囲でそれだけ死んでいるのにいちゃつけるって、どんな馬鹿ップルだ。おれが考えている推理小説とは、どうも様子が違うようだな。まあ、楽しんでいるなら、なによりだ。彼女も嫌いじゃないんだな、エロいの。

「今日、友だちと会って、めしを食ったんだ」

永二郎は、話題を変えた。

「前に話したかもしれない。島田っていうやつ。高校のときからの、数少ない友だち」

「わたしも友だちは少ないよ」

さもありなん。吉本佑理からは、雛子という落語好きの友だちの話しか聞いたことがない。

本題に入った。

「日曜日に会える？」

「いつもどおり空いているよ」

吉本佑理が明るく笑う。

「里村くん、土曜日にはだいたい会えないものね。日曜日はぜったい空けておくよ」

瞬間、強い衝動が、永二郎の奥からこみ上げた。

会えない？

いいや、会えるんだ。

「会いたい」

おれは、会いたいんだ。今すぐにでも。

「そうだね」

吉本佑理は、いくぶん戸惑った声で応じた。

「でも、もう木曜日だし、週末だもの。すぐに日曜日だしね」

そうだ、明日は金曜日なんだ。島田の声が永二郎の耳に蘇った。二人で一緒にドライブへ行け。

「明日の夜、ドライブをしないか」

「ドライブ?」

吉本佑理の言葉の語尾が、不審げに下がった。

「どこへ行くの?」

「どこでもいい」

いや、これじゃ答えにならない。

「どこか行きたいところは、ある?」

「突然すぎて、思いつかない」

「けど、明日の夜は大丈夫だね?」

気分の高ぶりのせいで、永二郎はいささか口早になっていた。

「いいんだ。いつも目的地はない。行って帰って来るだけだよ」

「いつも?」

そう、いつも。休みの前の夜の、永二郎の大事な時間。

「ドライブには、友だちと行っているの?」

友だち。少なくとも、永二郎にとってはそうだった。

「ひとりだよ」

どう説明しよう。おれは話がうまくないし、そもそも説明したところで、彼女には理解されないかもしれない。

「おれは変なんだ」

しかし、永二郎は言わずにはいられなかった。

「ひとりで運転しながら、自動車と喋っている」

電話口の向こうの吉本佑理は、黙りこんだ。

「昔からそうだ。自転車とか、バイクとか、おれにとっては、ただのモノじゃない。気心の知れた仲間みたいな感じがしていた。だから、走りながら、ずっと喋っているんだ。眼に見えるものとか、ふっと感じたこととか、こんなことはくだらないんじゃないかとか、笑われるんじゃないかとか、そういうことをいっさい気にしないでいいから」

彼女も、さすがに退《ひ》いたな、これは。だが、言い出しちまったものは、しょうがない。

「島田は、おれがおかしいって言うんだけどさ」

「……わかるよ。おかしくない」

佑理は答えた。

「わたしはぬいぐるみとよく喋っているもの」

「ぬいぐるみ？」

「わたしの部屋にあるでしょう、白い犬のぬいぐるみ。名前は佐助《さすけ》。こっちが言った言葉をそのまま返すやつだよ」

そういえば、彼女のベッドの枕もとに、あまり可愛くない顔の犬が置いてあった気がする。

「いつも楽しく喋っているよ」

「どんなことを？」

「里村くんと同じように、感じたことをぜんぶだよ。TVでひどいニュースを観れば、許せないよねえって同意を求めると、許せないよねえって返してくれるからね。読んでいる本がつまらなければ、その文句を口々に言い合う。課長の悪口なんか、毎日みたいに言い合っているよ。あとは」

「あとは？」

「里村くんがあんまり連絡をくれないから、冷たい男だなあ、とかね」

永二郎は笑い出した。

「おかしい？」

「おかしくない」

けど、おかしい。

「おれも今度、佐助と話してみたいよ。きっと、盛り上がれる」

「連れて行こうか」

吉本佑理が、笑いを含んだ声で囁く。

「明日の夜のドライブに、ね」

＊

――ごめん。

おれには、恋人ができた。

明日の夜、助手席に乗せる。

おまえとだけ過ごす時間は、これから減るかもしれない。たぶん、おそらく、減ってしまうと思う。

ごめん。

おれの前で、ようやっと、うさぎが木の根っこにつまずいて、転んでくれたんだ。

なにかが変わるのは、仕方がないじゃないか。そう言ってくれ。頼む。

ごめん。

本当に、ごめん。

第九話　小言幸兵衛《こごとこうべえ》

一

——ええ、人間《ひと》によりまして、いろいろな癖というものがあります。癖はいわば性分。しょうがないといえばないものでございます。が、中には厭味や小言を言わなくては気が済まない。そんな性分の人間もいるものです。こういう癖などは、癖のうちでもまことによくない癖でございますが……。

＊

冬、冷え込んだ、土曜日の朝だった。

空は青く澄んでいるが、陽光は差さない、住宅街の細い裏通り。ある木造住宅の二階部分。しんと静まった空気を裂いて、ピンポーン、と玄関の呼び鈴が鳴る。

「西浦《にしうら》さん」

だんだんだんだん、と激しくドアを連打する音。そして大声。

「西浦さあん」ピンポーン。だんだんだんだん。ピンポーン。「にしうらさあああん」

ドアの内側、部屋の住人である西浦雛子は、眠りを破られて、茫然としていた。なかなか開きたがらないまぶたを無理にこじ開け、ベッドの上に起きなおる。

なにごとだ。いったい誰だ？

「西浦さん、いるんでしょう」

訪問者のでかい声は、玄関のドアからリビングルームを抜け、雛子がいる奥の寝室まで響きわたる。

「階下《した》の小野田《おのだ》ですよ」

小野田？

ああ、大家さんだ。

雛子は携帯電話を取り上げ、時刻を見る。午前七時十八分。床に就いてから、まだ三時間も経っていない。なにより、他人を訪問するには早すぎる時間じゃないか。

「西浦さん、出て来てください。緊急の用事なんです」

何だってんだよ、畜生。ううう。

うめきながら、立ち上がる。足もとがふらつく。昨夜は終電の時間まで仕事仲間と酒を飲んでいた。帰宅は午前様になったのだ。そのうえ、家に着いてから缶酎ハイを二本空けた。体内にはアルコールが濃厚に残っている。

気持ちが悪い。やはり缶酎ハイはよせばよかった。ううう。

雛子は、疲れていた。内臓から疲れきっていた。

もともと酒には強い体質だし、好きだ。ひとりで飲むのも、一対一でじっくり酌み交わすのも、昨夜のように大勢でわいわいにぎやかに飲《や》るのも。しかし、このごろは楽しく酔えないことが多い。毎日毎日、押し殺した怒りや不満が胸に引っかかって、酒とともに飲み下すと胃に堪《こた》える。三十歳を過ぎてから、以前ほどの無理が利かなくなったように感じて来ている。

酔った夜は、眠りが浅い。とろとろしては眼覚め、起きているかと思えばまどろみ、おかしな夢ばかりをみていた。眠ったことは間違いないが、まるで寝た気がしない。一日の疲労がそのまま持ち越されて、雛子の躰を重くしている。

「にしうらさあん」

小野田さんの叫びが繰り返される。

孝一《こういち》はどうした。あいつに出てもらおう。

周囲を見まわし、姿を探しかけて、気がついた。駄目だ。夫の孝一は、早朝から出かけていった。朝から趣味の仲間と博物館へ行くのだという。いつも肝心なときに役に立たぬ男だ。雛子は舌打ちをし、吐き気と唾を飲み込みつつ玄関へ向かい、ドアを開けた。

「おはようございます」

就職後、身に沁みついた、満面の営業笑い。

「どうなさったんですか」

ぴりり、と眼尻が引きつれる感覚がある。まずいな。もしや、めやにがついたままなんじゃないか、わたし。

「どうしたもこうしたもないのよ」

大家の小野田さんは、玄関の土間にずかずか足を踏み入れて来た。

「水漏れよ。うちの天井から水漏れがしているのよ。おたくが原因でしょう？」

雛子は面食らった。

「おたくしかないでしょう」

小野田さんは、寝起きまる出しの雛子の顔を険しい眼で見ながら、疑わしげに言った。

「お風呂場か洗面所で、水を出しっぱなしにしたまま寝ちゃったんじゃない？」

孝一と雛子は、七年前からこの部屋に住んでいる。まだ入籍をする以前、同棲している時分からだ。不動産屋からはアパートだと紹介されたが、大家一家が階下に住む、二世帯住宅を思わせる造りだった。住人は雛子たちだけである。３ＬＤＫという広さのわりに、家賃は安め。それが魅力で住むことを決め、二年おきの更新も続けている。雛子には書籍やCDやDVD、孝一には戦闘機の模型という、趣味のモノへの深い愛着がある。雛子も孝一も、お互いの個室がぜったいに必要な人間だった。

ただ、環境が環境だけに、大家からの干渉が少々、いや、多分にある。そこがいちばんの難点なのだ。

「あなた、湯船にお湯を溜めたまま、あふれさせたりしていない？」

「していません」

雛子は即座に断言した。自慢ではないが、昨夜というか今朝は、風呂には入らずベッドへ直行したのだ。それに、孝一は風呂嫌いのシャワー派で、冬はそれすらさぼることが多い。雛子が寝る前に確認した限りでは、風呂場の床は乾ききっていたし、寝室もそこはかとなく汗くさい。孝一も風呂を使っていないことはほぼ確実だ。

「洗濯機はどうよ。そこから漏れているとも考えられるでしょう」

「ないです」

雛子は自信を持って答えた。さらにもうひとつ自慢ではないが、洗濯機もここ三日はまわしていない。ゆえに、洗濯かごの汚れものはうずたかく山となり、果ては雪崩《なだれ》となり、とにかくひどいありさまになっている。

「とにかく、うちは大変なことになっているの。お風呂場と洗面所を見せてもらえる？」

まっぴらごめんだ。

雛子は思った。風呂場はしばらく掃除をしていない。風呂掃除の当番はあんただよね。いいや、おまえだ。年末、孝一と押しつけ合った結果、互いに一歩も譲らず、現在は見て見ぬふりをしてやり過ごしている状態なのだ。洗濯かごの惨状も含め、他人には決して見せたくない。ましてや大家に見せたい状況ではない。

「とにかく見せてちょうだい」

小野田さんは、サンダルを脱いで部屋に上がろうとしている。有無を言わさぬ態度だ。

「……わかりました」

店子《たなこ》としては、断れるはずもなかった。

「あらまあ」

洗面所に足を踏み入れた小野田さんは、嘆声を上げた。

「あらあら、あら」

視線は噴火後の富士山の如き洗濯かごを真っ直ぐに刺している。雛子は居たたまれない気分になる。

「見てのとおり、水漏れの原因となるようなことはしていないんです」

雛子は風呂場の引き戸を開け、乾ききった内部を見せた。

「階下《した》に水が漏れているなら、うちではなく水道管のほかの箇所が傷んでいるのではないでしょうか」

「二人暮らしなのに、ずいぶん洗濯ものが多いのね」

よけいなこと言うな。あんたが見に来たのは、そこじゃないだろうが。

思いはするものの、口には出さずにぐっとこらえる店子の身。

「すみません。このところ忙しくて」

どうしてわたしが謝るんだよ。

「このへん、かびくさいみたい」

小野田さんは小鼻をひくつかせた。やめて欲しい。雛子の背筋がざわざわした。嗅ぐな。

「ちゃんとお掃除しているの？」

していません。しかし、あんたが見に来たのはそこじゃないだろう。

「シャンプーとリンスと、あとはなに？ずいぶんボトルがあるのね」

小野田さんはめずらしげに風呂場の中を見まわしている。雛子の背筋はいよいよざわつく。見るなってば。

「あなたたち、夫婦ふたりきりなのに、別々の種類のシャンプーやボディソープを使っているの？　無駄じゃないかしら」

うるさいな。孝一が新商品好きなんだよ。

「あの、水漏れの原因はうちじゃないと思うんですが」

雛子は話題を戻そうとした。が、小野田さんは棚から剃刀《かみそり》を取り上げて、薄笑いを浮かべている。

「旦那さん、ひげが薄いみたいなのに、やはり剃刀は使っているのね」

触るな。雛子は怒鳴り声を咽喉で抑える。孝一には内緒だけれど、その剃刀はわたしのムダ毛処理用の剃刀でもあるのだ。なにも見るな。なにも触るな。いやらしい。

「水漏れの原因はうちの洗面所でも風呂場でもないと納得していただけましたか」

雛子は重々しく繰り返すしかなかった。

「へんねえ」

ようやく小野田さんは首をひねりながら出て行ってくれた。

雛子は居間のソファに崩れ落ちた。

疲れている、のだ。

＊

——護摩《ごま》の灰ですよ。

懐かしい声が、耳の奥に囁きかける。

＊

雛子は書店で十年以上も働いている。郊外の駅中の小さな店で三年勤め、その後、大型ショッピングモール内の店舗へ異動した。人手不足が慢性化していて、週に二回の休みもなかなか取れない。おまけにこの一週間は、おかしな客が多かった。

日曜日に来たのは、絵本を交換して欲しいという三十代の女。去年この店で買った子供向けの絵本がぼろぼろになったから替えてくれ、と当然のようにのたまった。

去年の話かよ。ちょっと待てよ。常識で考えろよ。

しかし、本心は抑えて、穏やかに対応するしかなかった。

レシートはございますか？

お客は胸を張って答えた。あるわけないでしょう。去年買ったってさっき言ったじゃないの。私の話をちゃんと聞いていたの、あんた？

女の腹にストレートパンチを入れたい気持ちをこらえながら、どうにか言葉で説得をして、ようやくお引き取り願うのに、三十分以上かかった。こんな店には二度と来ない、と言うのが女の棄て台詞《ぜりふ》だった。エスカレーターに乗った女の背中が階下へと消えた直後、店長と雛子は思わず拍手をしていた。

ありがとうございました。本当にそうしてください。

火曜日には、ポイントカードにどのくらいポイントが貯まったのか、という問いかけを、レジに入っていた大学生アルバイトがうっかり聞き逃して、大騒ぎをされた。四十歳ぐらいの男性客は真っ赤になってまくし立てていた。ひどい応対だ。店長を出せ。しかし折悪《おりあ》しく、というより運良く店長は休みの日で、やむなく雛子が出て行ってお詫びをするしかなかった。しかし客の気はまったくおさまらなかったようで、この書店の本部に苦情を言うと吐き棄てて去っていった。

すみませんでした。

アルバイトくんがしょんぼり言うのを、いろんなお客さんがいるからこれからは注意をしてね、と雛子は力なく慰めるしかなかった。人手不足の折、せっかく入ってくれたアルバイト。覚えはそれほどよくはないが、接客態度は悪い方ではない。レジの作業に気を取られて、たったひと言を聞き逃したくらいで、どうしてあんなに怒るのか。すみませんでした。それで済ませることが、なぜできないのか。

木曜日には地図おじさんも来た。年に一度、店に来ては、新しく出た全国道路地図を古いものと取り替えていく。むろん、金は払わない。店長の持ち出しだ。交換はできないんですよ。こちらは新しい版なんです。新しい本をお買い上げいただかなくてはなりません。何度も何度も繰り返し説明をしたらしいのだが、まったく通じない。おまえのところで買った本なんだよ。古くなったら使えないんだよ。金はもう払ったんだよ。いくら話しても同じところへ戻ってしまう。そこで追い返せばよかったものを、面倒になったのか怖くなったのか、前の代の店長が根負けしてしまったのが運の尽き。今さら断れなくなってしまったのである。

「堂々たる万引きじゃないか、それ」

話を聞いた孝一があきれていた。

「一種の強盗だよ。昔なら、やくざ以下、どうしようもない人間の屑がやっていたような因縁つけ。たかりだ」

そのとおりである。

「本人は正当な権利を主張しているつもりなのかねえ」

孝一は首を傾げた。

「可能な限り安く、いや、あわよくば無料《ただ》でモノを得たい。思うこと自体はわたしにもあるし、理解はできるけどね」

「誰だって損はしたくない。得をしたいもんな」

「行き過ぎるんだよ。自分だけはぜったいに損をするまい。得をして然るべきだ。そうなっちゃうから行き過ぎる。仕事をしていて気がついた」

損をするまい。得をして然るべきだ。その感覚が無理を通そうとする輩《やから》を生むのかもしれない。さほど大きいとも思えない失策を理由に、嵩にかかってわめき立てる手合いも同様だ。不満や苛立ちを味わったからには、何としてでも取り返さずにはおくまいと思うのだろう。そして「お客さま」という強い立場から、店側に対してどこまでも「正当な権利」を主張せずにはいられない。

あさましい、と雛子は思う。

自分だけは、あんな人間にはなるまい。他人の過ちを、許すときは許す、ふところの深い人間でありたい。

＊

――昔はそんなのを、ゴマノハイって言ったもんですよ。ええ、護摩の灰。

古今亭《ここんてい》志ん朝師匠の声が、雛子の耳をくすぐる。

――旅人の路銀を狙ってね。こいつだ、って狙いをつけるってえと、そのひとのあとをどこまでもしつこくつけて行ってね。ちょいと隙を見せようものなら、そのひとの持ち物をすっかり持って、どっかへずらかっちゃう。おおかた、そういう野郎なんでしょう、そいつ。

そう、そうなんですよ師匠、あいつらは護摩の灰なんです。

うきうきと、雛子は応じる。雛子は幼いころから落語が好きだった。寄席通いが趣味だった祖父にいつも進んでついて行っていて、渋いお子さんですねえと高座から噺家にからかわれることもしばしばあった。連れて行かれたから好きになったのか、好きだったからついて行ったのか、そのあたりの記憶は曖昧だ。しかし、好きであることだけは紛れもない。小学校、中学校と進学しても、同じクラスの友だちがアイドルグループの歌を聴いているとき、雛子はじいちゃんおすすめの古典落語を聴いていた。

——ことにご婦人の場合はね、気をつけなきゃいけません。ものごとを図るのに、いつも自分のことからばっかり考えているでしょう。

いいえ、女だけの話じゃないですよ、師匠。男も女も大差ないです。小さなことに眼くじら立てて因縁つけて来るのは、男にも多いんですよ。

——このごろのひとたちは、みんながみんな、苛々しているのかもしれません。どうしてでしょう。

——寒いからじゃないですか。寒いときは肩が凝りましてね。

わたしは腰に来ます。

——酒飲むとあくる日、凝るんですよ。ほどほどに飲みゃそんなことはないんでしょうけど、過ごすってえとね。

ええ、それなんですよね。つい過ごしちゃう。楽しい話ばかりじゃないのにね。

——気をつけなさいよ、あんた。人間というものは躰が元手ですよ。

師匠こそ、気をつけてください。元気で長生きして、いい噺をたくさん聴かせてくれなくちゃ。

あれ？

雛子は気がついた。

師匠はもう亡くなったんじゃなかったっけ。

そうだ。

亡くなっている。

ということは、これは、夢なんだ。

大好きな師匠がなぐさめてくれている、最高にいい夢。

＊

ピンポーン。

うるさいな。今は忙しいの。

ピンポーン、ピンポーン。

「にしうらさああん」

うるさいって言っているじゃないか。今、わたしは、現代最高の噺家と会話をしているところなんだ。夢だけど。邪魔するな。

夢？

「西浦さん」

雛子ははっと眼を開けた。

「小野田です。開けてください」

雛子はソファの上に起き直った。いつの間にか寝落ちしていたのだ。

「西浦さん、西浦さん」

大家さん、またかよ？

二

「水道屋さんを呼んだわ」

ドアの外には、小野田さんと、作業着姿の若い男が立っていた。

「忙しかった？」

小野田さんは眉根に縦皺を寄せ、寝ぼけ顔の雛子を胡散《うさん》くさげに見ている。

「忙しくはないです」

雛子は静かに応じる。さすがに笑顔は出せない。

「それなら、ちょっとお邪魔しても構わないわよね」

構うよ。確かにあんたのご推察どおり、わたしは寝ていたんですよ。だけどね、こういう、だらだらした時間は、わたしにとってとても、とーっても貴重なの。あなただって、以前は働いていたんでしょう。病院事務でしたっけ。いつか一方的に聞かせてくれたことがあるじゃありませんか。よく覚えていますよ。だったら休みの日にのんびりすることがどれだけ必要か、想像できませんか？

しかし、雛子のそんなもやもやした胆のうちなど、小野田さんはまったく気にしていないのだった。

「水道屋さん、中を見てみてちょうだい」

雛子の返事も待たずに、水道屋を室内に入れようとする。

「あのう、原因がうちではないことは、さっき小野田さんもご覧になったはずですよね」

雛子はさすがに抵抗をしようとした。

「あなたの素人判断じゃ意味がないわよ」

小野田さんはぴしゃりと遮った。

「どこに原因があるか、プロが見ないとわからないことでしょう」

雛子は押し黙るしかない。ああ、貴重なわたしの休日が。

水道屋は、頭を下げながら入って来て、名刺を差し出す。

「どうぞ、よろしくお願いします」

よろしくお願いしたくはないのだが、やむを得ない。名刺には『あなたの街の水道屋さん・遠藤平助《えんどうへいすけ》』と大きく印刷されていた。会社名に記憶がある。以前、うちの郵便受けに案内チラシが入っていた気がするな、と雛子は思い出す。遠藤くんか。紙の無駄だな。この名刺、たぶん速攻で失くす。

「洗面所とお風呂場を見せてもらいますね」

あなたの街の水道屋・遠藤くんが、ずいずいと奥へ入っていく。さっきの混沌《こんとん》空間を見知らぬこの男にも見られるのか。雛子は絶望の溜息をつく。

遠藤平助。この名前にも覚えがある気がするな。雛子はぼんやり考えて、思い当たった。大昔、小学校の図書室で借りて読んだ怪人二十面相の本名に似ているのだ。二十もの顔を持つと言われる変装の名人にして大盗賊。ところが本名は遠藤平吉《へいきち》。やけに地味なところがたまらない。さすがは巨星、江戸川乱歩《えどがわらんぽ》。本名、平井太郎《ひらいたろう》、素晴らしいセンスだ。

そう、役にも立たない、こんなことばかり記憶から消えないいんだよ。忘れちゃいけない、大事な版元営業担当の名前とかはぽんぽん忘れる。記憶力の低下、年々ひどくなる。

消えていいのに、遠藤平吉と平井太郎。その代わりに覚えなければならない名前や物ごとは山ほどあるんだからさ。

「ここですね」

雛子がよけいな連想をしているあいだに、遠藤くんは慣れた様子で電気のスイッチをパチンと押している。

「水を流しますけど、いいですか」

「ええ、どうぞ」

よくないけどね。うちで払う水道代だもの。

遠藤くんは、洗面台の水道の栓を開ける。そして首をひねりながら、洗面台下の戸棚の扉を開いた。

「あああ」

雛子は悲鳴をあげそうになった。そこは開けてはいけない。魔の空間だ。

「あらあら」

小野田さんが脇から首を突き出して、大仰な声を上げる。

「ずいぶんごちゃごちゃ詰め込んであるのねえ」

そう。洗濯洗剤が三箱、風呂掃除用とトイレ掃除用の液体洗剤が二、三本ずつ、スポンジにたわし、トイレ用ブラシ、芳香剤、買い置きが無秩序に詰め込んである。ドラッグストアの安売りにぶつかるたび、孝一が気を利かせたつもりで買って来るのだ。いや、孝一だけではない。雛子も安売りと見るやレジかごの中に商品を入れてしまう、困った性質《たち》なのである。しかも二人が二人とも、家にどのくらいの在庫を抱えているかの確認もしないままそれをやらかす。結果、洗面台下は、奥の方にはなにが眠っているのか、雛子にも孝一にもわからない、触れてはならない謎の空間と化した。

「年末に整理しようと思っていたんですが、つい後まわしになってしまって」

雛子はぼそぼそと弁明した。

本当だ。大掃除の際に店卸《たなおろ》しをせねばと思ってはいたのだ。しかし、この正月も二日から朝いちばんで出勤しなければならなかったサービス業の身の上。魔空間に手をつける気は除夜の鐘を聞く前に失せた。

「なにごとも後まわしにしちゃいけないわね」

小野田さんが咎めるように言う。

「ことにお掃除はね、面倒がっていちゃいつまでも片づかないじゃないの」

「はあ、すみません」

うっかり口走ってしまってから、雛子はいまいましくなる。どうしてわたしが謝っているんだよ。あんたは何だ、わたしのお母さんなのか。

「どこのおたくでも、物入れの中はこんなものですよ」

遠藤くんが微笑《ほほえ》みながらとりなす。そうそう、この二十面相もどき、いいことを言ってくれる。

「排水管を見ますから、中の物を動かしますね」

やめた方がいい。危険だ。しかし、そうは言えない。雛子は暗い表情で頷くしかなかった。

洗濯洗剤の箱、液体洗剤のボトルがいくつも出され、床に置かれる。

「ここは大丈夫ですね」

遠藤くんは大きく頷くと、箱とボトルを戸棚の中に戻そうとした。

「あれ？」

遠藤くんが戸惑った声を出す。

「おかしいな。入りきらない」

そう、雛子は知っている。さっきまでは間違いなくおさまっていたはずなのに、こうしていったん外へ出してしまうと、必ず入りきらなくなる。それが魔空間の収蔵品というものなのだ。

「いいですよ、そのままで。あとで片づけますから」

雛子は無感動な声で言った。

「そうですか」

遠藤くんはほっとした様子で立ち上がり、風呂場へ向かう。

「お風呂場も見ますね」

どうにでもしてくれ。雛子はもはや投げやりな気持ちである。

「旦那さんは、今日はお出かけ？」

小野田さんが、不意に訊いた。

「はい」

居てくれれば、わたしは寝ていられたのに。散らかった床ともやもやした心。台無しだ、休日が。

「おたくは子供もいないから気楽でいいわね」

「はい？」

あたかも、それが雛子の休息を邪魔する正当な理由であるかのような口ぶり。

風呂場から、シャワーを流す音がした。

「で、けっきょく、原因は何だったの？」

夜になって帰って来た孝一の問いに、雛子はむっつりと答えた。

「水道管の凍結」

「なるほどね。寒いときにはそういうことがあるよ。水道管の内部で水が凍結する。水の体積が増加して管を圧迫し、破損させる。氷点下三度か四度くらいから危険らしい。今日の朝はこの冬いちばんの寒さだったからな。そのくらい冷えたろう」

雛子はうらめしげに孝一を見つめる。今朝、あんたがここに居てくれて、その蘊蓄《うんちく》を小野田さんに語ってさえくれれば、話はもっと簡単だったかもしれないのに。この役立たず。

「この建物、もともと古いしね」

雛子の口調は毒を含んでいる。

「いや、新しい水道管でも壊れるときは壊れるらしいよ」

「どちらにしろ、原因は自然現象。うちから漏れた水じゃなかったのに、小野田さんときたら、頭からうちに原因があるって決めつけていた」

「向こうにしてみれば、うちの真下に住んでいるんだから、無理もないけどな」

「それにしても、さ。家の中にずかずか上がり込んで、失礼なことばかり言い散らして」

「すみませんでしたもなかった？」

そりゃ、水道屋二十面相が帰る際に、言ってはいた。とんだご迷惑をかけちゃったわねえ。と、にやにや笑いを浮かべながらね。

「口先だけで」

雛子は怒りがおさまらない。

今日のことだけではない。前からなにかと気になる言動が多いひとではあったのだ。おはようございますと挨拶をすれば、私はいつも五時から起きているから、もうお昼かと思っていたわ。今から出勤？　ごゆっくりでいいわねえ、などと返す。ごみを出せば収集袋をじろじろ眺め、二人暮らしなのにいつも大層な量ね、とのたまう。いちいちよけいなひと刺しがあるのである。

「水漏れは直ったわけ？」

「さあ、直ったんじゃない。知らない」

小野田さんからその報告はなかったし、また、教えて欲しいとも思わない。雛子はほとほと疲れていたのだ。

——昔はお家主《いえぬし》さんなんかでよくいたそうです。

また、耳の奥で師匠が語り出す。

——他人のすることを黙って見ていられない。朝起きるってえと、長屋をひとまわり、小言を言って来ないと眼が覚めない、めしがうまくない、てんで、厄介なひとがいるもんです。

ぜんぜん昔の話じゃないよ、師匠。

雛子は嘆息した。

小言幸兵衛は今現在もいるんだよ、この下に。

三

水道管事件から、三日後の朝。火曜日。

雛子は休日で、のんびり紅茶を飲んでいた。会社へ行くため玄関を出た孝一が、首を傾げながら引き返して来た。

「どうしたの。忘れもの?」

「いいや」

孝一は、雛子の鼻先に紙袋を突き出した。

「ドアノブに、これが引っかかっていた」

有名な西洋菓子店の袋である。雛子も首をひねりつつ、受け取る。

「何だろう」

中を覗き込むと、カステラの箱がひとつ。そして折りたたまれた紙切れが一枚添えられている。

厭な予感がした。

「やばい、遅刻する」

孝一があたふた飛び出していく。雛子は紙切れを取り出し、開いた。紙は一筆箋で、書かれていたのは、以下の文字。

「先日はどうもすみませんでした。小野田」

あの日のお詫びにカステラをくださった。そういうこと？

雛子は唖然とし、次いで憤然とした。

これですべてを済ませろと？

冗談じゃない。自分の気持ちだけこうして一方的に押しつけて、こちらの許しを得たように勝手に得心する。小野田さん、あんたはそれで満足だろうが、わたしの気持ちはどうなるんだ。形ばかり詫びた真似をされても水になど流せない。

菓子折りも、お詫びのメモも要らない。許さない。許したくない。

許さない自由くらいはこっちにだってあるはずだ。

「いきなり話があるから一緒にランチを食べようなんて言うから、なにごとが起こったのかと思った」

吉本佑理は苦笑していた。

「ごめん」

雛子は鼻息荒くスープパスタを啜り込んだ。

「誰かにぶちまけたくてたまらなかった。それでなくとも店での鬱憤がたくさん溜まっているのに」

吉本佑理は高校時代からの友人だった。あれからすぐにメッセージを送って昼食の約束を取りつけ、彼女の会社近くのイタリア料理店で待ち合わせた。注文を済ませるや否や、息をつく間もなく水道管事件を語って聞かせたのである。

「グレアム・グリーンの『落ちた偶像』にね」

吉本佑理が眼を細めた。

「子供が主人公の物語なんだけどね。お手伝いのおばさんが厭な女なの。主人公の子に対してどんなひどい振舞いをしても、お菓子さえ与えれば帳消しになると思っている女だ、って表現があった。その大家さん、そのまんまだ」

吉本佑理は読書好きなのだ。

「そういえば、旦那の妹もその口だな」

雛子は思い出した。

「感情的で、兄妹《きょうだい》でもめると、いつも言いたい放題でね。旦那は毎回、ぼこぼこにされている。で、あとになってクッキーとか送ってよこす」

「それは卑怯な」

「しかもわたし宛ての手紙が添えてある。どうかおにいちゃんにお詫びを伝えておいてください」

「嫁は断れない立場だと見越しているね。二重に卑怯」

「旦那は怒って食べない」

そして雛子が食べてふとる。実に理不尽だ。

「お菓子をあげれば、本人の気持ちはそれで済むだろうけどね」

吉本佑理が明太子パスタをフォークにくるくる巻いて口に運ぶ。

「自分は謝った。贈り物までして誠意は示した」

そうだ。雛子は頷く。どうであれ、向こうは謝ったのだ。謝りもしないよりは、はるかにましに決まっている。

わかってはいる。でも。

「でも、謝罪って、一方的に押しつけて済むものじゃないと思う。これじゃ、ごめん、と書いたボールを投げ込まれただけみたい」

「許さないのは相手の責任、ってわけね。だから、許さなくてもいいんだよ。こっちだって、たとえ頭を下げたって、相手からはまったく許されないことだってあるじゃない」

「ある」

雛子の脳裏に苦い記憶が次から次へと押し寄せる。客商売をしていれば、そんな経験は数えきれないほどある。

不要なのにレシートを渡された。ブックカバーは要らない、そう言ったのにかけた。おつりの渡し方が悪い。ありがとうございました、が聞こえなかった。

そして激高し、騒ぎ出す。お客を何だと思っている。なめるな。いくら頭を下げても事態はおさまらない。老いも若きも、男も女もなく、みな、怒りに怒る。

「めいっぱいある」

いつまでも腹を立ててこじれているのは大人げない。わたしだって、いつもその手の客に困らされているじゃないか。

だから、自分は、他人に対してなるべく寛容でありたい、と思っているのだ。

「自分が悪くないことで頭を下げなければならないのが、会社って場所じゃない？」

吉本佑理の胸にもあれこれ去来しているのだろう。陰気な声になっている。

「偉くなるとますますそういう役まわりは増えていく。それが会社員だしさ。もっとも、うちの会社の偉いさんはそんなことまったく考えていない。部下にいばりちらすのが昇進した意味のすべてだと思い込んでいる手合いが多いけどね」

雛子は吉本佑理の日ごろの愚痴を思い出した。

「例の課長？」

「そう。手違いが起きても、俺はやっていません、部下がやったことです、で済ませているあきれた野郎。あんなだから女房に逃げられる」

「大企業のお偉いさんも似たようなものじゃない？　不祥事が起きてニュースになると頭を下げに出て来るけど、たいがいは俺のせいじゃないって顔をしている」

「なにが悪いかなんて、そもそもあのひとたちの価値基準にはないもの。ああいう連中は、社内ルールに従うことが正義だと信じて生きているからね。この会社のどこが悪いかなんてまともに考えていたら昇進できない」

「会社的にはその方がお利口さんなんだろうね。でも、長い眼で見れば、やっぱりそういうやつらが会社をおかしくしていく」

「組織全体を内部から蝕《むしば》む病原菌」

「害虫」

「ごきぶり」

雛子と吉本佑理は、しばらく無言でパスタを噛みしめた。

「実際、ＴＶに出て来て頭を下げる、謝罪パフォーマンスも要らないよね」

ややあって、空になった皿を眺めつつ、雛子は言った。

「あんなものがあるから、ほんの小さなことにもぶしゅぶしゅ沸き立って大げさな謝罪を求める雑巾野郎がはびこるのかもしれない。このあいだも店に来たよ。アルバイトくんが俺さまのひと言を聞き漏らした。店長を出せ、なんてわめき出したやつ」

「いつも思うけど」

吉本佑理が気の毒そうに言う。

「雛子のお店、病んだひとばかりが集まって来ていない？」

仰せのとおり、うじゃうじゃと湧いて来る。雛子は唇を歪めて頷いた。

「たまにバルサン焚《た》きたくなるよ」


「カステラ、小野田さんからのお詫びだったよ」

雛子は帰宅した孝一に言った。

「どう思う？」

吉本佑理と話したことで、だいぶ気分がよくなった。

昔から、趣味が合う友だちはいなかった。吉本佑理に出会えたのはさいわいだったと思う。落語と小説。お互いに好きなものは違うのだが、好きという情熱だけは共通していた。夏目漱石の『坊ちゃん』は吉本佑理に薦められて読んだのだ。そして感動した。漱石が文学がこんなにおもしろく、落語に通じる語りの世界であるのか。そう思った。漱石が落語のような語りを駆使したのは初期作だけのようだったが、読書を好きになったのは吉本佑理に会ったお蔭だ。そして今や、職業は書店員なのである。

「カステラかあ」

孝一は渋い顔をした。

「ケーキならよかったのにな」

いや、問題はそういうことじゃない。

「わたしは受け取りたくないんだよ」

語尾がいくぶん苛立たしい調子になる。友だちとはすんなり通じる話が、夫とはまるきり嚙み合わない。

「わからない？」

いかん。この程度で怒ってはいかん。自分自身が護摩の灰と化す。

「けど、叩き返すわけにもいかないだろう」

孝一はのんびりと応じる。

「あんただって、妹さんのクッキーは食べないじゃない」

「おまえが食っているからいいじゃないか」

だから、そういう問題じゃないんだっての。

まったく、この男はいつも癇《かん》に障ることばかり言ったりやらかしたりしてくれる。トイレットペーパーひとつにしてもそうだ。いつもほんのちょっぴり、ひと巻き分くらい残して、ぜったいに自分では取り替えない。面倒なんだろうけど、やり口がせこいんだよ。こっちから言わないと食器も洗わないし、洗濯機もまわさない。そのくせタオルとジーンズを一緒くたに洗濯したことに文句をつける。偉そうに能書きを垂れるなら自分《てめえ》でやりな。しかし、いかにぎゃんぎゃん言い合いをしたとしても、すぐに機嫌をなおす。そこは美点と言えるのだろう。いつまでも角を突き合わせているのはやめよう。言い出すのはたいがい孝一の側だ。おまえの好きな噺家風に言えば、粋じゃないよ。

「じゃ、カステラはあんたが食べて」

「カステラって、べちゃっとしていて好きじゃないんだ。バームクーヘンなら食べてもよかったのにな」

そうかよ。勝手にしろ。

「まあ、小野田さんにも、悪気はないんだよ。多少はすまないと感じているからこそ、カステラを贈ろうという殊勝な気になったんだろう」

ふん。自分だって、妹がくれるクッキーについては、そんな風には考えないくせにさ。

＊

――縁、なんてことを申しますが、ご夫婦の縁というのがいちばん深いとされております。

本当かな、師匠。たまたま、なりゆきじゃないの。

——そんなことはない。出雲《いずも》の神さまが結んでくださるご縁なんですよ。神さまのすることだから、間違いはない。

そうかなあ。

——間違いはね、なさそうなもんですが、やはり神さまにも、間違いということはありましてね。

やっぱりそうだ。

——でもね、夫婦の縁は大事にしなくちゃいけませんよ。なにせ、赤の他人同士が一緒になって、ひとつ屋根の下で、とも白髪まで添い遂げようというんですからなあ。

とも白髪まで、ね。まあ、何だかんだ言っても、孝一とは折り合いをつけて生きていくよ。その覚悟はあるよ。

だけど、たまたま袖すり合ったくらいの、深くもない縁の人間。これはどうしたもんでしょうね、師匠？

＊

水曜日の朝。薄曇り。

玄関を出て、階段を下りたところで、雛子は小野田さんと顔を合わせた。

「おはようございます」

小野田さんが雛子の顔を探るように見ている。

「おはようございます。お菓子、ありがとうございました」

営業用の笑顔になって、雛子はお辞儀を返す。

「ごちそうさまでした」

昨夜の孝一の言葉を思い出す。腹は立つけれど、このひとだって悪気はない。そう考えよう。ぷりぷりしてみせたって仕方がない。粋じゃない。もっとふところの深い人間にならなくてはいけない。

「銀座まで買い物へ行ったものだから、そのついでにね」

小野田さんは鷹揚《おうよう》に微笑んでいる。

「昔から有名なお菓子屋さんなのよ。若いひとたちのお口に合うかどうかはわからなかったけれど」

「ありがとうございます。大好きです」

大好きだが、手もつけず、ダイニングテーブルの端に置いてある。食べたくない。いっそ棄てたい。

いかん、いかん。ふところ、ふところ。

「昨日はね、朝っぱらから起こしちゃ悪いと思ったから、ああしてドアにかけておいたのよ。あなたたち、どうせ寝ているでしょうしね」

普通は寝ています。朝五時には。

「あなたたちも、たまには高級なものを食べた方がいいわよ」

雛子は耳を疑った。

何だよ、その言い草は。お詫びの品じゃなかったわけ？

「あ、水道管のこと、気にしなくていいのよ」

小野田さんは微笑したまま言った。

「壊れたところはきっちり直したから、あなたたちが責任を感じることはないの。お家賃はいつもどおりで構わないからね」

知っているよ。寒さのせいだもの。なにを言っているの、このひと。

「家主をしていれば、いろいろと厄介なこともあるものだしねえ」

冷たい北風が吹き寄せる。春はまだ遠いようだ。


「小野田さん」

雛子は、声を上げていた。

「わたしたち、引っ越します」

「え」

小野田さんは口を半開きにして、雛子を見返した。

「いつ？」

さあ、わからない。でも、今日から探して、一日でもはやく新居を決めてやるんだ。

「これ以上の厄介はおかけしませんので、どうぞご安心ください」

自分の眼が爛々《らんらん》と燃えているのがわかる。小野田さん、謝らないでいいんだよ。だって、悪いなんてこれっぽっちも思っていないんだものね。詫びてなど欲しくない。あなたはそのままでいい。そのまま生きて行けばいい。

店に来る護摩の灰さんたちは、どうして上司を出せなんて要求するんだろう。しゃにむに頭を下げさせようとするんだろう。形式だけの謝罪など欲しがる気持ちがわからない。

ごめんなさいは要らない。受け取りたくない。

そんな相手もいるってこと、小野田さん、あなたが示してくれました。

「ずいぶん突然なのね」

「はい。思いつきで動くんです。高級な人間じゃありませんので」

あなたは別に殺人鬼じゃないし、泥棒でもない。お菓子をあげればすべて許されると信じている、無邪気な人間。

そう、耐えがたいほど無神経な、人間。

「家を空ける日にちが決まったら、お伝えします。長いこと、お世話になりました」

首に巻いたマフラーに頬を埋《うず》めると、小野田さんの返事を待たず、雛子はさっさと歩き出した。

言ってしまった。やってしまった。

他人の過ちに寛容になりたいと考えているのに、堪忍袋がもたなかった。

「本当に困るわねえ」

背後から、小野田さんの溜息まじりの呟きが聞こえる。

「藪から棒に」

雛子の胸の師匠が啖呵《たんか》を切る。

おい、家主、小野田。

藪から棒だと？　さんざん藪をつつきまわしておいて、よく言えたもんだな。小汚《こぎた》ねえ貸家を黙って借りてやっていればいい気になって、迷惑をかけて暴言を吐いて、カステラひとつで誤魔化した気になりやがって、挙句は恩着せがましい態度。そのうえ家賃だけは今月もしっかり取る気なのか。いけずうずうしいとはおまえのことだ。金の亡者、強欲大家が。地獄へ行ったら血の池で溺れろ。

ごめん、わたし。

ふところが深い人間、わたしにはまだまだ無理みたい。

——「小言幸兵衛」でございました。

第十話　ハッピーエンド

一

口をついて出た最初の言葉は、ごめんなさい、だった。

「お待たせしましたか」

いいや、と、鍋島克明《かつあき》は眼をまるくした。

「約束した十時にはまだなっていない。五分前だよ。俺は営業体質が沁みついちゃっているからね。早めに動く。それだけなんだ。気にしないで」

「はあ、すみません」

篠崎寿見子《しのざきすみこ》はふたたび頭を下げた。鍋島克明はあきれたように首を横に振った。

「あなたは、謝ってばかりいるひとだね」

「すみません」

また、謝っちゃった。

そのとおり、自分は謝ってばかりいる人間なのだと、寿見子はつくづく思う。

子供のころから、他人の顔色を窺ってばかりいる。なるべく誰にでも愛想よく、にこにこ笑顔でいる。そして、怒られる前に謝ってしまう。そうすれば、他人は自分を受け入れてくれる、許してくれるという期待。

幼かった寿見子にできた、唯一の処世術。

「あんまり謝らないでほしいなあ」

言って、鍋島は歩き出した。

「行こうか」

四月半ばの日曜日の朝、晴れた空。駅前広場での待ち合わせ。行き先は、駅から大通り沿いをまっすぐ歩いて、橋をひとつ渡った場所にある映画館。今日は、職場の先輩である鍋島との、はじめてのデートと言うことになるのだろう。

＊

鍋島とは、それまでは特に親しいわけでもなかった。

数日前、会社の同僚である清水富江《しみずとみえ》と雑談するうち、たまたま映画の話題になった。

「よかったのよ、すごく」

富江は、最近観たばかりだというアメリカの恋愛作品《もの》について、熱く語っていた。

「ごく普通のおじさんとおばさんの不倫なんだけど、いい話だった。そんなに簡単にできちゃうわけでもなくてさ。ヒロインはアメリカ人のわりに身持ちが固い女なのよ」

アメリカ人に対してずいぶん失礼な発言をするな、と寿見子は思うが、水は差さずにおく。

「なにもしないうちに、本気になってしまっていることが、男の奥さんにばれちゃうの。奥さんも真面目な女で、躰の関係はなくとも、よその女に心を移した男を許してくれないわけ」

寿見子は学生服を扱う会社に勤めている。仕事の合間にそんな無駄話ができたのも、一年でいちばん忙しい入学時期が過ぎ、ようやくひと息つけるようになっていたからだった。

「ハッピーエンドなの？」

寿見子は、訊いていた。

「それを教えちゃったらおもしろくないでしょう」

「ハッピーエンドじゃないと、観たくないんだよね」

「アンハッピーだって、泣ければいいじゃないの」

「泣くの、あんまり好きじゃないんだ」

「わかるな」

いつの間にか傍にいた鍋島が、二人の会話に加わって来た。

「死んじゃうの、その女？」

「死にませんよ」

「じゃ、男が死んじゃうの？」

「興味があるなら、私に訊かないで、自分の眼で確かめてください」

清水富江はつんけんと返した。彼女は鍋島が嫌いなのである。

「きっとまだ映画館で上映していますよ」

「じゃあ、観に行こう」

鍋島は寿見子の顔を見て、言った。

「今日の帰りはどう？」

「わたしですか」

寿見子は唖然とした。

「今日はちょっと用事があるんです」

実はない。突然すぎて、気持ちがついて行けないのだ。

「駄目？」しかし、鍋島はまったく動じなかった。「じゃ、今度の日曜日は空いている？」

あからさまな誘いだったね、と、あとで清水富江に冷やかされた。

「将軍、篠崎さん狙いだったんだ」

鍋島の渾名は、将軍、なのだ。理由は、頭を下げない、偉そうな男だから、である。

将軍の押しに、気が弱い寿見子はけっきょく流されてしまった。

「断ればよかったのよ」

「でも、あとが気まずいじゃない」

「じゃ、当日、急に熱を出しちゃえ。四十度の高熱だって言えばいい」

清水富江は、意地悪げに眼を輝かせた。

「言えないよ。月曜日には出社しなきゃまずいもの。元気な顔でおはようございます、なんて言ったら、仮病がばればれ」

「ばれてもいいじゃない。あんたとはつき合いたくないってわからせてやれるもの」

困った。実のところ、寿見子は鍋島と出かけるのが厭ではなかったのである。

「鍋島さんって、そんなに悪いひとかな」

周囲の評判はともかく、話をしていて不快な感じはなかった。

「篠崎さんは倉庫に詰めていることが多いから、実害がないでしょう」

清水富江は苦々しく言った。

「あの男がふんぞり返って仕事をしているせいで、とばっちりはみんな電話口に来るんだからね。メーカーさんにがみがみねちねちやられたことが何度あったかわからない」

知っている。愚痴はさんざん聞かされてきたのだ。それも、清水富江ばかりではない。ほかの同僚からも同じような話は聞いていた。

しかし、将軍はそれなりに実績があるようだった。相手によっては嫌われるが、押しの強さと粘りは誰もが認めるところ。納期の無理を言っても、鍋島さんにはかなわないなのひと言で終わってしまうこともある。変わった人間であることは確かなようだった。

「話を運ぶのが強引なのは、今日でよくわかった」

しかし、寿見子は不快ではなかった。むしろ嬉しい気もしていたのは、すでに好意を抱いていたからかもしれない。その時点で負けなのよ、とのちに真里《まり》ちゃんからはあきれられた。

最初っから負けていたのよ、あんた。

そう、わたしは勝てない人間なんだ。真里ちゃんにだって、ずうっと昔から負け続けだったもの。

＊

「篠崎さんは、礼儀正しいし、腰が低いひとだよね」

信号は赤だった。足を止めた鍋島が寿見子に話しかける。

「いつも笑顔で挨拶をしてくれるし、頼まれた雑用も気持ちよく引き受けてくれる。うちの会社の女性社員の中ではいちばん話しかけやすいひとだ」

ありがとうございます、と寿見子は恐縮した。

「でも、まわりに気兼ねし過ぎている気がする。頭を下げてばかりいるように見える。そういうの、俺は好きじゃない」

そりゃそうだろう、将軍だからね。

ああ、信号、とっとと青に変わってくれないかな。面と向かって批評されるの、どうも居心地が悪い。

「少なくとも得はしない。でしょう?」

「確かに、そうかもしれないですね」

ことあるごとに謝りさえすれば他人を怒らせないというのは、幻想だった。むしろ、謝れば謝るほど怒られる。怒りをぶつけようと狙っている人間が寄ってくる。そんな気もする。

「他人に謝られたことある?」

もちろんある。寿見子は頷く。

「謝られて、それで気分が爽快になる?」

「別に、気分はよくなりません」

「そうでしょう。謝罪って、受ける側も居心地が悪くなるものなんだよ。それがまともな人間であれば、だけどね。相手にぺこぺこ頭を下げさせたい、這いつくばるのを見たいなんて人間は、頭がどうかしているんだ」

「そのくらい怒っている、ということじゃないんですか」

「そういうこと。怒りって人間をおかしくするものだろう？　怒っているとき、人間はまともじゃない。それに、怒りはいつかは鎮まる。謝罪されようがされまいが、鎮めなければいけないものだ」

信号が青になる。鍋島が歩き出す。どうも、これから恋愛映画を観ようという雰囲気じゃないな、と思いながら、寿見子も足を踏み出した。

二

寿見子は、両親をはやくに亡くした。

激しい雨の降る、夜の道路で起きた衝突事故。不意に横から割り込んで来たトラックに追突して、乗用車はぺしゃんこにつぶれた。運転していた父親と、助手席にいた母親は、ほぼ即死だった。後部座席で眠っていた寿見子ひとりが軽傷で、生き残った。まだ五歳だった。

胸の底で、寿見子は、ずっと思って来た。

謝らなくてはいけない。

誰に?

死んでしまった、おとうさんやおかあさん、ごめんなさい。わたしだけが生き残ってしまって、ごめんなさい。

謝らなくちゃいけない、罪悪感。

なぜ、自分だけが生き残ったのだろう。

「神さまの思《おぼ》し召《め》しよ。感謝をしなくてはいけないわ」

言ったのは、通っていた幼稚園の園長先生だ。カトリック系の教会が経営している幼稚園だった。といって、両親がキリスト教徒だったわけではないらしい。現に、父方の墓は浄土宗の寺にあって、二人の遺骨はそこにおさめられていた。結婚式は教会で挙げたそうだから、寿見子の両親は、何というか、そろって宗教には無関心、こだわりのない性格だったのだろう。

「寿見子ちゃんがこうして生きているのは、神さまのご意思なんですよ」

園長先生が寿見子にそう語ったのは、事故のあとはじめて登園した日だったろうか。それとも卒園式の日だったろうか。五十代か六十代、半白の髪を短く切りそろえた、顔も躰つきもまん丸い女性だった。寿見子にとってはずいぶんおばあちゃんに見えた。

寿見子は、訊いた。先生、神さまは、どうして、わたしだけを生かしたの？

「神さまのお考えは、誰にもわからないのよ」

園長先生は穏やかに続けた。

「神さまに感謝して、毎日を生きるしかないの」

＊

感謝？

わからない。ただ、謝らなくちゃいけない、と思う。

誰に？

神さまに？

＊

簡単に謝っちゃいけないよ、とは真里ちゃんにも言われた。

「頭を下げたら、そこで負けじゃない」

そう、勝ちか負けか、真里ちゃんにとっては、それが大事なのだ。

真里ちゃんの口癖は「あたしじゃない」だ。たとえあたしであっても、あたしだけじゃない。今日、学校に体操着を持っていくのを忘れたのは、あたしのせいじゃない。出がけに寿見ちゃんがひと言、注意をしてくれればよかったんだ。宿題の算数ドリルを終わらせられなかったのは、あたしが悪いわけじゃない。歌番組を観たあとで、ごはんを食べてお風呂に入って、そうしたら眠くなっちゃったんだ。寿見ちゃんだって同じでしょ？

あんただって同じ。それは、真里ちゃん得意の論法だった。でも、今話しているのはわたしのことじゃなくて、真里ちゃんの問題でしょう。寿見子がそう切り返しても、頑として耳を貸さない。寿見ちゃんもあたしと同じだ。あたしを咎める資格なんてないんだ。言っても言っても平行線。そのうち真里ちゃんのおばちゃんがやって来て、喧嘩はやめなさいと怖い顔をする。

「喧嘩になるのは、お互いが悪いからよ。どちらが正しいわけでもありません」

おばちゃんは、決して言い争いの理由を聞こうとはしなかった。平等なひとだったのだ、と寿見子は思う。自分の娘である真里ちゃんをひいきにはせず、寿見子と平等に扱ってくれていた。善良で公平な、いいひとだ。それは間違いない。けれど、たまには自分の言いぶんも聞いてほしかったとも考えてしまう。聞いたうえで、真里ちゃんを叱るときがあってもいいし、寿見子を咎めるときがあってもよかった。しかし、それは過ぎた望みだったのだろう。

寿見子は、真里ちゃんのおじちゃんやおばちゃんの実子ではなかった。身内ですらなかった。おじちゃんは、寿見子の亡くなった父親と大の親友だった。それだけの縁で、両親をいちどきに亡くした厄介な娘、親戚じゅうが持てあまし、押しつけ合っていた幼い寿見子を引き受けてくれたのだ。他人なのに、家族のように扱ってもらった。血のつながりがあるおじやおばより、はるかにあたたかな食事と寝床を用意してくれた。

感謝しなくてはならない。幼心にも、そう思っていた。感謝を示すには、言いたいことをこらえて飲み込むしかない。

真里ちゃんが決して口にしない言葉を言うしかないのだ。

ごめんなさい。

寿見子は、真里ちゃんの性格がうらやましかった。真里ちゃんには、自分を疑うということがない。

「あたしは悪くない。誰にも頭を下げる必要なんてない」

それを信じられる人間は、うらやましい。寿見子は、いつだって思ってしまうのだ。

また、わたしが悪かったのだ、と。

「頭を下げたら、そこで負け」

勝ちにも負けにも、寿見子は興味がない。ただ、相手に悪く思われたくない。揉《も》めるのは厭だ。相手を不快にさせるくらいなら、むしろ、負けた方がいい。正しさも、勝ちも、相手から受け入れてもらえなければ、意味がないではないか。

「受け入れられなくても、別にいいじゃないの。そんな相手、最初からつき合わなければいい。嫌われたって構わないじゃない」

真里ちゃんはそうでも、寿見子は違う。大いに構うのだ。

このひとに嫌われる。考えただけで、胃が縮む思いがする。好かれたい。いいや、好かれなくとも、悪くは思われたくない。

好かれようなどとは望まない。ただ、悪い子ではないと思っていて欲しい。

＊

いつしか、ごめんなさい、と言うのが、寿見子の口癖になってしまっていた。とにかく、すぐに頭を下げる。謝る。

それが正解なのだと、心のどこかで信じてしまっていた。

三

映画を観たあとで、喫茶店に入った。

「よかったですか」

ウェイトレスにコーヒーと紅茶を注文したあとで、鍋島は他人ごとのように訊く。

「よかったです。ハッピーエンドだったし」

「ハッピーかね、あれ」

鍋島の片頬が皮肉に上がる。

「だって、二人とも離婚して自由になって再会して、さあつき合うぞってところで終わったわけですし、めでたしめでたしですよ」

映画の物語《はなし》でなければ、自分はずいぶん極悪非道なことを口にしていると、ふと気づく。別れた奥さんや旦那さんにとってはちっともめでたくないよ。

「うまく行くのかなあ。つき合うようになってからが問題でしょう。性格が合うの、あの二人？」

そんなことまで、寿見子の知ったことではない。

「ま、現実社会でハッピーエンドはなかなかないだろうからね。映画だからあれでいいんだけど」

鍋島は満足げに胸ポケットから手帳を取り出した。

「今度はなにを観よう。いつにする？　どんな映画が観たい？」

またしても将軍は強引だ。寿見子はちょっと考えてから、答えた。

「ハッピーエンドの映画ですね」

「こだわりは、そこ？」鍋島は眼をまるくした。「そういえばこのあいだもそんな話をしていたね」

「ハッピーエンドが、好きなんです」

だから寿見子はコメディ映画が好きだ。たいがい笑って楽しく終わる。

「けど、一九三〇年代や四〇年代のハリウッド映画全盛期じゃないんだからさ。観客はもうハッピーエンドなんて信じていないよ。まったくリアルじゃないもの」

「わたしは、信じたいですね」

物語は、ハッピーエンドであってほしい。

それがリアルじゃないなんて、いったい誰が決めたのか。

「篠崎さんは変わっているね」

あんたもだよ、と寿見子は思う。

しかし、こうして他愛ない言葉を交わしていること自体は、不愉快ではない。

「アクション映画は、観る?」

「嫌いじゃありません」

嫌いではない。ということは、好きなのだ。のさばる悪党どもを片っ端から叩きのめし、ぶち殺し、心の底からすっきりする。

「ただし、ヒーローもヒロインも死なない話に限ります」

「二人で死ぬのも、ハッピーエンドのひとつかもしれないよ」

「生き残らなくちゃ駄目です」

不愉快ではない。嫌いではない。つまり、自分は鍋島克明が好きなのだろうかと、寿見子は自らに問う。答えはすぐに出る。

うん、どうやら好きらしい。

きっかけは、何だったろう。

＊

そうだ。

おととしの、会社の忘年会だ。

ほどよく酒がまわって、誰の口もなめらかになって来たころ、上司や先輩たちから、からかわれはじめた。

「篠崎さんは失敗すると凍りついちゃうからな」

「そう、傍で見ていてもわかる」

「動きが止まるんだよ」

「そういうところが猫っぽいよね」

そんな風に軽い調子で指摘された。その時点ではまだよかった。だが、そのうち誰かが言い出した。

「篠崎さんは、人間の女の子というより、小動物みたいなんだ。言うなら、リスとか、ハムスターだな」

みな、どっと笑った。

「似ている」

「そうだな、ハムスターだ」

「篠崎ハム子ちゃんか」

寿見子も笑った。しかし、胆のうちでは笑っていない。いくぶん目立つ前歯は、子供のころからひそかな悩みの種だった。小学校や中学校でも、意地悪で頭も悪い男子からはたいがい嘲笑を浴びていた。リス女。齧歯類《げっしるい》。笑うに笑えない。

「これからはハム子ちゃんと呼ぼう」

しかし、無理をして笑ってみせるしかなかった。

笑うべきじゃないんだよ。清水富江には、あとで言われた。あれはひどいよ。怒っていいんだよ。

しかし、その場にいた清水富江だって、笑っていたのだ。怒れるはずがない。寿見子は笑うしかなかった。

大人だもんな。ここで腹を立てたら、場の空気が壊れる。冗談がわからない女だと思われたくはない。

昔から、寿見子は、集団の中で笑われる役まわりになることが多かった。小学生のころから、ずっとそうだ。

怒っていいんだよ。真里ちゃんだって、かつては同じことを言っていた。けれど、みんなと一緒に寿見子をからかうのも、笑うのも、真里ちゃんだったのだ。寿見子は怒れなかった。厭だと思っても、引きつったような笑顔を作る以外、どうしたらいいのかわからなかった。

問題は、自分自身にあるのだと、寿見子は自覚している。大人になって、真里ちゃんと離れて、会社に入ってからも同様だったのだ。ほかの女性社員であれば決して言われないような冗談を言われる。

笑うからいけないんだよ、と、清水富江は言う。笑うから、おもしろがっていると勘違いされるの。

おもしろい？　寿見子以外の人間には、そんなことは決して言わないじゃないか。それなのに、このひとたちは、本気でおもしろいと思っているのだろうか。

「篠崎さんがハム子ちゃんなら、俺は鍋島カバ明《あき》ですか」

荒い声を上げたのが、鍋島だった。

「それともブタ明ですか。いずれにせよ失礼ですよね。俺なら怒りますよ。調子に乗るなって」

一瞬にして、空気が重くなった。

「冗談だよ」

上司が言って、やがてぎこちなく話題は変わっていった。助かった。寿見子は嬉しかった。

助けてもらった。助けてくれる人間もここにはいたのだと思った。

そうだ、あの夜から、この男性のことは胸に残っていたのだ。

＊

「性格の悪い人間ばかりが出て来る映画も、わたしは厭ですね」

紅茶を咽喉に流し込むうち、寿見子の舌もだんだん活発に動き出した。

「今日の映画みたいに、登場人物みんながいい人間、だけど事情があって傷つけ合ってしまうこともある。そんなお話がやっぱり好きです」

鍋島は眉間に皺を寄せた。

「アクション映画じゃ、そういうキャラクターはまず無理だよ」

だろうな、と寿見子は紅茶を啜る。

「冷酷非道、めちゃくちゃひどい悪者を倒すから快感なのであってさ。篠崎さんの要求はなかなかハードルが高いな」

「ごめんなさい」

「ほら、また謝った。謝るところじゃないでしょう」

すみません、とまた口にしかけて、慌てて止める。

「謝りすぎだよ」

「会社でも、ふだんの生活でも、わたしはへまばかりするんです。それで、つい」

歩いていれば誰かにぶつかる。階段では最後の一段を踏み外す。買い物に出ればなにかひとつは必ず買い忘れる。電話で相手の名前を聞き落とす。

ごめんなさい、すみません。

それは、寿見子の習性になってしまっている。

なにも失敗をしないで、他人に迷惑をかけないで生きられれば、ごめんなさいは要らなくなるのだけれど、自分の能力と性分ではそれは不可能だ。

「まったく謝らないのは問題だけれどね」

あんただ。

清水富江がこの場にいたら、必ず言ったに違いない。

「謝っても済まないこともある。無闇に頭を下げてみせたって、相手がますます激高することもある」

それは、寿見子にも思い当たる。これまでに何回何十回、真里ちゃんを逆上させたことだろう。

「受け入れるかどうかは相手次第だからね」

「ごめんなさいが咄嗟《とっさ》に出ちゃうんです」寿見子は言っていた。「失敗をすると、うろたえてしまって、頭の中が真っ白になる。かあっとなってしまうんです」

自分の性格が、寿見子は嫌いだった。

どうしてこうなるの。何で？　なにが悪かったの。わたし？

他人のせいにできれば気が楽なのかもしれない。しかし、残念なことに、悪いのはたいがい自分なのだ。うっかりミス。注意力散漫。ぼうっとしていた。気をつけても気をつけても、繰り返す。

自分が嫌い。

落ち込んで、苛立って、うめき声が漏れる。もう厭だ。逃げたい。どこに？　どこに逃げたって、自分自身はついてまわる。別の人間に生まれ変わることはできないのだ。同じ失敗を繰り返すだろう。そして誰かに迷惑をかける。

わたしは、役に立たない人間だ。

逃げたい。

逃げられないけれど、逃げたい。どうしたらいいんだろう？

「まずは深呼吸をすることだね」

鍋島が、穏やかに言った。

「どんな失敗だろうが、あなたが気にするほどには大層なことじゃない。なにかやらかしたら、深呼吸する。とにかくひと呼吸入れて、自分を落ち着かせるんだ」

なるほど。寿見子の眼からうろこが落ちた。

「あなたに腹を立てている相手がいるなら、言いぶんを聞く、もしくは聞くふりをする。深く身を入れて聞く必要はないよ。どうせそいつは何度だって同じことを言いたがるだろうから」

そうだな。寿見子は自分がかつて怒らせたことのある人間たちを、真里ちゃんを思い出す。

「いったん怒ってしまったら、とにかく怒りたい。言いたいことをぜんぶ吐き出して、おのれの怒りを正当化したい。そんな人間には、ごめんなさいのひと言すら邪魔なんだ。そもそも、許すなんて前提があって怒っているんじゃない。黙って俺の怒りに耳を貸せ。自己主張をしたいだけなんだからさ。しょんぼりと下を向きながら、相手が疲れるのを待つよりほかにない。さっき言ったのと同じ文句ばかりを繰り返し蒸し返し言うようになったな、と思ったころに、謝る。そのくらいでいいんだよ。どうせ、はじめのうちのごめんなさいは相手の耳には届いていない」

「……そんなものですか」

あいつはごめんなさいが言えないんだ。傲慢というより、威風堂々。童顔で大きな躰。お客さんに怒鳴られても、はいはい言って聞いている。そのうち何となくおさめてしまう。将軍という渾名の男の貴重な意見を、寿見子は拝聴するしかなかった。

このひと、案外、考えた末「将軍」になったんだな。

「篠崎さんは、他人を気にし過ぎなんだよ」

鍋島はひどく真面目な顔になっている。

「他人はね、あなたの感情や気持ちなんてそうそう汲んではくれないよ。怒っている相手だけじゃない。親しくしている人間だって、そうでしょう。どんなにひどいことを口にしても、冗談で済まされると思っている。言葉の意味なんて考えもしない」

おととしの忘年会のことを、このひとも覚えているのだと寿見子は思う。

「みんなが言っているだろう。あの子だって笑っていた。楽しんでいたんだ。言ったのはみんな。言わせたのはみんな。楽しんだのもみんな。自分だけじゃない。自分は悪くない。それで終わりだよ。そんな無責任な他人に気を遣い過ぎたって、篠崎さんが疲れるだけだ」

本当に、そう思う。自分は他人に引け目を感じ過ぎていた。誰にでも受け入れられたいと願うばかりに、にこにこ笑ってぺこぺこ頭を下げて、かえって他人から自分自身を遠ざけていたのかもしれない。

　寿見子にとって必要なのは、不特定多数の他人、無責任な「みんな」から愛されることではなかった。好きなことを好き、厭なことを厭と、はっきり言い合える、ごく少数の他人なのだ。

　そうだ。例えば、眼の前にいる、この男のような。

「篠崎さん、約束をしないか」

「約束？」

「今後、二人だけでいるときは、なるべくごめんなさいを言わないこと」

　二人だけでいる、そのことが当たり前のように鍋島は言った。寿見子はいささか戸惑った。それって、つき合おうってこと？　こっちの意思は訊かないの？　たった今、自分で言っていたくせに、わたしの感情や気持ちは汲んでくれないの？

　ぐるぐる思い巡らせながら、嬉しい方が先に立つのは事実だった。好きになったら負けなのだ。

「でも、ときには、謝らなくてはいけないほどの悪いこともするかもしれませんよ」

「だったら、謝られたって、たぶん俺は許さないよ。謝るほどの悪いことが、簡単に許せるわけがない」

「それは、つらいですね。謝らないで済むようにすればいいってことなのかな」

「迷惑をかけるのもかけられるのもお互いさま。そう考えていこうってことだよ。俺みたいに頭を下げない人間ならともかく、篠崎さんにはね、世の中にたったひとりくらい、そういう相手がいてもいいんじゃないかな」

寿見子の胸が熱くなる。慌ててうつむいて、顔を隠した。

得難いひとだ、と思った。

＊

一年半後。

寿見子は、鍋島克明と結婚した。

四

楓子ちゃん。

あなたのおとうさんとおかあさんは、そういう風に一緒になりました。

これが映画なら、ハッピーエンドといったところ。めでたしめでたしなのだけれど、現実の生活は、そこからはじまりました。

ごめんなさい。

わたしは幾度となく口にしました。そう、いったんできあがった性格はなかなか変えられるものじゃない。そして、あなたのおとうさんは決して謝らないのです。喧嘩をしても、ぜったいに折れない。わたしが文句を言っても、黙って聞いて、わかった、で済ませる。ごめんを言わず、わたしの言葉を聞くふりをしながら、内心なにを考えているか。教えてもらってしまっているだけにますます苛立つ悪循環。少しは譲れよと言いたくなることも、もちろんありました。

謝るばかりの人間と、謝らない人間。うまく行くようにはとても思えないでしょう？苦労するよ、とは、同僚だった清水富江さんに言われた言葉です。

おしあわせにね。心からそう思うけど、将軍の性格は変わらないだろうしね。苦労は眼に見えている気がする。

真里ちゃんにも、言われました。

結婚して、しあわせになりました。そんなハッピーエンドにはならないと思う。悪いけど。

清水さんも真里ちゃんも、それぞれ正しかったと思います。

わたしは、結婚をして退職しました。現代ならともかく、あの時代はまだ、結婚をしたら会社を辞めるのが当然といった空気があったのです。もちろんわたしの場合は、わたし自身、家に引きこもりたかったから、その道を選んだのです。わたしには、おとうさんと、やがて生まれた娘のあなたがいればじゅうぶんでした。真里ちゃんとも、徐々に疎遠になりました。おじさんやおばさんが亡くなってしまったあとは、年賀状のやりとりしかしなくなりました。わたしが会社を辞めた二年ほどのち、清水富江さんも結婚退職をしたのですが、その後はいつしか連絡も絶えました。

生活は、我慢と妥協の積み重ね。あなたという子供が生まれたから、耐えられた。そんな時期もありました。口を開けば険悪になってしまう。会話が嚙み合わない。理屈が通じない。しょせんは理解し合えない他人同士なのだ。あきらめるしかない。絶望的に考えることもありました。

でも、わたしは、あなたのおとうさんと、別れないで暮らして来られたのです。あれは、あなたが中学生になったころだったでしょうか。あの時分、おとうさんは、会社で上司とうまく行かなくて、転職を考えて悩んでいたのです。少しでもおとうさんの助けになりたくて、おうちから出たくないわたしも、ひさびさに外で働くことにしました。隣り町の駅前にあるクリーニング屋さんの受付です。それほど難しいことはあるまいと考えていたのですが、若いころから失敗の多いわたしのことですから、ここでもいろいろやらかしました。ワイシャツを取りに来た男性にフリル付きのブラウスを渡してしまったり、コートの素材をしつこく訊ねてどうせビニールだよ偽の革だよ悪かったなと凄まれたり、またしてもその都度ごめんなさいを繰り返すことになったのです。家へ帰るとへとへとでした。

「無理はするなよ」

それどころではないはずのおとうさんに、よけいな心配をかけました。

一年ばかりも勤めたでしょうか。わたしは体調を崩して入院をし、そして、今日まで続いてしまうことになった、悪い病気が発覚したのです。

わたしの病気のことがあったせいでしょう。上司との関係がこじれ、衝突して、異動させられても、おとうさんは会社を辞めませんでした。

ごめんなさい。

口に出したら叱られる。許せってことか？　許さないよ。そう返されるに決まっているから、言わない。けれど、心では謝り続けていました。

ごめんなさい。わたしのせいで、ごめんなさい。

「今では、会社では仙人とか仏さまとか呼ばれているよ」

おとうさんは笑っていましたが、さぞかし居心地の悪い思いをしたことでしょう。

本当に、ごめんなさい。

おとうさんの性格は、基本的には変わっていないものの、若いころよりはいくらかまるくなった気がします。

それにしても、将軍から仙人とはね。

病気は、いったんは快癒したかに見えました。

退院後、わたしはパート仕事には就かず、また家の中でばかり過ごす暮らしに戻りました。年齢を重ね、病気をし、わたしは他人の眼がますます苦手になってしまったのです。穴熊みたいな暮らしだ、とおとうさんにもあなたにも笑われながら、掃除をして洗濯をして食事を作って、猫と遊んで植木の世話をして本を読んで。外に出かけるのは買い物と通院くらいでした。それでも他人から完全に隠れるわけにはいかない。呼び鈴を鳴らしてお隣りさんが文句を言いに来ます。

「おたくの庭の枇杷の木、うちにも葉っぱが落ちて来るんですよ。伐ってくれませんか」

道を歩けばそれだけでさまざまな人間と出会うことになります。自転車に乗った若い男に、すれ違いざま怒鳴られる。

「邪魔なんだよ、ばばあ」

デパートのエレベーターに乗り込めば、先に乗っていたおじさんに舌打ちをされる。電車に乗れば突き飛ばされる。わたしはその都度、口に出してしまう。

「ごめんなさい」

でも、よくよく考えたら、わたしはちっとも悪くないことだって多いんです。謝りすぎなんだな、と自分でも思います。

ごめんなさい、は、もっと大事な、重要なことのために取っておかなくちゃいけないんじゃないか。

わかってはいても、口からすぐに転がり出てしまうごめんなさいを止めることはできないまま、やがて、わたしは再び躰の異変を覚えました。

病気が再発したのです。病院へ行くと、その場で入院が決まりました。お医者さんはわたしにはなにも言いませんでしたが、わかっています。おそらくこれが最後の入院になるのでしょう。

入院した夜、わたしはおとうさんに言いました。

「ごめんなさい」

その先は言いません。言えませんでした。

わたし、あなたより長生きはできないね。ごめんなさい。

「謝っても、無駄だよ。許さないから」

おとうさんは、ぽつりと答えました。

「許せるわけがない。だろう?」

わかっています。いつもどおりの返事でした。

そして、わたしは、遠いような近いような、ひとつの声を聴きます。

「寿見子ちゃんがこうして生きているのは、神さまのご意思なんですよ」

先生、神さまは、どうして、わたしだけを生かしたの？

「神さまのお考えは、誰にもわからないのよ。神さまに感謝して、毎日を生きるしかないの」

先生、神さまは、わたしを連れて行くの？

神さま。

わたしは、謝らなくちゃいけないんです。

謝らなくちゃ。

＊

十二月のある日。午前十一時の火葬場。

青い空にはうっすらと刷毛《はけ》でひと塗りしたような雲ばかり。日差しさえ冷えきった空気を暖められない。

棺《ひつぎ》を火葬炉に入れるのを見届けたのち、待合室に入ると、楓子はその場で泣き崩れた。

「しっかりしなさい」

鍋島は、楓子の肩を支えながら抱きかかえた。

「おかあさんは、ハッピーエンドが好きだった。そんなに泣いちゃいけないよ」

「無理だ」

ぐしゅぐしゅと、楓子は鼻水をすすり上げた。三十歳を過ぎた娘が、まるで幼女のような顔つきになっている。

「おかあさんがいけないんだ。こんなにはやく死んじゃうなんて、ちっともハッピーエンドじゃないよ」

「そうだよな」鍋島は呟く。「許せないよな」

娘を椅子に腰かけさせて、鍋島も隣りの椅子に座る。楓子は泣き続けている。泣くなとはもう言わない。外からの物音もしない。室内には、楓子の泣き声と壁にかかった時計の秒針の音。

ち、ち、ち、ち、ち、ち。

妻の最期の呼吸は荒かったと、鍋島は思い出す。ちょうど、ここの秒針の音みたいだった。

ち、ち、ち、ち、ち、ち。

鍋島は、それだけを聴いていた。

「おかあさん、何て言った？」

不意に、楓子が鍋島に訊いた。

「え？」

「あのとき、逝っちゃう前、おかあさんはなにか言っていたよね。何て言ったのかな。聞こえた？」

「聞こえなかった」

鍋島は、天井をにらんだ。

「けど、わかるよ」

けっきょく、あいつは、昔からちっとも変わらなかったのだから。

許さないよ。

許せるわけが、ない。

第十一話　しゃぼん玉

一

四月末の土曜日、雲ひとつない青空。大型連休の到来だ。

マンションを一歩出たところで、吉本佑理の眼の前を、しゃぼん玉がひとつ、ふわふわと横切って行った。

学校の制服を扱っている佑理の職場では、春の繁忙期がようやく終わってひと息ついたところである。といっても、カレンダーどおりにしか休みは取れない。すぐに夏服の販売、またしてもてんてこ舞いの毎日がはじまるのだ。佑理は生来、読書好きで運動嫌いの出不精。休日は一日じゅうマンションの部屋でのんびりごろごろしていたい。それでこそ勤めのつらさ苦しさにも耐え忍ぶ英気を養えるというもの。だから、ゴールデンウィークの予定はほとんど埋めていなかった。先月、友人の西浦雛子が引っ越しをしたので、新居を訪ねる。それ以外は白紙である。そう、それでいいのだ。それは毎年のことだ。

けれど、今年は？

今年は去年までとはちょっと違うはずではなかったか？

電話はかかって来ない。メッセージも来ない。

＊

「迷った？」

玄関のドアを開けた雛子は、満面の笑みで訊いた。

「ちょっとだけね」

佑理は笑いを返す。実のところちょっとじゃない。けっこう迷った。雛子が教えてくれた道筋はきわめて簡潔だった。最寄りはJRのK駅。東口の改札を出て、駅前の商店街を直進。二つめの角を右折、しばらく行って左折。

「わたしが言ったとおりだったでしょう、道？」

「確かにそうだけど、最初の直進が想像以上に長かった」

そのうえ、右へ曲がったら、かなり急な上り坂がカーブを描きつつ続いていた。こんな展開は聞いていない。雛子の指示のまま「しばらく行」くあいだ、本当に正しい道を歩いているのか、幾度も不安にさせられたのである。

「今日は、旦那さんはお留守？」

「趣味の仲間とお出かけ。帰りはどうせ遅いから、ゆっくりしていってよ」

雛子は奥へ向かって歩き出す。靴を脱いで佑理は後を追った。廊下は短く、すぐに広々としたリビングルームになっていた。大型のＴＶとダイニングテーブルと椅子、壁際には段ボール箱がいくつも積み上がったままである。

「駅前、なかなか味のある商店街だったでしょう。コンビニエンスストア以外はいかにも昭和な雰囲気があって」

雛子は嬉しそうだった。

「おもしろそうなパン屋があったね。店先でドラえもんパンを売っていた」

「チョコレートで顔が描いてあるパンね。でも、どう見てもドラえもんじゃなくて、ドロンパみたいな絵なの」

「アンパンマンのあんぱんも売っていたよ。顔はやっぱりドロンパみたいだった」

「なにを描いてもドロンパになっちゃうんだ、あのお店」くっくっく、と雛子は咽喉を鳴らして笑っている。「たまらないでしょう」

「わざとかもよ」

佑理は真顔で言った。あれなら著作権的に問題は起こるまい。

「だったら最初からあんな名前をつければいい」

「いちおう買って来てみたよ」

佑理が袋を突き出すと、雛子は眼をまるくした。

「もの好きだねえ、あんた」

「意外においしいかもよ」

佑理に椅子を勧めながら、雛子はあきれ顔をした。

「おいしいわけないじゃない」

「もう食べたの？」

「当然、引っ越して来たその日の昼ごはんにした。まずくはないけどうまくもない、微妙な味だった」

佑理は力なく椅子に腰を落とした。

「失敗した」

「まずくはないよ」

「けど、おいしくもないんでしょう？」

「うん」雛子はにべもない。「でも、今どき希少な味だよ。このごろじゃおいしくないパン屋を探す方が難しい。あんた、大当たりを引いたね」

それは当たりとは言わない。はずれだろう。

佑理は室内を観察する。リビングルームとキッチンはひと続きになっている。雛子が冷蔵庫を開けて冷たいお茶を取り出した。

「前のところより広くなった？」

「いや、部屋がこまかく分かれていないだけ。いくらか狭くなったよ。古い物件だから、だいぶリフォームされているみたいなんだよね」

佑理は天井を見上げる。わかる。もとは和室であったろう二間の壁を抜いてリビングルームに変えたようだ。キッチンとの間の壁も取り払ったものらしく見える。

「お風呂とトイレが最高なのよ。いかにも昭和なタイル貼り。排水管もむき出しだよ」

「雛子は好きだもんね、そういうの」

シンクの前の大きな窓が全開になっていた。高台のうえ四階なので、遮る高い建物はない。網戸越しに明るい光が差し込んでいる。

「窓のあるキッチンはいいね。景色もいい」

「引っ越しはものすごく大変だったよ。二人とも荷物が多いからね」

雛子は積まれた段ボール箱に視線を走らせた。

「エレベーターなしの四階まで運ぶのは、そりゃもう地獄の苦しみ」

「引っ越し業者を頼んだんじゃないの」

「節約のため、一部は自分たちで運んだんだよ。とにかく、前の家主から逃れられてよかったよかった」

雛子はぱっと顔を輝かせた。

「お茶やめて、ビールで乾杯しよう」

「まだお昼の二時だよ」

「構うもんか。ゴールデンウィークだもの」

テーブルの上に、雛子がうきうきと缶ビールを並べる。そろってタブを開けて乾杯をする。

「家主のばばあ、最後までねちねちねちねち文句ばかり垂れていたよ」

雛子は苦々しげに吐き棄てる。

「床の傷がどうとか壁の汚れがどうとか。きっちり掃除をしたあとで最後に部屋を見せたら、何て言ったと思う？　お掃除はこれからやってくれるつもりなのよね、だと。敷金は一銭も返さないんだから、そのぶん自分《てめえ》が働けっての。ふざけやがって」

雛子の呪詛《じゅそ》を聞きながら、佑理は思わず呟いていた。

「わたしも引っ越しがしたくなったなあ」

「しなよ。あのマンション、住んでけっこう長いでしょう」

「十年だよ」

「長いね。赤ん坊が小学四年生になる。いっそのこと、彼氏と住んじゃうとか」

「それはない」

佑理は即答していた。

「返事がはやすぎる。なにかあった？」

佑理は歪んだ笑いを浮かべた。

「なにもない」

そう、だからこそまずいのだ。なにもない。そして、連絡が来ない。

「喧嘩でもした？」

「しない」

喧嘩になどならない。なりようがない。

「このゴールデンウィーク、旅行に誘われたんだよね」

「行きなよ」

佑理は眼を伏せる。雛子が眉をひそめた。

「断っちゃったの？」

「そのつもりはなかったんだけど。こじれちゃった」

「あんたたち、まるきり進んでないの？」

佑理は、う、と詰まった。

「まったく？　彼氏、家には遊びに来るんでしょう。手を出して来ないの？」

「来ない」

「変な男」

佑理は否定しなかった。

そう、変な男だ。そこが気に入っている。

「いい年齢《とし》をした男と女が、同じ部屋にいて、なにもしない。二人きりでいったいなにをしているの？　向かい合って将棋でも指しているの？」

「映画を観たり、ＴＶを観ながら突っ込んだりしている」

「それじゃ倦怠期《けんたいき》の夫婦だ。うちと変わらないよ」雛子は首を横に振る。「あんたたち、つき合いはじめてまだ一年も経たないんでしょう？　いちばん盛り上がっている時期じゃないの。映画を観ながら、いい雰囲気にはならないわけ？」

「ならない」

正確に言えば、ならないようにしている。どこにいても、自動車の運転席と助手席くらいの距離はいつも保っている。それ以上近づくと、空気が凍る。少なくとも、里村くんの方はそうしているような気がする。

「手を握るとか、肩を寄せ合うとかすらしないの？」

「一回、ドライブに行ったとき、そんな空気になったんだけど、指先が触れた途端、もの凄い静電気が走っちゃって」

「電流くらいで挫折したの。じれったいなあ」

雛子がもどかしげに肩を揺する。

「あんまり無理はしたくないんだよ」

焦りたくない。少なくとも、焦って今までの関係を壊したくない。その気持ちが強すぎて、踏み出せない。

「あんたたち、子供じゃないんだよ」

「だから、だよ」

子供じゃないから、突っ走れないのだ。

＊

あれは、二日前の夜だった。

会って、一緒に食事をしたあと、不意に言われた。

「旅行に行かないか」

「どこへ？」

佑理は大仰な声を上げてしまった。

「連休中は、もう無理だよ。どこも予約でいっぱいだろうし」

里村くんは、五秒ほど沈黙したのち、答えた。

「そんなに遠くや、観光地じゃなくてもいいんだ。どこかにぶらっと、息抜きのつもりでさ」

もっと早めに提案して欲しかったな。佑理は内心、嘆息した。ま、いかにも里村くんらしいや。

「そうだね。地獄の季節もひとまず過ぎたことだし、息抜きするのもいいよね。近場で、日帰りなら大丈夫かもね」

佑理が軽く言うと、里村くんは十秒ほど沈黙した。

「日帰り、じゃなくて、どうせなら泊まりたい」

「えええ」

佑理はふたたび声を高くした。なぜもっと早く言い出さない。

「泊まれないよ。連休だもの」

「別に、連休が終わってからでも構わない」

里村くんの声が少し変わった。

「行きたくないわけ？」

あれ？　佑理は驚いた。怒った？

「行きたくないなら、いい。無理には誘わない」

やっちまった。佑理は唇を嚙んだ。

まったく進んでいない関係。手を出して来ない里村くん。経験豊富とはお世辞にも言えない自分たちは、きっかけがないことには動きが取れない。

それで、旅行か。つまり、そういう意味だったのだ。

「行きたくないわけじゃないよ」

そうだ。いつまでもぐずぐずしているわけにもいかない。

「いや、無理ならいいんだ」

「無理じゃないよ。温泉はどうかな」

「無理しないでいいよ」

「していないってば」

自分は最初の反応を間違えたのだ。無邪気に、わあ行きたい、行く行くと応じればよかった。

しかし、すでに手遅れ。

「もういい」

里村くんがむっつりと言った。

「おれが悪かった」

取りつく島もない。佑理も黙り込む。なにも、そんなに腹を立てることはないんじゃないの。

その夜は、自動車を降りるまで、ひと言も口を利かないで、別れた。それきり、電話

も連絡もないまま、二日が過ぎたのだった。

＊

「なるほどね」

事情を聞いたあとで、雛子が同情に満ちた眼を向けた。

「彼氏が勇気を振り絞って誘ったのに、あんたはその反応。気まずくもなるね」

「そういう感じじゃなかったんだよ」

里村くんはいつも唐突におかしなことを言うひとだ。あのときだって、直前までさくらんぼの話をしていた。

「さくらんぼ？」

雛子がうさんくさげな声を出す。

「子供のころ大好きで、たらいにいっぱい食べておなかを壊したっていう話」

「壊すに決まっている。さくらんぼの下しパワーは強烈なんだよ。以前、旦那の運転でさくらんぼ狩りに行ったとき、調子に乗ってとりたてを食べまくっていたら、帰りの高速道路では悲惨なことになった。サービスエリアごとに停車してトイレに駆け込んで

さ」

「そうみたいね。だから子供時代はずっと親にさくらんぼ禁止令を出されていたんだって。大人になったら山ほどさくらんぼを食べるのが夢だったけど、叶えられないまま三十歳を過ぎてしまった、って悲しんでいた」

「相当、変な男だね」

そうなのだ。そこがツボにはまっている。

「その話のあとだったから、旅行の話だって本気じゃないと思ったの」

まさか不機嫌になるとは思っていなかった。

「ははは、さくらんぼ野郎が」雛子は冷笑した。「あんたのせいで欲求不満が溜まっているんだ」

佑理は眼を怒らせた。「やめて」

「ごめん、おもしろがり過ぎた」

まあ、雛子からすれば滑稽に見えるだろう。しかし、佑理は真面目なのだ。これだけのことで、こんなに憂鬱になっている。

いつだって、悩んでいるのは自分だけなのではないかと思う。自分の方が相手を多く思っている。必要としている。

だから、怖いのだ。自分からはなにひとつできない。身動きが取れない。

「さすがにうんざりされたのかもね、面倒くさくて鈍い女だって、愛想を尽かされたのかもしれない」

佑理が言うと、雛子はあっさり頷いた。

「そうかも」

おい、形だけでも否定しろよ、友だちだろう。

「わたしとしては、あんたみたいな妙な女を大事にしてくれる男であることを祈るばかりだけどね」

雛子はビールをぐいっと飲みほした。

「そいつとあんた、うまく行くと思うよ」

「だといいけどね」

二

あの夜。

黙っていないで、言えばよかったのかな。

「ごめん」って。

大型連休、前半の三日間が過ぎていった。

佑理は大長篇推理小説『虚無への供物』と『薔薇《ばら》の名前』を読み終えた。犯罪実録ノンフィクション『東電ＯＬ殺人事件』も読んだ。冬のコートや洋服を押し入れにしまって、夏服と入れ替えた。着なくなった服はごみに出した。ぶ厚い掛け蒲団を軽い夏掛けに替えた。カーテンも洗濯した。掃除機だけで済ますのではなく、ひさしぶりに念入りな雑巾がけをした。風呂場も窓もぴかぴかに磨いた。

「いいお休みだったよね」

日暮れどき、缶ビールを片手に、佑理はぬいぐるみの佐助に語りかける。

「充実していた」

「ジュウジツシテイタ」

佐助は答える。透きとおった窓の外を、大きなしゃぼん玉がひとつ、ゆらゆらと上がって行くのが見える。

しゃぼん玉？

続いて小さなしゃぼん玉がいくつも流れて来る。そういえば、一昨日もしゃぼん玉が飛んでいたっけ。誰だろう。お隣りだろうか、それとも階下からだろうか。このマンションは単身者向けのはずだけど、親戚の子供でも遊びに来ているのかな。それとも大人が退屈しのぎに飛ばしているのか。いずれにせよ、行楽地へ出かけることもなく、誰かと過ごすでもなく、佑理と同じような休日を過ごしているのではなかろうか。

ジュウジツシテイタ三日間。

しゃぼん玉の一群は、西日を受けてきらきら光りながら、窓の外を通り過ぎていく。佑理は立ち上がってカーテンを閉めた。口の中に、ビールが苦く残る。

ジュウジツシテイタ、ひとりの三日間。

そのあいだ、里村くんから、電話はかかって来なかった。メッセージも届かなかった。


休み明けは、いつだって気が重い。

連休の合間であれば、なおさらである。朝の電車は空いていたし、駅から会社へ向かう道にも、ふだんの四分の一ほどしかひとの姿はない。佑理は溜息をついていた。みんな、さぞかし楽しい休日を過ごしているのだろうな。いかに空が晴れていようが、佑理の気分は晴れない。空気まで重いような気がする。

会社に着くと、井上さんが素早く身を寄せて来た。

「おはよう。聞いた?」

「おはようございます。なにをですか?」

「異動の話。杉田課長、営業に戻るんだって」

「本当ですか」

暗い気分が吹き飛んだ。佑理は声を弾ませてしまう。

「当人がさっき言っていたから本当だと思うよ。六月からだって」

井上さんも、こみ上げる喜びを抑えきれないのだろう。にやにやしている。

「あいつのせいで白髪が増えたもの。厭なことばかり続いたけど、ようやくトンネルを抜けられるわよ」

冗談めかしてはいるが、苦々しさのにじんだ言葉だった。佑理の眼から見ても、確かに井上さんはちょっと老けた。自分で言っているとおり、前の年は不幸続きだったからだろう。梅雨が明けるころに息子が捻挫し、秋には母親を亡くした。さらに年が明けてからはインフルエンザで倒れた。いずれも繁忙期とは重ならなかったのがさいわいと言えば言えたが、それでも井上さんがまるまる一週間の休みを二度も取ったのは、大森さんや佑理にとってはかなりの負担ではあった。

杉田課長がインフルエンザにかかりゃよかったのに、と、大森さんはこぼしていたものだ。あいつならいなくても影響はないんだからさ。いや、いない方がいいか。なのに、いつだって元気だけはあるのよね。鬱陶しい。佑理も応じた。しょうがないですよ。ほら、何とかは風邪をひかないって言うじゃありませんか。

杉田課長にとっても、いい一年ではなかったろう。去年の今ごろ、奥さんに逃げられ、暮れには離婚が成立したと聞いた。だが、佑理にはまったく同情心が起こらない。杉田課長の無神経な発言は、おさまる気配もなかった。つい先日も雑談の折、佑理が井上さんから結婚願望はあるのかと軽い調子で訊かれたときも、すかさず横から杉田課長が口を出した。

結婚なんかやめなさいよ。どうせ離婚するんだから。

佑理も井上さんも大森さんも、常に気が合うとは言えない微妙な関係である。しかしこの瞬間、胆に浮かんだ突っ込みはひとつだった。

おまえの話はしていねえ。

残業続きで疲労の極に達していた夜、出し抜けに言われたこともある。

吉本さんはいいねえ。ひとり者で気楽で、悩みなんかないでしょう。

刺したい。佑理はポケットの中のボールペンを強く握りしめたものだった。今、こいつを刺しても、きっと神さまは許してくれる。

「おばようごじゃいまふ」

大森さんが入って来た。今朝も花粉が多く飛んでいるのだろうか。ひどい鼻声だ。井上さんがすかさず寄っていく。

「聞いた?」

「なにを?」

井上さんは同じ話を繰り返した。

「やった」

大森さんが嬉しげな声を上げる。そうだよな。大森さんだって喜ぶよな。春先からは花粉症のせいか、ずいぶん苛々むっつりしている日が多かったけれど、これで少しはご機嫌をなおしてくれるかもしれない。そうなってほしい。なにぶん、ほとんど女三人きりの職場。ひとりが不機嫌を振りまいていると、こちらはまったく迷惑なのだ。

「大勝利だわ」

かかかかか、と大森さんは怪鳥のような高笑いをした。

「やった。やった」

ほとんど雄叫《おたけ》びである。佑理はさすがに少々鼻白んだ。いくら何でも喜び過ぎではあるまいか。

しかし、大森さんは三人の中ではいちばん杉田課長に気に入られていた節がある。そして当然、そのことを迷惑がっていた。我慢の限界だったのかもしれない。

そういえば、このあいだも、杉田課長は大森さんをひどく怒らせていたっけ。

大森さんは、いつもお菓子を買って来ては、貪り食っている。忙しいときも、合間を見ては、お菓子に手が伸びる。もともと丸顔なのが、ここ半年ほどで、ますますまるまるとして来たように見える。しかし、それは断じて指摘できない。女同士の鉄則である。

ところが、そういう点で見事に押してはいけないボタンを押すのが、杉田課長という人間だった。

「しあわせなんだね、大森さん」

冷やかすように言った。

「なぜですか」

大森さんは眼を剝《む》いた。

「最近とみにふっくらして来たからさ。旦那さんと仲がよすぎて、しあわせぶとりしてるんでしょう」

瞬間、佑理は天を仰いだ。この馬鹿。

「しあわせなんかじゃありません」

大森さんが嚙みついた。

「どうしたの。旦那さんと喧嘩でもしているの？」

誰か、助けて。

佑理が視線を泳がせると、井上さんの死んだ魚のような眼にぶつかる。その眼は言っている。

無駄よ。処置なしだわ。

「喧嘩なんてしません。うちの旦那はいいひとです。今朝も朝食を作ってくれましたし、買い物に行けば荷物はぜんぶ持ってくれるんです。仕事で帰りが遅くなっても、いつもにこにこしてくれるし、わがまま言っても聞き流してくれる」

言葉の内容とは裏腹に、火を噴くような怒りに満ちた口調で、大森さんは言いつのった。杉田課長は戸惑った様子で返す。

「じゃ、しあわせじゃないか」

「ええ」

挑戦的に応じる、大森さんの顔は真っ赤だった。

「だから、ちっとも、しあわせなんかじゃありません」

吐き棄てると、咽喉の奥からこみ上げるなにかを抑えるように、大森さんはその場から立ち去った。杉田課長は首をひねりながら井上さんに問いかけた。

「俺、悪いことは別に言っていないよね？」

「最悪です」

井上さんは、即答した。

「幸福か幸福じゃないかなんて、他人が決めつけるのは、不遜きわまりないです」

「しあわせなんだからいいじゃないか、なあ」

杉田課長はぶつぶつ言っている。佑理は嘆息するしかなかった。

処置なし、だ。

三

昼休み。

佑理は昼食をとるため、会社を出た。コンビニエンスストアで弁当を買うか、それとも店に入るか、決めかねたまま歩き出す。路上にひとの姿はやはり少なかった。ぶらぶらと大通りに出る。赤信号。ふだんなら交通量の多い通りなのに、今日は信号を無視して突っきれそうなほど、自動車の数も少ない。

太陽の光がまぶしい。肩にかけたトートバッグから電話を取り出し、確かめる。光が反射して、見えない。手をかざしてようやく見えた画面には、何の通知もない。

今日も電話はかかってこない。メッセージも来ない。

空を見上げた。林立するビルとビルの間に、青い空。遠くには、真夏のような入道雲が立ち上っている。

そうだ、里村くんとつき合いはじめて、じき一年になる。でも、自分たちのこの関係は、果たして交際と言えるのだろうか。言っていいのだろうか。

大森さんは、朝の歓喜ののちは、打って変わって不機嫌に戻った。よくわからないひとだ。旦那さんと喧嘩でもしたのかな。あのとき言っていたようには、うまく行っていないのかな。

けっきょく、他人のことはわからない。

里村くんの考えていることだって、わからない。

自分にだって、自分の気持ちが摑めない。

太陽がまぶしい。信号はまだ変わらない。眼を閉じる。まぶたの裏で、ふんわり、しゃぼん玉が飛んでいる。


「吉本さんじゃないか」

足を踏み入れた蕎麦屋で、呼びかけられた。

「これから食事？」

店の中ほどのテーブル席に腰をかけた鍋島さんが軽く手を振っている。はあ、と佑理は愛想笑いを浮かべる。鍋島さんは以前の上司だった。現在は企画課の責任者である。ここで会ってしまったか。店内は空いていて、埋まっているのは鍋島さんがいる席と、もうひとつのテーブルのみ。

「ちょうど今、注文するところなんだよ」

鍋島さんはにこにこと手招きをしている。

「一緒にどうだい」

どうやら、ここは鍋島のおじいちゃんと相席するしかないようだ。笑みをたたえたま、佑理は鍋島課長の向かいの椅子に腰を下ろす。

ひとりになりたかったから、外に出て来たのに、間が悪かったな。

とはいえ、蔭で仙人と異名を取っているほど好々爺《こうこうや》然とした鍋島課長を、佑理は嫌いではなかった。六十歳そこそこであったはずだが、もうひとつの渾名はおじいちゃん。なにを相談しても、いいんじゃないか、しか言わないんだもの。おじいちゃん、すっかり耄碌《もうろく》しちゃっている。と、井上さんはかなり批判的だった。

そういえば、井上さんばかりでなく、鍋島課長の家庭にも不幸があったんだったな。

佑理は思い出す。井上さんのところは去年の秋で、鍋島のおじいちゃんのところは一昨年の冬だった。まだ五十代の若さで、奥さんが亡くなったのだ。直属の部下ではなかったから、お葬式には行かなかったけれど、会社で香典を集めた。四十九日には、お返しのお菓子ももらった。

「天ぷら蕎麦」

鍋島のおじいちゃんは、ひょろひょろした若い男性店員に注文をしている。

「冷たいのでね。吉本さんは？」

「わたしはきつね蕎麦にします。熱いので」

天ぷら冷、きつね熱と繰り返して、店員が店の奥に姿を消す。鍋島のおじいちゃんはテーブルの上の水差しを取り上げて、佑理に麦茶を注いでくれた。

「忙しいのかい」

同じ会社にいるのに、にこにこと他人ごとのように訊く。

「さすがに今日は暇です」

鍋島のおじいちゃんは、頷いた。

「業者もみんな休みに入っていて、搬入も搬出もないからね」

ちくり、と佑理の胸が痛む。その業者のひとりが里村永二郎だ。連絡をくれない里村くん。会社でも会えない里村くん。

「そういえば、聞いているかな。杉田が異動になるそうだ」

やっぱりそうなのだ。間違いないのだ。顔が嬉しさで輝くのが、自分でもわかる。

「ちょっと小耳に挟みましたけど、本当なんでしょうか」

「連休明けには発表があるはずだよ」

「後任は誰ですか」

「当面はぼくが戻ることになるそうだ」

仙人課長の復活か。井上さん、さぞかし文句を言うだろうな。

「でも、異動の時期じゃないですよね。どうしていきなり決まったんでしょう」

鍋島のおじいちゃんは、自分のコップに麦茶のおかわりを注いだ。

「どうせいつかは耳に入るだろうからね。言うけれど、大森さんにハラスメントめいた行為をしたようだ」

佑理は驚いた。

「大森さんが人事に訴えたんだそうだ」

大勝利。あの大森さんの高笑い。そういうことだったのか。

「去年は岩舘さんも辞めただろう。今の部署には向いていないということになった。本人に悪気はないんだろうがね」

悪気なく、無意識に他人を踏みにじる。だから始末に負えないんだよ。

「杉田課長は大森さんになにをやらかしたんでしょう？」

鍋島のおじいちゃんは、ちらりと店の奥を見やった。

「退勤後、しつこく食事や飲みに誘ったようだね。帰り道や駅で待ち伏せをされたとも言っている。もっとも、これは大森さんの言いぶんでね。杉田は否定している。軽く誘ったことはあるが、無理強いはしていないそうだ」

いかにも杉田課長が口にしそうな言いわけだと佑理は思う。

「社内ではきみがいちばん可愛い。人妻じゃなければ好きになっている。そんなことも言ったそうだ」

ひどい。佑理は軽い吐き気を覚えた。

「杉田によると、冗談まじりのお世辞、リップサービスだったと言うんだがね」

お世辞？　佑理の頰がひくついた。サービス？

「他意はなかった。大森さんを怒らせるようなことを言ってしまったから、誤解を解こうと考えたのだそうだ」

怒らせるようなこと？　いつだろう。ひょっとしたら、あのあとだろうか。ふっくらしあわせ事件。いやいや、あの男はいつもそんなことばかり言っているから、わからないな。

「フォローするつもりで、そんな風にお世辞を言い、飲みにも誘った。すべてよかれと考えてしたことだった。それが杉田の弁明だ」

よかれと考えて、ますますでっかい墓穴を掘っていることに気づいていなかった。そういうことなのだ。

「男同士であれば、酒を飲んで笑い飛ばせばすっきり水に流せるのに、女ばかりの環境は自分にはよくわからないとも言っていたそうだよ」

頭に血がのぼって来るのが自分でもわかった。

「つまり、大森さんやわたしたちが女だったから、悪いと？」

あの野郎、やはりボールペンで眉間を突き刺してやればよかった。それからはさみで眼玉をえぐり出し、カッターナイフで咽喉を切り裂き。

「要するに、彼は異動した方がいいんだろうね」

煮えたぎる思いの佑理の前に、大きな器が置かれた。

「冷たいきつねです」

鍋島のおじいちゃんの前には、湯気の立つどんぶりが置かれた。

「天ぷらです」

一瞬、佑理はぽかんとしていた。

あれ？

「違うよ、きみ」

鍋島のおじいちゃんが、穏やかに店員を呼び止めた。

「天ぷらときつねです」

店員は平然と言い返す。

「違うんだよ」

「天ぷらにきつね。ご注文どおりです」

「天ぷらは冷たいので、きつねは熱いのだ」

店員は眼を見開いた。佑理はあきれた。しっかり復唱していたじゃないか、あんた。

「ただちにお取り替えします」

「わたしはこれでいいです」佑理は言った。「冷たいのでいいです」

なにしろ今の話のせいで、頭がかっかと火照っている。冷たい食べ物で熱を下げるくらいでちょうどいいのかもしれない。

「ぼくもこれでいいかな」

鍋島のおじいちゃんが温和な顔で頷く。

「そうですか」

店員はきまり悪げに奥へと引っ込んだ。おいおい。佑理はあきれた。ここはお詫びをするべきでしょう。申しわけありませんは言わないの？

「忙しくもないのに、間違えますかねえ」

箸の先で油揚げをつまみ上げつつ、佑理はつい口を尖らせていた。

「あの店員、謝ろうともしないですね」

「そういう性分なんだろう」

鍋島のおじいちゃんはどんぶりから顔を上げた。湯気で眼鏡が曇っている。

「ぼくも昔は謝らない性質《たち》だった」

「意外です。そうは見えません」

「人間、年齢《とし》を食えば、多少はまるくなるからね。若いころは大いに叩かれたものだよ。そういえば、今回の件では、杉田もずいぶん謝っていた。彼は私生活でもいろいろあったらしいね」

佑理は蕎麦を啜りながら頷いた。

「別れた奥さんに謝り、奥さんの親に謝り、大森さんに謝り、人事部長にも頭を下げる。謝りっぱなしだ。なのに誰も自分を許してくれない。なぜなんだと嘆いていた」

「心から反省してないからですよ。杉田課長のごめんなさいは口先だけです」

「そうだね。大したことじゃない。どうせ許してもらえる。そう考えるから簡単に謝れるのかもしれない」

「相手にだって、それは伝わりますよ」

「けれど、彼としたら、ほかにどうすることもできないんだろう。それに、相手の過ちに、ごめんなさい、を要求しすぎて、かえって苛々してしまうのも、どうかね」

鍋島のおじいちゃんは、箸を止めた。

「悪いことをしたら、まずはごめんなさいと言いなさい。めったに謝らないぼくだって、娘にはそう教えたよ。だけど、正直なところ、胆の底では違う風に考えていたね。どう詫びても、許してはもらえない、受け入れてはもらえないことをしたときにも、ぼくらは同じ言葉を使うしかないんだ。謝罪することは簡単じゃない。そして、謝罪を、ごめんなさいを受け入れることは、もっと難しい」

佑理にはぴんと来ない。

「鍋島さんには、受け入れられないことがあったんですか」

「あった」

鍋島のおじいちゃんは、苦い笑いを浮かべた。

「どうしても許せない。受け入れたくないことがね」

佑理は鍋島のおじいちゃんをまじまじと見返していた。だいぶ痩せた。奥さんを亡くしているんだものな。

その後は、佑理も鍋島のおじいちゃんも、無言で蕎麦を啜り続けた。佑理の皿がからになるころ、店員が奥からひょろひょろと走り出て来た。

「お客さま、今日のお勘定は要りませんので」

「そうかい」

鍋島のおじいちゃんが悠然と応じる。

「熱い天ぷら蕎麦、なかなかうまかったよ」

なるほど、それで帳消しということなんだな。佑理は納得した。しかし、ごめんなさいくらい言えよ、とも思う。

大したことじゃないから。口先だけでいいから。

四

午後六時。空はまだ明るい。

佑理は駅の階段を下り、大通りから脇道へ向かった。

ざわめき。いつもは静かな道に夜店が並んでいる。そうか、近くの神社は、一がつく日が縁日なのを、佑理は思い出す。今日は一日だから、夜店が出ているんだ。三歳くらいの子供を連れた夫婦とすれ違う。自分と同じくらいの年齢に見える。

ソースとかつおぶしの匂い。お腹《なか》が鳴った。夜ごはんは屋台で済ませようかな。去年の春、ここの夜店でぬいぐるみの佐助を買ったんだ。足取りをゆるめて歩く。綿菓子とかき氷。最近ではケバブなんてトルコ料理の屋台まであるんだな。そしてその横で、しゃぼん玉の道具一式を売っている。

もしかしたら、ご近所さんのしゃぼん玉は、ここの縁日の露店で買ったものかもしれない。

うっすら暮れかけた夕方の空に、ふらふらと漂うしゃぼん玉。

「馬鹿」

ひとりごちて、佑理は足をはやめた。胸の中で、佐助が、「バカ」と返した。

「電話しろ」

「デンワシロ」

そぞろ歩くひとの波をかき分けて、佑理はずんずん歩いていく。

「かけて来い」「カケテコイ」「おまえのことだ」「オマエノコトダ」

佑理は、はたと思い当たる。

そうだ、おまえだよ。おまえ。

いじいじと待っていないで、自分から電話をかけろよ、おまえ。鍵を開けて、靴を脱いで、部屋に転がり込む。

佑理は、里村くんに電話をかけた。

出ない。

佑理は唇を噛んだ。

出たくないのだ。そうだ。そうか。

電気をつけた。溜息をついた。次の瞬間、画面が光って、電話が振動する。心臓が激しく高鳴る。

里村くんだ。

急《せ》き込みつつ通話ボタンを押した。

「電話くれた？」

あれほど待っていた声が、こんなにあっさり耳もとに届いた。佑理の全身から力が抜けた。

「かけた」

「気づかなかった」

「忙しかったの？」

「いいや、トイレに入っていた」

「間が悪かったね」

「いや、よかった。ちょうど出切ったところ」

そんな説明は要らない。佑理は笑いかけた。この声。聞き慣れた声。喋り方でわかる。このひとも待っていたのだ。

つまり、同じ気持ち、なんだ。

笑いながら、何だか泣きそうに胸が詰まる。

「さくらんぼ狩り」

佑理は、唐突に切り出した。

「六月になったら、行かない？」

「行こう」

里村くんは、即答した。

「昔から、さくらんぼを山ほど食うのが夢だった。子供のころのおれを連れて行ってやりたかったな」

「今年こそ連れて行けるんだよ。行こうよ」

お互いに、怖がり過ぎている。さりげなく行動しようとしても、ぎこちなくなってしまう。不器用で情けない、格好の悪い、いい年齢《とし》をした二人。似た者同士の二人。

だけど、佑理は気づいていた。

ほんのちょっと前までは、もっと遠慮があった。お互いに、口を開けば言っていた。ごめん、ごめんなさい。謝ってばかりいた。

でも、この前は、二人ともそれを言わなかった。今も言わなかった。これって、いいことなんだろうか。

距離が近づいて、隔てが取れて、わがままになって、意地を張って、ごめんなさいを言わなくなる。悪いことなんだろうか。うん、悪いことでもある気がする。

わたしたちは、これから、どうなるんだろう。

「今から会える？」

佑理は言った。

「会おう」

里村くんの返事は、またしてもはやかった。佑理は電話を握りしめながら、窓の外を見やる。空の高いところが、いつの間にか紺色に染まっている。

「わたしの部屋に来られる？」

「すぐに行く」

瞬間、息を吸い込んで、佑理は訊いた。

「今夜は泊まれる？」

言った。

言ってしまった。頬が熱い。

自分自身の心音と、時計の針の音。お願いだから、よけいなことは言わないで欲しい。

本当にいいのか、とか、明日は休みじゃないんでしょう、とか、ごちゃごちゃ言わないでいいからね。

やがて、電話口の向こうから、短い返事が届いた。

「泊まる」

電話が切れた。

ベッドの上に電話をほうり投げて、佑理は佐助を抱き上げた。

「来るよ」

クルヨ、と佐助は返した。

「突き進め」

「ツキススメ」

「おまえのことだ」

「オマエノコトダ」

わたしたちは、これからどうなる?

そう、きっと。


窓の外は、暮れはじめている。

夕日を受けて、きらきら光るしゃぼん玉が、ぱちんとはじける。

佑理には、確かに見えた、気がした。

解説

久田かおり

本解説のお話をいただいた瞬間、「やります！　書きます！」と即答していた。自分にそれが書けるかどうか考えるより先に、加藤元（通称カトゲン）の広報活動に関われるなんて！　という喜びが勝ってしまったのである。

私の周りにはカトゲンさんがベストセラーを連発し、国民的人気作家になる日を待っている書店員は多い。みんなの期待を（勝手に）背負って一生懸命書きました。

カトゲン小説を説明するときに、まず思い浮かぶのは「人情」と「欠如」という言葉だ、と書くと「人情味に欠けた人」が描かれているのかと思われそうだが、そうではなくて何かが欠けている人たちの間にある情と、その情でつながる人そのものを丁寧に丁寧に描いているのである。

登場人物のほとんどはダメなヤツだ。生きることに不器用で、なんだかいつも損をしている。だから嘘《うそ》をついたり、ズルをしたりしながらなんとか自分だけでも幸せになろうとしている。大きな世界の中では脇役でしかない、ちっぽけなどこにでもいる人。

読者にとってそれは自分や自分のすぐそばにいる誰かに似ているのだろう。だからそんなダメ人間へのカトゲンさんの優しいまなざしが心地いいのだ。


カトゲンさんが以前、北名古屋市に住まわれていた関係で、私たち名古屋地区の書店員たちはとても親しくしていただいている。二、三か月に一度開くＮＳＫ（名古屋書店員懇親会）という飲み会の、太陽が昇り始発が動き出すまで飲み明かす朝までコースの常連さんでもあった（ちなみに『四百三十円の神様』（集英社文庫）には、このＮＳＫの幹事たちがキャラクターとして登場する）。

カトゲンさんは飲み会の場でとっておきの面白い話をどんどん放出してくれるので、自然とみんなが周りに集まってくる。しかも、その放出される面白い話の多くはご自身が体験した不幸話なのである。不幸な話ほど盛り上がるネタはない。

普通の人なら一生に一度あるかないかというレベルの不幸や、それらをもたらす人がなぜかカトゲンさんのそばには続々と集まってくる。差し障りがあるので詳しくは書かないが、よくもまぁそんなに次から次へと寄ってくるよね、と笑っちゃいけないのだが笑ってしまう。稀《まれ》に見る「不幸引き寄せ体質人」なのだろう。

けれど、幸いなことにカトゲンさんは小説家である。ご自身の体験を作品にみごとに落とし込んでいく。本書にもそういうネタが隠されているはず。数々の不幸はこうして成仏していくのかも知れない。転んでもただでは起きない女、それがカトゲンだ。いやぁ、めでたしめでたし。

そんなカトゲン作品との出会いは二〇一三年に文庫化された短編集『嫁の遺言』（講談社文庫）だった。二〇一一年に三冊目の単行本として発売された初の短編集である。読み終わってすぐ「あ、この人が書く小説好きかも」と思った。その後、『泣きながら、呼んだ人』（小学館文庫）『私がいないクリスマス』（講談社文庫）を読んで「好きかも」は「好きだ」という確信へと変わった。読者として書店員として、この人を追いかけていこう、そう心に決めたのだ。

出会いのきっかけとなった『嫁の遺言』は長く出版社品切れ重版未定という状態だったが、文庫の発売から七年後の二〇二〇年に部数限定チェーン限定の復刊プロジェクト「Ｒｅ文庫」として私の勤務店でも販売し、新聞に取り上げられたりもした。どこの店もほぼ完売しているので今は入手困難かもしれないけれど、もしもどこかで出会ったらぜひ手に取っていただきたい。読み終わった後、誰かに勧めたくなる、そんな一冊である。

本書『ごめん。』も『嫁の遺言』と同じ短編集だが、こちらは三十二歳独身、吉本佑理と彼女につながる九人を描く連作短編集だ。職場の上司や同僚やその家族、友人、恋人のそれぞれの共通ワードが「ごめん。」なのだ。

実は私は小さい頃から「ごめんなさい」が言えない子どもだった。自分が全面的に悪いと思えない限りどうしても謝れないのである。なんというか、「ごめんなさい」を言うと自分自身を全否定するような、完全なる敗北を宣言するような、そんな気持ちになってしまうのだ。単に負けず嫌いのわがまま娘だったとも言えるが、自分にとってそれくらいの重みのある言葉だったということだろう。

本書には私と同じようにどうしても「ごめん」が言えない人や、逆にいつでもどこでも簡単に「ごめん」と言っちゃう人が出てくる。

重かったり、軽かったり、嬉《うれ》しかったり、悲しかったり、同じ言葉なのにさまざまだ。

第一話から第十一話までそれぞれの語り手による物語は、中心人物である佑理の眼《め》からは見えていない九つの人生が描かれる。その日々の生活の中にある「ごめん」たち。たった三文字の「ごめん」の向こうに広がるいくつもの景色。相手や状況によってもいろんな意味を含む言葉。本書は悲喜こもごも多彩な「ごめん」の詰め合わせである。

第一話「ひとり道」、第八話「うさぎが転んだ」、第十一話「しゃぼん玉」は佑理と恋人、里村君の初々しく甘酸っぱい「ごめん」。いまどき中学生でもこんなにウブじゃないでしょうよ、と思いながらもその不器用さにキュンとなる。お互いにちょっと変わり者で自分に自信がなくてさらに奥手。そんな二人は相手のことを考えすぎて空回りの二重奏。そこからの「ごめん」は正真正銘まっとうな、まさに「ごめん」のお手本。言う方も言われる方も気持ちのいい「ごめん」。その言葉は二人をつなぐリボンとなる。これからたくさんのごめんを積み重ねて、二人のリボンはほどけたり、また結ばれたりしていくのだろう。こんな風にごめんが言えたらいいのに、と思わされる。

第二話「いつも俺から」には、息をするように吐き出される無味乾燥なのに人を不愉快にする「ごめん」が溢《あふ》れている。語り手の杉田課長は、上司としても夫としてもはた迷惑な男である。彼のごめんはとにかく薄くて軽い。私がずっと言えなかった言葉の大盤振る舞いだ。杉田氏は自分のことを気配りのできる上司であり、いつも妻に気を遣っているできた夫だと思っているが、周りの評価は最低最悪の極み。モラハラパワハラセクハラ上司でひとりよがりで鈍感な夫だ。

誰に対しても考えるより先にごめんと言って、その場をやり過ごそうとするその無責任さの結末は予想通り。そりゃそうなるわな、と思わずため息、同情の余地もない。でも、杉田氏のような人はどこにでもいる。読みながら思い浮かぶ顔が一つや二つはあるのではないだろうか。そもそも彼の失敗はその言葉を自分を守る盾にしていたことだろう。やたらと発射する「ごめん」を手に、歩み寄るふりをしながら相手の言葉や気持ちを跳ね返しているのだから言われた方にしてみれば許せるわけもなく。自分が放つごめんの傲慢な無意味さと攻撃性にいつ気付くのだろうか、杉田敬之。

第十話「ハッピーエンド」には杉田氏と同じようにいつでも誰にでもすぐに謝ってしまう女性の寿見子と、何があっても絶対に謝らなかった夫である鍋島克明が出てくる。夫婦の出会い、結婚生活、そして別れが寿見子の視点で語られる。

杉田氏の前任者で、もともと「将軍」とあだ名されるほど傲岸不遜な男、鍋島が「仙人」と呼ばれるほど穏やかな好々爺《こうこうや》になっていった経緯の切なさよ。

鍋島将軍の妻の「ごめん」は杉田氏のそれとは全く違う背景を持つ。同じように自分を守るための盾であっても、寿見子のごめんは自分に向かう槍《やり》を跳ね返すのではなく、表面の滑らかさで槍先を滑らせていくかのようだ。

たくさんの槍で突き刺された経験があるからこその盾。そしてその盾に気付いてくれる人がいたことの幸運さ。元上司、鍋島仙人が杉田氏について佑理に語る言葉は深い余韻を残す。

「ごめん」という三文字に込められた、謝らなければならない理由。そして、それを受け入れる側の気持ち。どうしても許したくないごめんを受け入れたとき、人はどう変わるのか。読みながらいつか自分も言われたり言ったりするであろう、その時を想像して胸が苦しくなってしまった。

その他にもいろんな状況で放たれる「ごめん」たち。それぞれが相手のために、あるいは自分のために謝り謝られる。許したり、許されたり、許されなかったりしながらごめんを積み重ねていく人生。時にそれは自分と誰かを結ぶリボンになり、時に自分を守る盾になる。

ごめんが言えない子どもだった私も大人になり、気軽にごめんと言えるようになった。ごめんと言う後悔と言わない後悔を超え、謝ることでつながるリボンも、謝ることで自分を守る盾も手に入れてきた。

謝ることで何かが終わり、何かが始まる。カトゲンさんが私たちに伝えたかったのは『ごめん。』から始まる物語だろう。

タイトルの句点にはそういう意味が込められている、そんな気がする。

（ひさだ・かおり　書店員）

本書は、二〇一九年九月、集英社より刊行されました。

初出　「ｗｅｂ集英社文庫」二〇一七年七月〜二〇一八年九月

加藤元の本

本日はどうされました？

E病院で入院患者の連続不審死が発生。疑いは一人の女性看護師に向けられるが……。集団社会に潜む人間の悪意を描く長編ミステリー。

集英社文庫

集英社文庫　目録（日本文学）

集英社文庫　目録（日本文学）

集英社文庫　目録（日本文学）

集英社文庫　目録（日本文学）

集英社文庫

ごめん。

2021年8月25日　第1刷　　定価はカバーに表示してあります。

著　者　加藤《かとう》　元《げん》

発行者　徳永　真

発行所　株式会社　集英社
東京都千代田区一ツ橋2-5-10　〒101-8050
電話【編集部】03-3230-6095
【読者係】03-3230-6080
【販売部】03-3230-6393(書店専用)

印　刷　大日本印刷株式会社

製　本　ナショナル製本協同組合

フォーマットデザイン　アリヤマデザインストア　　マークデザイン　居山浩二

ISBN978-4-08-744284-7 C0193